O CORPO

HANIF KUREISHI

O corpo
e outras histórias

Tradução
Sergio Tellaroli

COMPANHIA DAS LETRAS

Copyright © 2002 by Hanif Kureishi
Publicado originalmente pela Faber and Faber Limited, Londres.
Proibida a venda em Portugal.

Título original
The Body and Seven Stories

Capa
Dupla Design

Preparação
Otacílio Nunes

Revisão
Carmen S. da Costa
Cláudia Cantarin

Dados Internacionais de Catalogação na Publicação (CIP)
(Câmara Brasileira do Livro, SP, Brasil)

Kureishi, Hanif
O corpo e outras histórias / Hanif Kureishi ; tradução Sergio Tellaroli. — São Paulo : Companhia das Letras, 2004.

Título original: The body and seven stories.
ISBN 85-359-0527-8

1. Cérebro — Transplante — Ficção 2. Corpo humano — Ficção 3. Ficção científica 4. Ficção psicológica 5. Homens idosos — Ficção 6. Imortalismo — Ficção I. Título

04-4259   CDD-823

Índice para catálogo sistemático:
1. Ficção : Literatura inglesa 823

[2004]
Todos os direitos desta edição reservados à
EDITORA SCHWARCZ LTDA.
Rua Bandeira Paulista 702 cj. 32
04532-002 — São Paulo — SP
Telefone (11) 3707-3500
Fax (11) 3707-3501
www.companhiadasletras.com.br

Sumário

O corpo, 7
Bafafá na árvore, 153
Cara a cara, 165
Tchau, mãe, 183
Careta, 239
Lembre-se de nós, 255
O pai de verdade, 267
O toque, 289

O CORPO

1

Ele disse: "Escute, você diz que não ouve bem e sente dor nas costas. Seu corpo não vai parar de lembrar você dessa sua existência adoentada. Quer fazer alguma coisa a respeito?".

"Desta minha velha carcaça, já quase morta?", perguntei.

"Claro. Mas o quê?"

"Que tal trocar de corpo, ganhar um novo?"

Era um convite que eu não podia recusar — nem aceitar, aliás. Decerto não havia nada de simples ou óbvio nele. O fato é que, depois de ter ouvido a proposta do sujeito, e ainda que desejasse descartá-la como absurda, não consegui parar de pensar nela. Passei uma noite agitada, com uma idéia na cabeça que era — e vinha sendo fazia algum tempo, agora eu era obrigado a reconhecer — inevitável.

Essa "aventura" começou numa festa à qual eu não queria ir.

Embora se possa dizer que o final da década de 50 e o começo da de 60 tenham assistido ao meu auge, não gosto de ser importunado por música alta, e acabei desenvolvendo um gosto pelo silêncio, em suas muitas variações. Também não sou louco por comida grelhada e semicrua.

Minha saúde? Não me sinto lá muito doente, mas estou na metade dos sessenta; minha cama é meu barco na travessia destes anos derradeiros. Os joelhos e as costas me doem um bocado. Tenho hemorróidas, uma úlcera e catarata. Quando estou comendo, não raro cuspo pedaços de dente durante a mastigação. Meus ouvidos parecem perder o foco ao longo do dia, e as pessoas precisam gritar quando falam comigo. Não vou a festas porque não gosto de ficar em pé. Se me sento, fica difícil as pessoas falarem comigo. Não que sempre me interesse o que elas têm a dizer; e, se me entedio, não tenho vontade de ficar sentado num mesmo lugar por muito tempo, o que pode causar a impressão de que sou rude ou arrogante.

Tenho amigos em pior estado. Com alguma sorte, a gente sempre tem. De beber, gosto, sim, mas isso eu posso fazer em casa. Felizmente, sou um bêbado barato. Uns poucos copos, e sou capaz de entender Lacan.

Minha mulher, Margot, trabalha há cinco anos como conselheira psicológica e está se preparando para se tornar terapeuta. Ganha a vida ouvindo as pessoas num cômodo da casa. Temos tido sorte; sempre invejamos a profissão um do outro. Ela quer o que está dentro; eu preciso ouvir o que há fora.

Nossos filhos já se foram: a menina está estudando medicina e o garoto trabalha em montagem de filmes. Acho que minha vida está tendo um final feliz. Quando minha mulher, Margot, entra na sala, quero contar a ela o que ando pensando e sei que ela vai prestar atenção em uma parte do que tenho a dizer. Margot, porém, gosta de afirmar que os homens começam a ficar muito mal-humorados, pomposos e exigentes no final da meia-idade. Segundo ela, deixamos de dar importância à polidez; esquecemos que os outros são mais importantes do que nós. Depois disso, a coisa piora.

Eu concordo que não seja um sujeito que tenha alcançado algum patamar budista na vida. É possível que tenha algumas virtudes, como a compaixão e, por vezes, certa delicadeza; ao contrário de vários amigos meus, nunca perdi o interesse pelos outros, pela cultura e pela política — pelo intercâmbio mais geral entre os homens. Sempre quis ser um bom pai, na medida do possível. A despeito do ódio ocasional e necessário das crianças por mim, eu as curti e gostava de sua companhia. Até agora, posso dizer que, no todo, tenho sido um marido suportável. Margot afirma que sempre escrevi em busca de fama, de dinheiro e do afeto das mulheres. Eu acrescentaria ainda que adoro o que faço e que escrever continua sendo fascinante para mim. Por intermédio do meu trabalho, reflito sobre o mundo, sobre o que importa para mim e para os outros.

Além de minhas muitas contradições — segundo me disseram, há pelo menos três pessoas diferentes em mim —, sou instável também, perdido em mim mesmo, invejoso, e com freqüência careço de autoconfiança. Minha mulher diz que tenho umas doidices, humores desconcertantes e "sumiços interiores" dos quais nem me dou conta. Posso ir tomar banho de um jeito e sair do chuveiro uma outra pessoa, pior do que a que entrou. Minhas pupilas se dilatam, ando obstinadamente de um lado para outro, grito e bato os pés. Umas poucas palavras de censura, e posso passar três dias amuado, convencido de que ela está tramando alguma coisa contra mim. Nada disso diminuiu, a despeito dos anos de auto-análise, psicanálise e da "terapia da escrita", que era como alguns de meus alunos costumavam chamar a tentativa de produzir arte. Nada me curou de mim mesmo, daquele eu ao qual me aferro. Se me perguntassem, provavelmente diria que meu problema sou eu mesmo; minha vida é meu dilema. Melhor curti-lo, então.

Nem teria pensado em ir àquela festa, se Margot não tivesse ido jantar com um grupo de amigas e eu não tivesse sentido inveja do que via como a intimidade e a premência da conversa entre elas, o prazer que tinham na companhia umas das outras. Os homens nunca são tão diretos, me parece.

Mas, se fico em casa sozinho, em uma hora começo a andar de um lado para outro, a pegar coisas aqui e depositá-las ali, para depois ter de procurá-las por toda parte. Já não acredito que a sabedoria dos livros seja capaz de me satisfazer ou mesmo entreter, e se vejo televisão por tempo demais, começo a me sentir oco. Como já me sinto fora do mundo! Não conheço mais as estrelas do pop, os atores ou os seriados de TV. Nunca sei ao certo a quem pertencem os corpos pornográficos das meninas e dos meninos. É como tentar participar de uma conversa da qual só entendo uma pequena parcela. E quanto aos políticos, mal consigo distinguir de que lado estão. Idade, educação e experiência não parecem me oferecer vantagem alguma. Imagino que, para participar do mundo com curiosidade e prazer, para entender o que se passa, a gente precisa ser jovem e desinformado. Mas, quero participar?

Naquela noite em particular, com hesitação quase senil e sem nada melhor para fazer, tomei um banho, vesti uma camisa branca, abri a porta da frente e saí para a rua. O verão estava no auge e o calor lá fora era grande. Embora more em Londres desde meus tempos de estudante, quando abro a porta de casa hoje em dia ainda me sinto estimulado pela perspectiva do que vou ver ou ouvir, de quem vou encontrar por acaso, alguém que decerto irá, então, ocupar meus pensamentos. Londres já não parece fazer parte da Grã-Bretanha — na minha opinião, um lugar lúgubre e estreito, repleto de campos, lojas fechadas e lacradas e cidades que tentam imitar Londres —, mas se transformou numa cidade-Estado semi-independente, como Nova York, que começa a chegar a um acordo acerca da importância do prazer. Por outro lado, estivera discutindo com Margot a impossibilidade de chegar ao final da rua sem que alguém venha pedir dinheiro. Em geral, já o meu aspecto destrambelhado fazia com que os pedintes perdessem as esperanças no momento mesmo em que estendiam a mão.

A festa era de um pessoal de teatro, dada por uma amiga diretora que também leciona. Muitos dos alunos dela da escola de teatro estariam lá, bem como a multidão habitual, amigos e conhecidos meus, aqueles ainda dotados de vida ativa, e não os internados em algum hospital ou em férias de verão.

Como meu médico havia me instruído a fazer exercícios, e eu ainda acreditasse possuir a energia de um jovem, decidi caminhar do oeste de Londres até a festa. Cerca de quarenta e cinco minutos depois, estava sem fôlego e sem forças. Não havia nenhum táxi à vista, e me senti abandonado em meio às ruas poeirentas e em geral desertas. Quis me sentar à sombra de um parque, mas duvidei de que seria capaz de me levantar de novo, e não havia ninguém para ajudar. Muitos dos pubs nos quais teria parado para uma cervejinha escura e uma olhada no jornal vespertino, cheios dos semipárias da região, em fuga das respectivas famílias — seriam chamados de alcoólatras, já que hoje todo mundo recebe um rótulo patológico —, transformaram-se em bares, abarrotados de jovens hiperativos. Eu nem teria tentado passar pelos porteiros gigantescos. Às vezes, Londres era como uma cidade ocupada por câmeras e seguranças; não se podia atravessar uma porta sem ter o corpo todo revistado ou sapatos e bolsos examinados, tudo para o nosso próprio bem, embora a cidade não pareça ter se tornado mais segura ou mais perigosa do que antes. Não havia a menor possibilidade de um sujeito mergulhar num daqueles terríveis papos de boteco, com miseráveis desconhecidos a conectá-lo com a impressionante singularidade da vida alheia. Os mais velhos parecem ter sido varridos das ruas; os mais jovens aparentam ter fios saindo da cabeça, fornecendo-lhes música, vozes ao telefone ou a energia elétrica que os move.

E, no entanto, sempre caminhei por Londres à tarde ou à noitinha. Percorro distâncias relativamente longas, olhando vitrines, teatros obscuros e museus estranhos; do contrário, sinto o corpo todo travado depois de uma manhã de trabalho à mesa.

A festa não era no apartamento de minha amiga, mas na casa de seu irmão rico, que acabou se revelando uma daquelas casas amplas de cinco pavimentos, revestidas com estuque, perto do zoológico.

Quando enfim alcancei a porta, um punhado de garotos na faixa dos vinte estava chegando também.

"É você", um deles disse, olhando para mim. "Estamos estudando você. Está no currículo."

"Espero não estar causando nenhum grande inconveniente", respondi.

"A gente estava pensando se você poderia dar uma dica do que pretendeu dizer em..."

"Se pelo menos eu pudesse me lembrar...", lamentei. "Me desculpem."

"Ouvimos dizer que você é amargo e cínico", murmurou outro, acrescentando: "E não se parece em nada com a foto na orelha dos livros".

Minha amiga, dona da festa, veio até a porta, pegou-me pelo braço e me guiou pela casa. Talvez tenha pensado que eu pudesse sair correndo. A verdade é que festas assim ainda me deixam tão ansioso como quando eu tinha vinte e cinco anos. O pior é saber que esse terror, desmancha-prazeres como é, não tem sua origem apenas na mente, mas, de todo modo, continua inexplicável. À medida que se vai envelhecendo, a fonte de um comportamento autobloqueador tão intricado parece ficar quase fora de alcance, perdida no passado. Por que, afinal, pretender desvendá-la agora?

"Você não odeia esses garotões bonitos, com sua vaidade e suas frases que sempre começam com 'quando eu saí de Oxford' ou 'da Real Academia de Arte Dramática'?", perguntou ela, servindo-me uma bebida. "Mas eles são necessários a qualquer boa festa. São uma necessidade onde quer que alguém esteja a fim de uma trepada, não é mesmo?"

"Bom, não que queiram lá muita proximidade com você ou comigo...", comentei.

"Vai saber...", ela disse.

E me levou para o jardim, onde se reunira a maioria das pessoas. Era de um tamanho surpreendente, com áreas abertas ou arborizadas, não dava nem para ver onde terminava. Porções dele estavam iluminadas com lâmpadas penduradas nos galhos; outras áreas exibiam uma escuridão convidativa. Havia um pequeno grupo tocando jazz, comida à vontade, conversa animada, e todos vestiam trajes mínimos de verão.

Eu tinha ido buscar alguma comida, algo para beber, e procurava por um lugar para me sentar quando minha amiga tornou a se aproximar de mim.

"Adam, não tenha um chilique, meu querido..."

"O que foi?"

Sempre me aflige ouvir as palavras "tem alguém querendo conhecer você".

"Quem é?"

Suspirei para dentro e, sem dúvida, para fora também quando vi que era um rapaz da escola de teatro, um ator novato. Estava postado atrás da minha amiga.

"Você se importa de eu me sentar com você um pouquinho?", ele perguntou. Ia me pedir um emprego, eu tinha certeza. "Não se preocupe. Não estou procurando trabalho."

Eu ri. "Então, vamos achar um banco."

Não iria me comportar como um rabugento numa noite tão agradável. Por que não ouvir um ator? Passei minha vida inteira com gente que se transforma no escuro e vive de calcular o efeito que provoca nos outros.

Ao ver que estava tudo bem, minha amiga nos deixou.

Avisei: "Não posso ficar muito tempo em pé".

"Posso perguntar por quê?"

"Um problema nas costas. Ou seja, a idade."

Ele sorriu e apontou: "Tem um bom lugar ali".

Caminhamos pelo jardim em direção a um banco cercado de arbustos, de onde podíamos ver o restante da festa.

"Meu nome é Ralph", ele disse. Depus minha comida e trocamos um aperto de mãos. Era um belo rapaz, alto, bonito e confiante, sem aparentar imodéstia. "Eu sei quem você é. Antes de conversarmos, vou buscar mais champanhe para nós."

Talvez fosse influência de Ralph, talvez o aspecto luminoso, quase sobrenatural que parecia caracterizar aquela noite, mas não pude deixar de notar como pareciam todos muito bem arrumados naquela festa, em especial a garotada, com seus piercings e tatuagens, tão enfeitados quanto vitrine de joalheria, os cabelos tingidos com cores contrastantes. Academia à parte, os garotões deviam manter a forma abrindo e fechando tampas de rosca de numerosos frascos, potes e tubos. Vestiam-se de modo a exibir os corpos, e não as roupas.

Um dos prazeres de ser homem é observar as mulheres se vestindo e se despindo, pondo e tirando a maquiagem. No que se refere a seus corpos, elas acreditam estar usando a parte de dentro para o lado de fora. Contudo, o custo de manutenção, o esquadrinhar de lojas, a preocupação antecipada, as possibilidades de julgamento, crítica e inexatidão estilística — em contraste com os homens, que jogam uma água na cara, vestem qualquer coisa que esteja à mão na beirada da cama e saem para a rua — nunca me pareceram invejáveis.

Quando Ralph voltou, e eu ainda me ocupava de comer e observar, começou a louvar minha obra com entusiasmo e, mais importante do que isso, com profundo conhecimento até de seus aspectos mais desconhecidos. Tinha visto os filmes que escrevi e muitas montagens de minhas numerosas peças de teatro. Havia lido meus ensaios, resenhas e o recém-publicado livro de memórias, *Tarde demais*. (Que terríveis haviam sido as adições e subtrações finais, algo como escrever um testamento interminável, sem poder fazer muito mais do que revirar e torturar a coisa toda, na esperança de lhe dar um aspecto mais favorável.) Ou seja, conhecia bem o meu trabalho, que parecia significar muito para ele. O louvor pode às vezes assumir a forma de uma provação; suportei-a.

Estava prestes a me dar o trabalho de me levantar para ir buscar mais comida, quando Ralph mencionou um ator que havia feito um papel menor numa de minhas peças do começo da década de 70 e que, logo depois, morrera de leucemia.

"Um ator extraordinário", disse ele, "de uma melancolia com a qual todos nós nos identificamos."

"Era um bom amigo", comentei. "Mas você não tem como se lembrar da atuação dele."

"Me lembro, sim."

"Quantos anos você tinha? Quatro?"

"Eu estava lá, nas primeiras filas. Sempre conseguia os melhores lugares."

Examinei o rosto dele o melhor que pude à luz disponível. Não havia dúvida de que tinha, no máximo, uns vinte e poucos anos.

"Deve estar enganado", eu disse. "Você ouviu falar, não foi? Tenho conversado muito com um amigo meu, que considero o melhor diretor de teatro britânico do pós-guerra. Pois onde foi parar o trabalho dele? Não existe registro possível do que era assistir a uma de suas montagens. Ainda que tivessem filmado, isso não daria uma idéia da atmosfera, da dimensão do trabalho, da sensação de quem viu. E olhe que muitos diretores", acrescentei, "admitiriam que isso é uma bênção."

Ralph me interrompeu: "Eu estava lá, e não era uma criança. Adam, você ainda tem um tempinho?".

Olhei em volta, identificando muitos rostos conhecidos, alguns tão enrugados quanto um pênis velho. Tinha trabalhado e brigado com algumas daquelas pessoas por mais de trinta anos. Hoje em dia, quando nos encontrávamos, era menos uma troca estimulante entre seres humanos do que uma litania da decadência; ninguém montaria nosso trabalho, e, se montavam, ele não era elogiado a contento. Tamanha amargura, maior do que a que merecíamos, dava nos nervos. Ou então conversávamos sobre netos, hospitais, enterros e missas de sétimo dia, lamentando a falta que fazia fulano ou sicrano, imaginando o tempo todo quem seria o próximo e quando chegaria nossa vez.

"Tudo bem", respondi. "Para que pressa? Faz pouco tempo, eu estava pensando que, a partir de uma certa idade, a gente sempre parece estar prestes a ir dormir. Mas é um alívio já não ter sucesso. Posso me deitar com o cobertor elétrico ligado, ouvindo ópera e com dificuldade para ler. Que luxo é não conseguir ler direito; aliás, que luxo é não fazer nada direito."

Duas jovens mulheres haviam se posicionado fora do alcance de nossos ouvidos, mas perto o suficiente para nos observar, lançando olhadelas e sorrisinhos ocasionais em nossa direção. Eu sabia que o rosto a partir do qual meus olhos as viam não exercia nenhum fascínio sobre elas.

Ralph inclinou-se para o meu lado. "Está na hora de eu me explicar. Digamos... Era uma vez um jovem rapaz — e não foi o primeiro — que se sentia como Hamlet. Tão confuso, furioso e com a mente tão caótica quanto a dele; e arruinado pelos pais na mesma medida. Ainda assim, agüentou firme e teve sucesso na vida, o que significa que ganhou dinheiro fazendo alguma coisa necessária, mas idiota. Fabricava papel higiênico, digamos, ou algum novo tipo de sopa em lata. Casou e criou os filhos.

"Quando chegou na meia-idade, como acontece algumas vezes, se sentiu enfim capaz de se apaixonar. No caso desse rapaz, apaixonou-se pelo teatro. Comprou um apartamento no West End, para poder ir ao teatro a pé toda noite. E foi o que fez durante anos, mas, embora adorasse os frisos dourados, as poltronas de pelúcia, os sorvetes e as discussões em restaurantes caros depois do espetáculo, aquilo não o satisfazia. Tinha começado a perceber que queria ser ator, eletrizar-se toda noite diante de uma multidão. O que mais poderia realizá-lo tão completamente?

"Mas era velho demais. Não podia ir a uma escola de teatro sem se sentir ridículo. Estava destinado a ser uma daquelas pessoas que descobrem muito tarde o que querem fazer. A vocação, afinal, é a espinha dorsal de uma vida."

"Ao mesmo tempo", prosseguiu Ralph, "estava acontecendo uma coisa terrível. Sua mulher, a quem amava, sofria de uma doença degenerativa que destruía seu corpo sem lhe afetar a mente. Era, nas palavras dela, uma motorista saudável num carro que não respondia, que estava se deteriorando e que ia se espatifar e matá-la. Tudo que ela precisava, dizia, era de um corpo novo. Tentaram-se diversos tratamentos em vários países, mas, no fim, ela implorava pela morte. Na verdade, pediu ao marido que lhe tirasse a vida. Ele nao chegou a fazer isso, mas estava pensando no assunto quando ela acabou por poupá-lo do trabalho."

"Eu sinto muito", disse a ele.

"Nos dias de hoje, morrer pode virar um pesadelo. As pessoas ficam por aí anos, mesmo depois de já não ter mais nada para conversar."

E ele continuou com sua história.

"Então, o sujeito, que passou dez anos cuidando da mulher, se aposentou e foi fazer uma viagem para se recuperar. Mas sentia que não tinha mais muito tempo de vida. Estava exausto, velho e impotente. Preparava-se para morrer também.

"Um dia, na América do Sul, onde conheceu gente abastada como ele, mas um tanto sinistra, ouviu uma história fantástica contada por um jovem médico em quem confiava e que também se interessava por teatro e cultura. Juntos — dá para imaginar? — fizeram uma montagem amadora de *Fim de jogo*. O doutor ficou tocado pelo desejo irrealizável do velho. Confiou nele, relatando-lhe uma coisa espantosa que estava acontecendo naquele momento. Alguns velhos ricos, homens e mulheres, estavam transplantando seus cérebros vivos para corpos de jovens mortos."

Nesse momento, Ralph fez uma pausa, como se precisasse avaliar minha reação antes de prosseguir.

Comentei: "Me parece lógico que a tecnologia e a ciência médica só precisem alcançar a imaginação e a vontade humanas. Não sei nada sobre ciência, mas não é sempre esse o caminho?".

Ele continuou: "Aquelas pessoas não iam, de fato, viver para sempre, mas se tornariam jovens outra vez. Podiam voltar a ter vinte anos, se quisessem. Podiam viver a vida que acreditassem ter perdido. Podiam ter aquilo com que todo mundo sonha: uma segunda chance".

"Não demora muito", murmurei, "e a gente percebe que só existe uma mercadoria de valor inestimável. Não é o ouro nem o amor, mas o tempo."

"Quem", disse Ralph, "já não se perguntou: por que não posso ser outra pessoa? Quem, de verdade, não gostaria de viver de novo, se tivesse a oportunidade?"

"Disso eu não estou convencido", eu disse. "Mas continue, por favor. Você conheceu gente que fez o tal transplante?"

"Conheci."

"E como eram?"

"Veja com seus próprios olhos." Eu me virei para ele. "Vamos lá", ele disse. "Dê uma boa olhada." E inclinou-se em direção à luz, para que eu pudesse vê-lo. "Pode me tocar, se quiser."

"Tudo bem", respondi, pudico, depois de tocar seu rosto, macio como o de qualquer garoto novo. "Continue."

"Eu acompanho a sua vida desde o começo, paralelamente à minha. Já vi você em restaurantes e até pedi um autógrafo. O que você escreve expressa o que eu penso. No meu teste na escola de teatro, escolhi uma peça sua. Adam, eu sou mais velho do que você."

"É difícil acreditar nesta nossa conversa", eu disse. "Mas sempre gostei de contos de fada."

Ralph prosseguiu. "Como eu disse, ganhei dinheiro, mas meu tempo estava se esgotando. Você sabe melhor do que eu: um ator entra numa sala e a gente logo vê — é só o que a gente vê — que ele é velho demais para o papel. Mas nosso estoque de desejo não diminui com a idade: em muitos casos, ele aumenta; os meios para realizar os desejos é que ficam debilitados. Eu não queria uma barriguinha enxuta, cabelos ondulados, olhos sem aquelas bolsas embaixo, nenhum desses... reparos triviais." Ele riu. Era a primeira vez que relaxava na seriedade. "O que eu queria era pelo menos mais vinte anos de saúde e juventude. Fiz a operação."

"Transplantou seu cérebro... para ficar mais jovem?"

"O que estou dizendo parece insanidade. É inacreditável."

"Vamos fazer de conta, só pelo prazer dessa fantasia agradável, que você está dizendo a verdade. Como funciona?"

Ele contou que o procedimento era apavorante, mas que,

fisicamente, não era tão terrível como uma cirurgia do coração, o que nós dois já tínhamos feito. Passado o efeito da anestesia, a gente se sentia em forma e otimista. "Pronto para se levantar e sair correndo", nas palavras dele. A operação ainda não era das mais comuns. Apenas um punhado de cirurgiões era capaz de fazê-la. Mas já fora realizada centenas de vezes, talvez milhares, ele não sabia o número exato, nos cinco anos anteriores. Só que ainda era, até onde sabia, mantida em segredo. Aquele era o momento certo para fazê-la, ainda no começo, antes que a procura disparasse e enquanto ainda era do interesse de todos manter o segredo.

Ralph seguiu dizendo que, segundo acreditava, havia certas pessoas que precisavam de mais tempo neste mundo, o que podia trazer imensos benefícios à humanidade. Ao que eu retruquei que, embora não o conhecesse, era sua gentileza que me chamava a atenção. Não me parecia o tipo disposto a liderar alguma espécie de raça superior. Não era Stalin, Pol Pot ou mesmo uma Madre Teresa, de volta para mais cinqüenta anos.

"É verdade", concordou ele. "Nem preciso dizer que não me incluo entre essas pessoas. Tive filhos e trabalhei duro. Precisava de outra vida para recuperar minhas horas de sono. Se voltei, foi para me divertir!"

Perguntei: "Se você fosse de fato uma daquelas pessoas, mulheres ou homens, que fizeram o tal transplante, no que gastaria o tempo que ganhou?".

"Durante anos, tudo o que eu quis foi fazer Hamlet. Não como um septuagenário, mas como um garoto. É isso o que eu vou fazer", respondeu ele. "Primeiro, na escola de teatro. Já escolheram o elenco e eu consegui o papel. Faz anos que sei as falas de cor. Nas minhas muitas fábricas, eu ficava andando e dizendo os versos, para não enlouquecer."

"Espero que você não se importe com a pergunta, mas o que há de errado com Lear ou Próspero?"

"São os pontos altos, e eu vou chegar lá, mais adiante. Adam, posso fazer o que eu quiser agora, qualquer coisa!"

E eu perguntei: "É o que você pretende fazer depois de Hamlet?".

"Vou continuar como ator, que é o que eu adoro. Adam, eu tenho dinheiro, experiência, saúde e alguma inteligência. Tenho os amigos que quero. Aquela garotada da escola é cheia de entusiasmo e ardor. Tem uma coisa que você escreveu que me influenciou. Você disse que as peças de teatro, ao contrário dos filmes, não acontecem no passado. O medo, a ansiedade e a qualidade dos atores acontecem na hora, diante de todo mundo. Atuar é arriscado, e nós nos identificamos com a possibilidade da grandeza e do desastre. É isso que eu quero. Posso garantir que o que aconteceu comigo é uma inovação na história da humanidade. Que tal me fazer companhia?"

Eu ria, meio nervoso. "Não sou nenhum santo, só um escrevinhador com algum interesse ocasional no modo como as pessoas usam umas às outras. Não sinto que tenha direito a um bis na vida com base na minha 'nobreza'."

"Você é criativo, do contra e articulado", ele disse. "E, na minha opinião, está só começando a se desenvolver como artista."

"Meu Deus, e eu que achei que já tinha dito tudo..."

"Você merece evoluir. Me encontre amanhã cedo." Enquanto ele apanhava o prato e o copo do chão, as duas moças, ainda de olho — não haviam se cansado de esperar —, começaram a se agitar. "E a gente leva isso adiante."

Ralph tocou meu braço, mencionou um ponto de encontro e se levantou.

"Por que a pressa?", perguntei. "Não pode ser daqui a alguns dias?"

"Tem a questão da segurança", ele disse. "Mas acredito que as melhores decisões são as que a gente toma de imediato."

"Também acho", concordei, "mas, nesse caso, não sei."
"Sonhe com o assunto", ele disse. "Você já ouviu o bastante para uma noite. É coisa demais para qualquer um. Vejo você amanhã. Está ficando tarde. E eu estou louco para dançar. Posso dançar a noite inteira, sem nem precisar de estimulantes."

Ele apertou minha mão, olhou-me nos olhos, como se já estivéssemos entendidos, e foi embora.

A conversa terminara de forma abrupta, mas não indelicada. Talvez ele já tivesse dito tudo que havia para dizer até aquele momento. Com certeza, me deixara querendo saber mais. Não tinha eu, como todo mundo, pensado tantas vezes em como teria vivido se soubesse o que sei agora? Ainda assim, não era uma idéia ridícula? Se havia algo que tornava possível a vida e os sentimentos, esse algo era a transitoriedade.

Fiquei observando Ralph juntar-se a um grupo de estudantes de teatro, seus "contemporâneos". Como ele, suponho — mas ao contrário de mim —, não pensavam na própria morte todo santo dia.

Levantei-me, troquei umas poucas palavras com meus amigos — os velhotes de olhos aquosos, alguns já bem encolhidos, distantes no tempo do melhor de sua obra —, terminei meu drinque e me despedi da anfitriã.

Na porta, quando olhei para trás, Ralph dançava com um grupo de jovens do qual faziam parte as duas moças que haviam ficado de olho nele. Ao atravessar a casa, vi a garotada que encontrara na porta da frente, ao chegar: estavam sentados a uma longa mesa, bebendo e brincando com os cabelos uns dos outros. Tive certeza de ouvir alguém dizer que preferia o livro ao filme, ou terá sido o filme ao livro? De repente, ansiava por um mundo novo, no qual ninguém comparasse livros a filmes ou vice-versa. Jamais.

Para poder pensar, voltei para casa a pé, mas dessa vez não

me senti cansado. Enquanto caminhava, me dei conta dos grupos de garotões e meninas circulando à toa pelas ruas. Os garotos, com seus casacos longos e capuzes que escondiam boa parte do rosto, me fizeram pensar em figuras saídas de O *sétimo selo*. Lembraram-me a morte dolorosa de meu melhor amigo, dois meses antes.

"As coisas não serão mais as mesmas sem mim por perto", ele havia dito. Nós nos conhecíamos desde os tempos de faculdade. Ele era um alcoólatra bravo e um fodido. "Veja só a sua vida e tudo que você fez. Eu desperdicei a minha."

"Não sei o que significa 'desperdiçar'."

"Ah, agora eu sei", ele disse. "É a incapacidade de ter prazer com a gente mesmo ou com os outros. Tchauzinho."

As peças do xadrez da minha vida estavam sendo removidas uma a uma. A morte do meu amigo me pegara de surpresa; acreditara que ele jamais desistiria de seu sofrimento. Também a minha vida estava chegando ao fim; havia muita coisa que já não era capaz de fazer, e logo haveria ainda mais. Estava vivo fazia muito tempo, mas minha vida, como a maioria das vidas, parecia ter passado depressa demais, e quando eu não estava pronto.

Os gritos da garotada nas ruas, seu vocabulário descolado e incompreensível e sua presença ameaçadora lembraram-me de como as necessidades dos mais jovens aterrorizam os mais velhos. Talvez fosse interessante saber o que sentiam. Tenho certeza de que gostariam de falar. Mas eu não tinha como, até aquele momento, "sentir" de fato o que sentiam.

Em casa, fui me olhar no espelho. Margot me dissera que, com minha barriga rotunda, as pernas venosas e finas e a postura um pouco inclinada para a esquerda, eu estava ficando parecido com meu pai, pouco antes de ele morrer. Aquilo importava? E o que eu achava que um corpo mais jovem me traria? Mais amor? Até eu sabia que não precisava tanto disso quanto da capacidade de amar mais.

Esperei pela chegada da minha mulher, observei-a enquanto se despia e segui a instrução de me sentar no banheiro enquanto ela tomava banho à luz de vela, contando-me como fora o seu dia e — o ponto alto para mim — quem mais a havia aborrecido. Ela e eu também gostávamos de discutir nosso consumo de chocolate e nossos corpos: que parte de cada um de nós, por exemplo, parecia cheia de sorvete e em expansão. Dietas variadas e possíveis modalidades de exercícios sempre foram muito populares entre nós. Ela me acusava com gosto de não estar "sarado", ou, na verdade, de estar mais para um "mingau", mas ameaçava com homicídio seguido de suicídio se eu me referisse a qualquer parte de seu corpo sem a devida reverência. Olhando-a com os cabelos para cima, de camisola, inspecionando e limpando o rosto diante do espelho, eu imaginava quantas noites comuns como aquela ainda passaríamos juntos.

Minutos depois de se enfiar na cama, ela já estava pegando no sono. Eu invejava aquela sua capacidade de apagar. Embora o sono agora me parecesse algo mais luxurioso, eu não tinha feito nenhum progresso nessa área. Acho que as crianças e os mais velhos temem se apartar da consciência, como se ela não fosse voltar jamais. Se me perguntavam, eu dizia que a consciência era a coisa de que eu mais gostava na vida. Mas quem não precisa de um descanso dela de vez em quando?

Deitar-me ao lado de Margot toda noite, conversar e dormir, era extraordinário. Ser bem casado demanda certo pendor para as complexidades da intimidade e da metamorfose: demanda, por exemplo, o interesse pelo sonho conjunto. Se a personalidade é uma teia de aranha, quer-se conhecer cada um de seus fios. Do contrário, para além dos quarenta, quando as cores do mundo começam a esmaecer, restarão ou a aposentadoria ou a reinvenção. Os prazeres já não surgem de forma espontânea, mas restos podem ser colhidos, se se aprendeu a procurar por eles.

Mais tarde, como raras vezes acontecia — a última vez fora havia um bom tempo —, ela me acordou para fazermos amor, o que fiz com prazer, dizendo a ela que sempre a amara e recordando, como era freqüente entre nós, como nos conhecêramos e nos juntáramos. Eram nossas histórias favoritas, sempre as mesmas e, no entanto, sempre um pouquinho diferentes, de modo que eu ficava à espreita de algum novo sentimento ou aspecto.

Permaneci acordado durante o resto da noite, caminhando pela casa e pensando.

2

Na manhã seguinte, não ir encontrar Ralph no café que ele havia sugerido estava fora de questão. Ao mesmo tempo, não acreditava que ele fosse aparecer; ou talvez isso fosse apenas meu desejo. Ele me fizera pensar tanto, o escopo de minha vida cotidiana parecia tão prosaico e, ademais, eu tinha ficado tão agitado com a possível aventura e o futuro que já estava começando a sentir medo.

Ralph chegou de bicicleta, usando pouca roupa, e me disse que tinha dançado até tarde, que se levantara cedo, fizera exercícios e estudara um "texto dramático" antes de vir até ali. Era comum, disse, que, na "segunda" vida, assim como num segundo casamento, as pessoas levassem mais a sério o que faziam. Cada momento parecia ainda mais precioso. Não havia dúvida de que ele estava em forma, bem disposto e pronto a se interessar pelas coisas.

Flagrei-me estudando seu rosto. Como explicar? Se o corpo é uma imagem da mente, o corpo dele era como o mapa de um lugar que não existia. O que eu queria era ver seu rosto original, antes do renascimento. Do contrário, era como falar ao telefone com alguém a quem não conhecia pessoalmente, tentando adivinhar como era de fato.

Mas estávamos ali por minha causa, e não por causa dele, que se comportou de forma muito prática e objetiva, como supus que devia ter sido em sua vida anterior. Deu-me todas as explicações como se estivesse lendo anotações feitas em sua mente. Duas horas depois, trocamos um aperto de mão e eu voltei para casa.

Margot e eu sempre conversávamos e acabávamos discutindo um pouco durante o almoço — sopa com pão ou salada e sanduíches —, antes da soneca vespertina em sofás separados. Naquele dia, tive de dizer a ela que estava indo embora.

Naquele mesmo ano, ela tinha passado dois meses na Austrália, viajando e visitando amigos. Margot e eu precisávamos um do outro, mas não queríamos nos isolar do mundo mais do que o necessário em nosso casamento. Havíamos concordado que também eu poderia "dar uma sumida", se quisesse. (Ao que parece, "dar uma sumida" era o que alguns aborígines chamavam de "o sonhar".) Disse a ela que pretendia partir em três dias. Solicitei um "semestre sabático". Ela ficou chocada e aborrecida tanto com a decisão repentina como com o período de tempo requisitado. Sempre apreciamos nos separar, mas, passados uns poucos dias, precisamos compartilhar nossas queixas. Acho que era por isso que sabíamos que nosso casamento ainda se mantinha saudável. Contudo, ela sabia que quando tomo uma decisão mergulho num túnel da mais absoluta firmeza, por temer a hesitação que sempre me acompanha de perto.

Margot perguntou: "Sem você aqui, falando na cama sobre você mesmo, como é que eu vou dormir?".

"Pelo menos tenho alguma utilidade, então."

Ela aquiesceu, porque era uma pessoa gentil. Não acreditava que eu fosse agüentar seis meses. Em poucas semanas, estaria entediado e cansado. Como é que alguém podia se interessar por minhas aflições como ela?

Acomodar assuntos pendentes antes de minha "viagem" levou menos tempo do que eu esperava. Eu tinha um círculo de amigos homens que vinha a minha casa semana sim, semana não, para bebermos alguma coisa, assistirmos ao futebol e discutirmos as mazelas de nosso ofício. Margot os avisaria de que eu iria dar uma sumida, e retomaríamos nossos encontros quando eu voltasse. Por meio do meu advogado, fiz os arranjos financeiros necessários e cuidei dos demais preparativos nos quais Ralph havia insistido.

Quando ele e eu nos reencontramos, Ralph me deu uma olhada e disse: "Você é meu primeiro calouro. Estou feliz que esteja fazendo isso. Você vive sua vida tentando descobrir como viver a vida, e então ela acaba. Não acredito que pudesse ter escolhido pessoa melhor".

"Calouro?"

"Estive esperando que aparecesse a pessoa certa para me seguir nesse caminho, e acabou sendo alguém tão ilustre como você!"

"Preciso ver que vantagens isso vai trazer para mim", murmurei, mais para mim mesmo.

"Esse seu rosto já deve ter rendido o bastante", ele disse. "Não notou as garotas olhando para você na festa? Depois vieram me perguntar se era você mesmo."

"Perguntaram?"

"E aí, está pronto?"

Ralph caminhava em direção ao carro. Eu o segui. Ele estava muito solícito e otimista; quanto a mim, sentia-me tão confortável quanto era possível naquelas circunstâncias. Então, comecei a ansiar pela "mudança" e a fantasiar sobre tudo que faria em minha nova pele.

Àquela altura, tínhamos chegado ao "hospital", um armazém em péssimo estado, situado num distrito industrial ermo e varrido pelo vento na periferia de Londres (Ralph já havia me explicado que "as coisas não serão o que parecem"). Pelo tamanho da cerca e pelo número de homens trajando uniformes pretos, percebi que a segurança era reforçada. À porta, Ralph e eu mostramos nossos passaportes. Fomos revistados, os dois.

Lá dentro, o lugar de fato lembrava uma clínica particular, pequena e cara. As paredes, os sofás e os quadros exibiam tonalidades pastel, e o prédio parecia quase em silêncio absoluto, como se dotado de paredes monumentais. Não se viam pacientes circulando nem visitantes trazendo flores, livros e frutas; apenas, de vez em quando, um médico e uma enfermeira. Quando enfim, na outra ponta de um corredor, divisei uma velhinha em mau estado, trajando camisola cor-de-rosa e sendo empurrada numa cadeira de rodas por um atendente, fui mais do que depressa introduzido num escritório lateral, junto com Ralph.

De imediato, entrou na sala o cirurgião, um homem de seus trinta e tantos anos e de aspecto tão sereno que só pude imaginar que tipo de ioga ou terapia havia feito, e por quanto tempo.

Seu assistente cuidou para que a papelada não tomasse muito tempo, e eu fiz um cheque. Era uma soma considerável, que normalmente teria ido para meus filhos. Tive a esperança de que a penúria viesse a torná-los inventivos e vigorosos. Para minha esposa, já havia deixado o bastante. O que estava me incomodando? Não conseguia abandonar a suspeita de que aquilo tudo era trambique, de que me haviam feito de bobo onde eu era mais vulnerável: na vaidade e no medo da decadência e da morte. Mas se era um embuste, era dos mais elaborados, e eu teria gastado dinheiro para saber como funcionava.

O cirurgião disse: "É um grande prazer ter um artista do seu calibre entre nós".

"Obrigado."

"Será que já ouvi falar de você?"

"Duvido."

"Acho que minha mulher viu uma peça sua. Ela adora comédias e agora tem tempo para gozar a vida. Ralph me disse que você deseja, de início, apenas um aluguel de curto prazo. O plano mínimo de seis meses, é isso?"

"É isso mesmo", respondi. "Daqui a seis meses, ficarei feliz em ter meu corpo de volta."

"É melhor eu avisar desde já que nem todos querem voltar."

"Eu quero. Essa experiência me fascina e eu quero participar dela, mas não estou tão insatisfeito com a minha vida."

"Pode ficar insatisfeito com a sua morte."

"Não necessariamente."

Ele retrucou: "Eu não esperaria até estar no meu leito de morte para descobrir. Você sabe, algumas pessoas já não têm o poder da fala quando chegam a esse ponto. Ou então é tarde demais por uma série de outras razões".

"Você está insinuando que não vou querer voltar para o meu corpo?"

"É impossível para qualquer um de nós dois prever como você estará se sentindo daqui a seis meses."

Eu assenti com a cabeça.

Ele percebeu que eu olhava para ele. "Você está se perguntando se..."

"É claro."

"Sou", ele respondeu, com um olhar na direção de Ralph. "Nós dois somos. Reimplantados."

"E aquelas pessoas comuns lá fora, cuidando da vida", apontei para a distância, "são chamadas 'inimplantados'?"

"Talvez. É, por que não?"

"Então você acha que essas são palavras que vão passar a integrar o vocabulário cotidiano da maioria das pessoas?"

"As palavras são o seu negócio", ele disse. "O meu são os corpos. Mas imagino que sim."

"A existência de reimplantados, como você diz, vai criar uma bela confusão, não vai? Como é que a gente vai saber quem é novo e quem é velho?"

"Essa é uma questão que ainda não foi discutida", ele respondeu. "Mas, do mesmo jeito que se discutiram o aborto, a engenharia genética, a clonagem, o transplante de órgãos ou qualquer outro avanço da medicina, também se vai discutir esse novo avanço."

"Mas essa, com certeza, é uma questão de outra ordem", eu disse. "Pais com a mesma idade dos filhos, por exemplo, ou até mais jovens — que implicações isso vai ter?"

"A resposta cabe aos filósofos, sacerdotes, poetas e aos programas de televisão. Meu trabalho é só prolongar a vida."

"Mas, sendo um homem instruído, você deve ter pensado no assunto."

"Como eu poderia deduzir sozinho as implicações disso tudo? Elas só podem ser vividas."

"Mas..."

Remoemos aquele assunto, virando-o de um lado e de outro, até ficar claro inclusive para mim que eu queria mesmo era ganhar tempo.

"Estava aqui pensando...", interveio Ralph, sorrindo. "Se eu estivesse morto, não estaríamos tendo esta conversa."

O cirurgião ponderou: "Toda essa ambigüidade do Adam é necessária". E, voltando-se para mim: "Você tem uma outra decisão importante a tomar".

Imaginei que estava chegando a hora. "Não vai ser tão difícil, espero."

"Venha comigo, por favor."

Acompanhado de um porteiro e de uma jovem enfermeira, o doutor nos conduziu por diversos corredores e portas trancadas. Por fim, entramos no que parecia ser um amplo refrigerador, com pé-direito baixo, luzes de neon e chão de ladrilhos.

Em pé ali, eu tremia, e não apenas por causa da temperatura. Ralph pegou meu braço e começou a murmurar alguma coisa em meu ouvido, mas eu não podia ouvi-lo. O que vi não se parecia com nada que já tinha visto antes; aliás, não se parecia com nada que qualquer pessoa já tivesse visto. Aquilo já não tinha nada a ver com mera especulação divertida ou curiosidade aguçada. Era a fronteira de um novo mundo.

"Onde você consegue todos eles?", perguntei. "Os corpos."

"São de pessoas jovens que, infelizmente, faleceram", disse o doutor.

Então, fiz uma pergunta idiota, como se contemplasse o resultado de um massacre: "Todos de uma vez só?".

"Não, em momentos diferentes, claro. E em diferentes partes do mundo. São transportados da mesma forma que se transportam órgãos hoje em dia. Isso não é difícil."

"E o que é difícil nesse processo todo?"

"O tempo e o grau elevado de especialização que tudo isso demanda. O mesmo acontece quando se vai restaurar uma pintura, uma grande obra de arte. Precisa ser feito pela pessoa certa. E essas pessoas ainda não existem em quantidade suficiente. Mas dá para fazer. Afinal, todo mundo sabia que isso ia ser possível um dia."

Suspensos por arreios, viam-se fileiras e mais fileiras de corpos: pálidos, escuros ou de tonalidade intermediária; malhados ou de pele clara e uniforme, peludos ou sem pêlos, barbados ou de seios fartos; altos, largos ou atarracados. Cada um deles trazia um número numa carteirinha de plástico sobre a cabeça. Alguns tinham um aspecto esquisito, como se estivessem dormindo, a cabeça ligeiramente tombada para o lado, as pernas formando ângulos diferentes. Outros pareciam prontos a sair correndo. Pelo que pude ver, todos os corpos eram relativamente jovens; alguns estavam mais para crianças mais velhas do que para jovens adultos. Os mais velhos estavam na casa dos quarenta e poucos anos. Lembrei-me das fileiras de ternos nos alfaiates que, quando menino, eu visitava com meu pai. Só que o que via agora não eram revestimentos de tecido, mas corpos humanos, nascidos vivos por entre as pernas de uma mulher.

"Por que você não dá uma olhada?", sugeriu o cirurgião, deixando-me na companhia da enfermeira. "Faça uma listinha de finalistas, digamos. Anote os números dos preferidos. Depois, podemos discutir suas escolhas. Essa é a melhor parte para mim. Sabe o que eu gosto de fazer? Adivinhar quem as pessoas vão escolher e esperar para ver se acertei. Muitas vezes, acerto."

Escolher um corpo para comprar. Na verdade eu tinha uma idéia do que estava procurando. Sabia, por exemplo, que não queria ser loiro de olhos azuis. As pessoas poderiam me achar um belo idiota.

"Posso dar uma sugestão?", pediu Ralph. "Para variar um pouco, talvez você queira ser uma jovem mulher."

"Minha mãe costumava dizer que toda mudança é sempre bem-vinda", respondi.

"Tem homens que gostariam de poder dar à luz. Outros querem fazer sexo como mulher. Você mesmo pôs na boca de uma de suas personagens que, em suas fantasias sexuais, ele sempre era mulher."

"É... Entendo o que você quer dizer..."

"Ou poderia escolher um negro. Tem alguns aqui", disse ele, com uma fungadinha irônica. "Pense no quanto poderia aprender sobre a sociedade e... tudo mais."

"Pois é", comentei. "Mas não seria melhor ler um romance sobre o assunto?"

"Como quiser. Tudo o que eu quero é que você saiba que são muitas as opções. Vá com calma. Raça, gênero, tamanho e idade, só você pode escolher. Eu diria que, na minha opinião, as pessoas não pensam o bastante sobre essas coisas. Dão de barato que os garotões da pesada são os que mais se divertem. De todo modo, daqui a seis meses você pode experimentar outro corpo. Ou será que é muito ligado a sua identidade?"

"Nunca passou pela minha cabeça não ser."

"A gente acaba aprendendo que identidades são boas para algumas coisas e ruins para outras", disse Ralph, completando: "Tome".

"Puxa, obrigado."

Peguei o saco, mas não estava sentindo enjôo. Queria sair daquela sala. Era pior do que uma casa funerária. Aqueles corpos seriam reanimados. As conseqüências eram inimagináveis. Pareciam disponíveis ali todos os tipos de seres humanos, à exceção dos velhos. Os jovens deviam estar morrendo aos montes; talvez estivessem sendo mortos. Eu iria fazer uma escolha eficaz, mas rápida, e sairia dali.

Quando, discretos, os outros se afastaram, caminhei por aquele exército estacionário dos mortos, aquele armazém dos tombados, examinando rostos e corpos nus. Olhava como quem contempla demasiado longamente uma pintura, até que seu valor — o valor da vida — parece evaporar, persistindo apenas como um momento de frustração corporificada, entre duas eternidades. Então comecei a pensar em poesia, nas crianças, nas primeiras horas da manhã, até tornar a enxergar aquele valor, por que queria continuar vivo e por que, às vezes, aquilo parecia valer a pena.

Parei para cogitar diversos corpos, mas seguia adiante, esperando encontrar coisa melhor. Por fim, detive-me diante de um deles: tinha encontrado o "cara certo". Ou, antes, ele parecia ter me escolhido. Troncudo e de beleza tão clássica quanto a de qualquer escultura do Museu Britânico, não era nem branco nem escuro, mas de um leve bronzeado, com um belo pênis grosso e um saco pesado. Teria, enfim, o corpo de um jogador de futebol italiano: um meio-campista agressivo e ofensivo, digamos. O rosto lembrava o do Alain Delon jovem, mas, claro, teria meu próprio cérebro no comando daquela combinação pelos seis meses seguintes.

"É este", eu disse por entre as fileiras de corpos. "É ele que eu quero. Boa-pinta. Gostamos um do outro."

"Quer ver os olhos?", perguntou a enfermeira, que ficara esperando junto da porta. "É melhor dar uma olhada."

"Por que não?"

"Então veja", disse ela.

A enfermeira ergueu as pálpebras do sujeito. A sala era mantida rigorosamente inodora, mas, quando me aproximei, detectei um leve cheiro de antisséptico. Contudo, já estava gostando dele. Pela primeira vez, eu teria olhos castanho-escuros.

"Muito bom." Pensei em dar um tapinha na cabeça dele, mas me dei conta de que ele devia estar gelado. Disse apenas: "Vejo você mais tarde, amigão".

Ao sair, notei outra porta pesada e trancada. "Tem mais aí dentro? É onde guardam os jogadores da segunda divisão?"

"Aí é onde ficam guardados os corpos velhos", informou ela. "Seu equipamento atual também vai ficar aí dentro."

"Equipamento?", perguntei. A necessidade de eufemismos sempre me advertiu para perigos ocultos.

"O corpo que você está usando neste momento."

"Certo. Mas só por um tempo, não é?"

"Só por um tempo", ela repetiu.

"Não vai acontecer nada de errado com ele aí dentro, vai?"

"E por que haveria de acontecer?"

"Vocês não vão vender meu corpo, não é?"

"Ahn... E por que venderíamos?" Ela acrescentou ainda: "Não me leve a mal, não quis ofender. Se daqui a seis meses você mudar de idéia ou não aparecer, removemos seu equipamento antigo, é claro".

"Está bem. Mas gostaria de ver onde vão me colocar — ou melhor, pendurar."

Aproximei-me da porta trancada. O braço musculoso do porteiro me barrou o caminho.

A enfermeira completou: "É confidencial".

Ralph interveio: "É pouco provável, Adam, mas pode ser que você conheça alguém lá dentro. Algumas pessoas dizem que vão emigrar, outras 'parecem' ter morrido. E tem os que desaparecem, mas vêm aqui e ressurgem como reimplantados".

"E quanto desse 'vaivém' anda acontecendo?", perguntei.

Ralph não respondeu. Eu percebi que começava a me sentir aporrinhado.

Então disse: "É interessante. Você disse que queria 'calouros' curiosos como eu, mas agora se recusa a responder minhas perguntas".

"Seja um paciente paciente. Logo você vai ter nas mãos todo o tempo que poderia querer. Vai passar a entender muito mais." Ele me deu um abraço. "Agora eu vou indo. Venho visitar você depois da cirurgia."

"Vou me sentir como um novo homem."

"Isso mesmo."

Então, deitaram-me numa cama, num quarto próprio, e fui examinado pelo doutor e por seu assistente. O cirurgião assobiava, e eu fechei os olhos. Meu corpo já se tornara apenas um objeto a ser trabalhado. Imaginei o novo corpo sendo retirado da prateleira e preparado em alguma outra sala.

Passado algum tempo, o doutor disse: "Estamos prontos para ir adiante. Você fez uma boa escolha. Seu novo equipamento quase foi selecionado algumas vezes. Está há algum tempo esperando para sair. Fico contente que o dia tenha finalmente chegado".

Na medida do possível, eu me acostumara à idéia de que poderia morrer sob o efeito da anestesia, de que aqueles poderiam ser meus últimos momentos na Terra. Os rostos de meus filhos ainda bebês flutuaram diante de meus olhos enquanto eu apagava. Mas dessa vez sentia uma nova modalidade de medo: não apenas da morte, mas do que resultaria dela — da nova vida. Como me sentiria? Quem eu seria?

3

Um amigo meu que adora teorias acredita que a noção de um eu, do indivíduo à parte, consciente de si mesmo, e a de um eu que escreve ou relata sua autobiografia são coisas que se desenvolveram mais ou menos à época da invenção do espelho, que começou a ser produzido em massa na Veneza do início do século XVI. Quando as pessoas passaram a poder examinar os próprios rostos, a expressão de suas emoções e seus corpos por um período contínuo de tempo, puderam também começar a pensar em quem eram e no que eram diferentes ou iguais aos outros.

Por volta dos dois anos de idade, meus filhos se fascinavam com sua imagem no espelho. Lembro-me do meu filho, aos seis anos, subindo numa cadeira e depois na mesa do jantar, só para poder se ver no espelho sobre a lareira; lembro-me de beijar seus dedos e, enquanto ele ajeitava sua cartola, dizer: "Uma obra-prima! Que sujeito de sorte é você, que tem um filho tão bonito!". Mais adiante, é claro, os dois se tornaram inseparáveis de seus espelhos. Como eu disse a eles à época: aproveitem bem, porque vai chegar uma época na qual vocês não serão capazes de olhar a própria imagem no espelho sem um sobressalto de medo.

Segundo meu amigo, se uma criatura não consegue ser ela mesma, é incapaz de amadurecer. Não consegue ver onde termina e os outros começam. Pode-se auxiliar esse processo pendurando um espelho na jaula de um animal.

Ainda semiconsciente, comecei a me mexer. Descobri que era capaz de ficar em pé. Postei-me diante de um grande espelho que havia no quarto, e fiquei olhando para mim mesmo — ou para quem eu era agora — por um longo tempo. Notei que o quarto havia sido equipado com outros espelhos. Eu os ajustei até obter uma visão panorâmica de mim mesmo. Naqueles espelhos, parecia ter sido não apenas transformado, mas clonado também. Para onde quer que me virasse, havia mais eus, muitos novos eus, tantos que acabei ficando tonto. Eu me sentei, me deitei, pulei, toquei meu corpo, estiquei os dedos das mãos e dos pés, sacudi braços e pernas, e por fim encostei a cabeça no chão com muito cuidado; depois plantei bananeira e fiquei ali, de cabeça para baixo — algo que não mais havia feito nos vinte e cinco anos anteriores. Eu tinha muito o que experimentar.

Fora algum tempo antes, aos cinqüenta e poucos, que eu perdera minha vaidade física, como ela costumava ser. Disseram-me que, quando eu era jovem, algumas pessoas me achavam atraente; eu passava mais tempo penteando o cabelo do que resolvendo equações. No mínimo, tinha para mim que as pessoas não se repugnavam com minha aparência. Quando criança, vivia pelos campos, no meio de regatos, correndo e explorando o terreno o dia todo. Em anos recentes, porém, me tornara gorducho e careca; o problema no coração trouxera umidade constante ao meu lábio superior. Aos quarenta, precisara enfrentar o dilema de passar o cinto acima ou abaixo da barriga. Antes que meus filhos me desaconselhassem a fazê-lo, fui por algum tempo um desses sujeitos cujas calças sobem até o peito.

Quando tomei consciência da deterioração, apontada por uma amante decepcionada, tingi o cabelo e até me inscrevi numa academia. Logo sentia tanta fome que comia até frutas. Não demorei muito para perceber que havia pouquíssima coisa mais risível do que narcisismo de meia-idade. Soube que o fim da picada havia chegado quando tive de pôr meus óculos de leitura para poder enxergar a revista que estava usando para me masturbar.

Nenhuma das mulheres que eu conhecia era capaz de jogar a toalha daquela maneira. Era raro que minha esposa e suas amigas não conversassem sobre botox e dietas, sobre comida e a modelagem, o tamanho e a relativa boa forma de seus corpos, bem como sobre que tipo de exercício fariam ou não fariam. Eu conhecia mulheres — e não apenas atrizes — que tinham esquadrões de *personal trainers*, dietistas, nutricionistas, professores de ioga, massagistas e esteticistas trabalhando em seus corpos todo dia, como se anseios e ansiedades da mente pudessem ser curados pela via do corpo. Quem não quer se sentir mais desejado e, portanto, amado?

Eu, ao contrário, tentei me dissociar de meu corpo, como se de uma amizade constrangedora e já indesejada. Meu orgulho, minha idéia de mim mesmo, minha identidade, se se quiser, não desapareceu; antes, emigrou. Notei isso com meus amigos. Alguns tinham ido parar na Câmara dos Lordes, participavam de comitês. Eram homenageados em "tributos"; recebiam prêmios, medalhas, condecorações e doutorados honoríficos. O fim do ano, época em que se entregam essas coisas, era um período aflitivo para os mais velhos e seus respectivos médicos. O prestígio importava mais do que a beleza. Eu imaginava todos nós como num cartum, afundando na lama da velhice, arrastados por medalhas, apenas voltando o pescoço ciumento para ver que recompensas nossos contemporâneos estavam recebendo.

Algumas dessas coisas, admito para alegria geral, aconteceram comigo. Minhas primeiras peças eram ressuscitadas de vez em quando, em geral por artríticos amadores, embora a mais recente nem sequer tivesse sido montada: consideraram-na "ultrapassada". Alguém estava escrevendo minha biografia, o que, para um escritor, é o mesmo que dizer ao pedreiro que comece a talhar seu nome na lápide. Meu biógrafo parecia saber melhor do que eu o que tinha sido importante para mim. Ele era jovem e eu era seu primeiro trabalho, uma tentativa. Apesar de meus esforços, nós dois sabíamos que minha vida não continha escândalos suficientes para despertar muito interesse por seu livro.

Contudo, eu tinha escrito minhas memórias e ganhado algum dinheiro com duas casas compradas, sem pensar muito, no início da década de 60 — uma para meus pais, outra para mim —, imóveis que por acaso se situavam em áreas que acabaram virando moda.

Em tempos mais recentes, a única cura que eu procurava, se de fato procurava alguma, era para minha indiferença, uma leve depressão e o cansaço geral; uma cura para o sentimento de que meu interesse pelas coisas — por cultura, política, outras pessoas ou por mim mesmo — estava desaparecendo. Um quarto de mim ainda vivia; era essa parte que desejava uma "injeção" de vida, pura, sem aditivos.

Eu não era o único. Um amigo bem-sucedido, mas melancólico, dez anos mais velho do que eu, certa vez me descreveu sua cabeça como uma "ferida aberta"; ele continuava tão furioso, magoado e louco quanto havia sido aos vinte e cinco. Não alcançara serenidade nirvânica, não estava livre de ambição ou inveja. Disse-me: "Não saberia dizer se é melhor adentrar gentilmente a noite ou enfurecer-se contra a luz moribunda. Pensando bem, acho que, no meu caso, prefiro a gentileza". Mas é como ter a mente povoada por uma casa inteira de parentes altercando-se, gente que adoraríamos, mas não podemos, expulsar dali.

Onde, então, encontrar consolo? Quem vai nos ensinar a sabedoria de que necessitamos? Quem a possui e poderia, portanto, passá-la adiante? Essa sabedoria ao menos existe?

No passado, havia a religião, agora substituída pela "espiritualidade". Ou, para muitos de nós, a política — do tipo "fraternal". Antes havia a cultura, agora vai-se às compras.

Quando acordei da operação, essas cansadas reflexões que carregava comigo fazia meses não estavam ao meu lado. Eu tinha coisas mais importantes a fazer, como ficar de cabeça para baixo! Ralph não havia me dito nada do tipo — ele se tornara um otimista —, mas eu esperara me sentir no mínimo como se tivesse levado uma surra. Previra muitos dias de recuperação. No entanto, embora só estivesse semiconsciente, descobri que era capaz de me mover com facilidade.

Ainda assim, tão logo me deitei na cama, adormeci de novo. Dessa vez, sonhei que estava numa estação ferroviária. Quando tenho de pegar um trem, gosto de chegar cedo à estação, para poder observar os corpos habitados passando uns pelos outros. Mas andei desenvolvendo certa fobia em relação aos corpos dos outros. Não os quero muito perto de mim; não sou capaz de tocar estranhos, amigos ou até meu próprio corpo. No sonho, quando cheguei à estação, todo mundo queria me conhecer; amontoaram-se ao meu redor, dando-me a mão, me tocando, beijando e alisando, queriam me felicitar.

Esse estado de semi-adormecimento prosseguiu. De algum modo, me dei conta de que estava sem o meu corpo. Talvez fosse melhor dizer que me senti suspenso entre dois corpos: já fora do meu, mas ainda não em outro de fato. Fui assaltado pelo que pensei serem imagens, mas percebi que se tratava na verdade de sensações corpóreas, como se minha vida estivesse retornando aos poucos, na condição de sensações físicas. Sempre dera como certo que eu era uma pessoa, o que era uma boa coisa para ser. Mas agora estava sendo lembrado de que, antes de mais nada, eu era um corpo, um corpo que queria coisas.

Nesse estranho estado, pensava em como os bebês ficam junto da pele da mãe quase o tempo todo. O corpo é o primeiro playground de toda criança, e suas primeiras experiências são de caráter sensual. Não demora muito para que elas aprendam que podem conseguir coisas de outros corpos: leite, beijos, mamadeiras, carícias, tapinhas. As mãos das pessoas são úteis para isso, assim como o são também na exploração dos numerosos buracos presentes nos corpos, buracos dos quais, queira-se ou não, saem substâncias diversas: suor, merda, sêmen, pus, hálito, sangue, saliva, palavras. Nesses buracos podem-se enfiar coisas também, se é o que se deseja.

Minha mãe, uma bibliotecária, era gorda e não podia andar muito. O movimento a perturbava. Suas roupas eram volumosas. Ela não queria saber de dieta, a não ser por uma única vez em que decidiu fazer jejum. Excluiu o café-da-manhã. Lá pela hora do almoço, sentia dor de cabeça e tontura, estava "morrendo de fome" e, então, comeu um sonho para se animar.

Minha mãe estava sempre com fome, mas acho que não sabia de quê. Quando eu perguntava por que ela comia tanta porcaria, respondia: "A gente nunca sabe de onde vai tirar a próxima refeição, não é?". As coisas podem parecer assim a algumas pessoas, como se tudo fosse escassez, e, portanto, melhor engolir tudo que encontrar pela frente, ainda que isso nunca satisfaça.

Ela nunca me deixou ver seu corpo ou dormir a seu lado; não gostava de me tocar. Não queria que ninguém pusesse a mão nela, dizia que era "desnecessário". Talvez tivesse engordado só para desencorajar qualquer tentação.

À medida que vamos ficando mais velhos, somos instruídos a não sair tocando qualquer um, e tampouco as pessoas podem nos tocar. Embora os pais estimulem a generosidade nos filhos, não têm o costume de compartilhar com eles seus órgãos genitais ou os de seu parceiro. Às vezes, não permitem que toquemos partes de nosso próprio corpo, como se não pertencessem a nós. Existem sensações que nosso corpo é proibido de gerar, sensações que os mais velhos não gostam que ninguém tenha. Sempre nos consideramos liberais; os outros é que têm hábitos inexplicáveis. Ainda assim, por toda parte a etiqueta é rigorosa no que se refere a tocar corpos.

Os corpos são diferentes uns dos outros, mas todos têm uma coisa em comum: são incontroláveis. Corpos fazem muitas coisas involuntárias, como chorar, espirrar, urinar, crescer ou se excitar. Logo se descobre que eles podem sentir atração ou repugnância por outros corpos, mesmo — ou em especial — quando não querem que isso aconteça.

Eu cresci depois das grandes guerras européias, brincando de soldadinho na fazenda do meu pai. Minha mente estava possuída das imagens de milhões de corpos masculinos eretos, idênticos nos trajes e nas poses. O mundo que esses homens criaram era de pavor e desordem, mas pelo menos, dizia meu pai, eram "bem-apessoados". Na escola, parecia que cada professor tinha um pedaço faltando — uma orelha, uma perna, um testículo, alguma marca da guerra —, o que era fascinante para nós. Não achávamos que algum dia ficaríamos reduzidos a um único exemplar de algo que deveríamos ter em dobro, mas não parávamos de pensar no assunto. Era o grande mal-entendido da educação: os professores estavam interessados nas mentes, nós, nos corpos. Eram os corpos que eu queria quando crescesse.

Tomei consciência da realidade da morte ao mesmo tempo que tomei consciência da possibilidade de fazer sexo de verdade com os outros. Uma coisa viabilizava a outra. Podia-se morrer, mas, antes de partir, podia-se dizer um "oi".

No campo, é menor o número de corpos, e maior a distância entre eles. Vim para a cidade porque nela os corpos estão mais próximos uns dos outros; há calor e magnetismo. Os corpos se esbarram — será por espaço ou para se tocar? As mesas nos restaurantes e bares ficam mais juntas. Nos trens e no metrô, é claro, os corpos parecem respirar uns aos outros, o que deve ser o motivo pelo qual as pessoas vão para o trabalho. Corpos parecem anônimos, mas, às vezes, qualquer um serve. Por que alguém haveria de querer algo assim, sobretudo uma pessoa semiclaustrofóbica como eu?

Se os corpos dos outros se tornam excessivos, pode-se detê-los mediante esfaqueamento ou crucificação. Pode-se atirar neles ou queimá-los, seja para fazê-los parar quietos no lugar ou para impedir que digam palavras desagradáveis. Se é nosso próprio corpo que se torna demais — e que corpo não passa dos limites? —, podemos meditar até suprimir qualquer desejo, entrar para um mosteiro ou encontrar um vício para onde canalizar o desejo. Alguns corpos representam tamanho inconveniente para seus proprietários — podem parecer tão imprevisíveis quanto animais indomados, ou o sentimento pode superaquecer, e não há termostato — que eles não apenas os matam de fome ou procuram modelá-los, como também os flagelam e punem.

Quando jovem, eu queria entrar nos corpos, e não apenas com uma porção de mim: queria me entocar neles, viver lá dentro. Se isso parece pouco prático, pode-se ao menos travar conhecimento com um corpo dormindo ao lado dele. Depois, podemos enfiar pedaços de nosso corpo em outros corpos. É um grande barato. Antes de conhecer minha esposa atual, passei um tempo pondo áreas sensíveis do meu corpo o mais próximo possível de áreas sensíveis de outros corpos, aprendendo tudo que podia sobre o que os corpos querem. Nunca perdi meu temeroso fascínio pelo corpo das mulheres. E elas pareciam entender que a força do nosso desejo nos deixava loucos e apavorados. Um sujeito pode matar uma mulher por desejá-la demais.

Quanto mais velho e doente a gente vai ficando, menos o corpo se revela um adereço, menos as pessoas querem tocá-lo. Para tanto, será necessário pagar. Massagistas e prostitutas cuidarão das carícias, se receberem dinheiro. Quantas terapias nos dias de hoje não envolvem "pôr a mão na massa"? Enfermeiras tratarão dos doentes. Os médicos passam a vida inteira tocando corpos, e é por isso que os jovens querem fazer medicina. Dentistas e ginecologistas adoram a escuridão interior. Alguns tipos de trabalhadores, como os vendedores nas lojas de sapatos, podem pegar partes do corpo sem terem precisado freqüentar aulas de anatomia. Sacerdotes e políticos dizem às pessoas o que fazer com seus corpos. Todo mundo sempre escolhe seu trabalho de acordo com a parte preferida do corpo. Os conselheiros vocacionais deveriam ter isso em mente. Por trás de cada vocação há sempre um fetiche.

Quando chega a puberdade, as pessoas começam a se preocupar — alguns dizem que as mulheres mais do que os homens, mas não estou convencido disso — com a forma e o tamanho de seus corpos. Pensam um bocado no assunto, ainda que os sensatos saibam que seus corpos nunca lhes propiciarão a satisfação que desejam, porque é seu apetite, mais do que sua constituição física, que os preocupa. O apetite decerto altera a forma de um corpo e a maneira como os outros o vêem. Inanição, jejum, dieta. As três coisas podem parecer soluções decentes para o problema do apetite ou do desejo.

O apetite do meu novo corpo parecia estar renascendo também; eu estava recuperando a consciência porque sentia um ardor de necessidade. Mas minha nova forma era como um edifício no qual eu nunca tinha estado. De onde vinha, afinal, aquela sensação? O que eu queria? Pelo menos sabia que meu estômago devia estar vazio. Primeiro, eu me levantaria para valer; depois, podia comer alguma coisa.

    Meu relógio estava em cima da mesinha-de-cabeceira. Enxergava os números com visão perfeita, mas a pulseira não servia no pulso novo e grosso. Era de manhã, isso eu sabia: tinha dormido a noite inteira. Estava na hora do café-da-manhã. Não podia sair andando do quarto em meu novo corpo sem algum preparo.

    Continuei a me examinar diante do espelho, dando um passo para a frente, outro para trás, contemplando os muitos pêlos dos braços e das pernas, girando a cabeça para um lado e para o outro, abrindo e fechando a boca, observando os bons dentes, a língua larga e limpa, sorrindo e franzindo as sobrancelhas, fazendo caras e bocas. Eu não era só bonito e bem-proporcionado. A enfermeira me havia dito para examinar meus olhos. Agora eu entendia por quê. Havia uma certa suavidade em mim, uma espécie de melancolia; detectei um anseio, até mesmo algo de trágico nos olhos.

    Estava me apaixonando por mim. Não que a beleza ou a própria vida signifiquem muito quando se está num quarto, sozinho. O paraíso são os outros.

    A porta se abriu e por ela entrou o cirurgião.

    "Você parece excelente." Ele caminhou à minha volta. "Michelangelo criou Davi!"

    "Eu ia dizer que Frankenstein acaba de..."

    "E sem nenhuma junta ou saliência. Está se sentindo bem?"

    "Acho que sim."

    Minha voz soou estranha para mim. Mais leve no tom, mas com maior vigor e volume do que antes.

    "Vá fazer um xixi", disse ele.

No banheiro, toquei meu pênis novo e fiquei tão absorto nele como um menino de quatro anos de idade. Pesei-o, inspecionei-o. Ergui os braços, balancei os quadris; sim, com certeza, fiz beicinho também. Elvis, claro, tinha sido uma de minhas primeiras influências, junto com Sócrates. Quando mijei, foi um jato cheio, cristalino e algo que só posso definir como "decisivo". Pondo o pinto de lado, dei-lhe uma apertadinha final. Quem não iria querer ver aquilo! Minha nossa, eu tinha muito o que esperar do futuro! Meu apetite — todos os meus apetites, suspeitei — tinha alcançado outro patamar.

"Tudo bem?", ele perguntou.

Fiz que sim. Fomos para outra sala e o doutor ajustou várias partes de mim a diferentes máquinas, submetendo-me, ou ao meu corpo, a um check-up completo. Enquanto ele trabalhava, eu balbuciava sem parar com minha nova voz, sobretudo memórias da infância, me ouvindo falar para ver se me recompunha.

"Acabei", disse ele afinal. Negando-me a privacidade de um ser nascido naturalmente, ele ficou me olhando vestir, todo desajeitado, as roupas que Ralph comprara para mim. "Bom, muito bom. É incrível. Funcionou."

"Por que a surpresa? Você já não fez isso antes?"

"Claro. Mas sempre parece um milagre. Temos outro sucesso nas mãos. Está tudo pronto agora. Sua mente está em perfeita coordenação com o sistema nervoso. Seu cérebro tem agora um novo corpo. Uma vida nova foi criada."

"É só isso?", perguntei. "Não preciso de mais nenhum preparo?"

"Imagino que sim", ele respondeu. "Mas preparo mental. Você vai enfrentar alguns choques, ajustes precisarão ser feitos. Seria bom você conversar sobre isso com o Ralph, seu mentor. Não preciso dizer que você não deve comentar por aí o que fizemos. No mais, você está livre, já pode ir embora. Seu relógio foi zerado, mas o tempo já está correndo de novo. Vejo você daqui a seis meses. Você sabe onde estamos."

"Mas será que sei onde eu estou?"

"Espero que você descubra. Estou ansioso para saber como as coisas andaram."

Na recepção, a enfermeira me entregou minha carteira e as coisas todas que Ralph havia dito que eu iria precisar durante as primeiras horas depois da "transformação". Em seguida, puxou uma cópia de minhas memórias de debaixo da mesa e me pediu um autógrafo.

"Sou uma antiga admiradora do senhor."

Para assinar meu velho nome com os novos dedos, tive de me curvar a partir de uma altura diferente. Pela primeira vez em muitos anos, eu o fiz sem precisar ajustar minha postura de modo a evitar a esperada dor. Tornei a me erguer e fitei a assinatura, que lembrava uma falsificação barata dos meus rabiscos habituais. Peguei um pedaço de papel e comecei a escrever meu nome diversas vezes. Por mais que tentasse, não conseguia fazer com que minha letra saísse como antes.

A enfermeira, que achara graça naquilo, chamou um táxi para mim.

Fiquei esperando no sofá, com minhas novas e longas pernas espetadas à minha frente, ocupando um bocado de espaço e tocando meu rosto. Vendo-a trabalhar na recepção, ocorreu-me que a desejável enfermeira — cuja atratividade na verdade consistia apenas na ausência de qualquer defeito — poderia ter setenta ou noventa anos de idade. Como aquelas pessoas que trabalham num consultório dentário e têm sempre dentes perfeitos, também ela só podia ser uma reimplantada. Mas por que estaria num trabalho como aquele?

Uma jovem mulher de cabelo comprido e aparência de modelo aproximou-se da recepção e pediu um táxi. Seus quadris e o toque hispânico eram tão encantadores que devo ter emitido um suspiro audível, porque ela sorriu. Era difícil dizer se estava no final da adolescência ou tinha trinta e poucos anos. De repente, me ocorreu que estávamos criando uma sociedade em que todos teriam a mesma idade. Notei que a mulher carregava uma sacola aberta, na qual vislumbrei o que parecia ser a ponta de uma camisola cor-de-rosa de flanela. Ela se sentou bem defronte a mim, esperando também, nervosa. De fato, ela parecia se estranhar um pouco, como deve ter acontecido comigo. Movia partes diferentes do corpo, experimentando: primeiro, com certo acanhamento; depois, numa espécie de comemoração interior. Então, sorriu para mim com confiança tão radiante que pensei em sugerir que dividíssemos o táxi. Que casal perfeito formaríamos!

Mas eu queria voltar ao convívio das pessoas comuns, aquelas que decaíam e tinham medo da morte. Levantei-me e cancelei o táxi. Uma caminhada me faria bem. Uma maratona seria nada para mim. A enfermeira pareceu entender.

"Boa sorte", eu disse à outra mulher.

Saí em direção à rua. Devo ter andado uns oito quilômetros, com passadas relativamente largas, adorando o movimento contínuo. Meu novo corpo era mais alto e mais pesado do que a "nau" anterior, mas eu me sentia mais leve e mais ágil do que nunca, como se estivesse na direção de um carro de luxo. Meus olhos viam de cima as cabeças das outras pessoas na rua, que tinham de olhar para o alto para me ver. Quando criança, eu fora provocado por valentões. Agora, podia derrubar qualquer um com um soco. Não que uma briga fosse a melhor maneira de dar início a minha nova encarnação.

Encontrei um café barato e fiz uma refeição. Fiz outra. Hospedei-me num hotel enorme e anônimo, onde uma reserva já havia sido feita. Encontrei um bom posto no bar, de onde podia observar as pessoas que olhavam para mim. Aquela mulher estava sorrindo em minha direção? As pessoas me olhavam, sim, mas não com interesse maior do que antes. Minha mente parecia desfrutar de uma clareza perturbadora. Como eram bem definidos os contornos do mundo! Fazia muito tempo que eu não tinha um contato tão desimpedido com a realidade. Dois drinques adiante, adquiri uma clareza ainda maior, acompanhada de uma pitada de puro êxtase, mas não queria ficar bêbado no meu primeiro dia como reimplantado.

Eu o estava esperando no saguão lotado do hotel quando Ralph entrou apressado e pôs-se a olhar em torno. Era desconcertante que não reconhecesse o escritor que venerava, cujas palavras memorizara e a quem julgara merecedor da imortalidade! Passaram-se alguns momentos de distração até que ele identificasse meu corpo entre os muitos outros, e ainda assim não tinha certeza de que era eu.

Fui até ele. "Oi, Ralph, sou eu, Adam."

Deu-me um abraço, correndo as mãos por meus ombros e pelas costas; chegou até a me dar um tapinha na barriga.

"Belo corpo, amigão, durinho. Fabuloso. Estou orgulhoso de você. É um sujeito de coragem. Como está se sentindo?"

"Nunca estive melhor", respondi. As palavras eram minhas, mas a voz era vigorosa. "Obrigado, Ralph, pelo que fez por mim."

"A propósito", ele disse, "qual o seu nome?"

"Como?"

"Você vai precisar de um nome novo. Claro que poderia manter o antigo, ou alguma variação dele. Mas pode dar confusão. Você não é mais o Adam de fato. O que você acha?"

Meu instinto me dizia que trocasse o nome. Ajudaria a me lembrar de que eu era agora um novo combinado. E híbridos estavam na moda, de qualquer maneira.

"Que nome vai ser?", ele perguntou.

"Vou me chamar Leo Raphael Adams", respondi enfim. "Soa bem grandioso?"

"Isso é com você", ele disse. "Está bem. Vou dizer a eles. Você tem dinheiro, não tem?"

"O suficiente para seis meses, como você insistiu que eu tivesse."

"Vou providenciar para que você receba um passaporte e uma carteira de motorista com o nome novo."

"Isso deve ser ilegal", comentei.

"E você está preocupado?"

"Para falar a verdade, estou. Não sou um bom sujeito, de jeito nenhum, mas tenho uma tendência para a honestidade em assuntos triviais."

"Isso não é nada, meu caro. Você está numa posição em que poucos seres humanos já estiveram. É um laboratório ambulante, uma experiência. Está acima do bem e do mal agora."

"É, eu entendo", respondi. "Os teóricos da identidade vão ter um bocado de trabalho com tudo isso."

Ralph tocou meu ombro: "Você precisa de uma trepadinha. Está funcionando, não é? O pinto, quero dizer".

"Nem te conto como é bom poder não mijar em todas as direções de uma só vez, ou no meu novo par de sapatos. Assim que tiver uma ereção, eu te dou uma ligada."

"A primeira vez que fiz sexo no meu corpo novo, tudo voltou a ser como era. Foi com uma garota russa. Ela gritava como um porco."

"É mesmo?"

"Naquela noite, vi que tinha valido a pena. Que todos aqueles anos, vendo minha esposa morrer, dia após dia, tinham acabado. Estava tocando a vida para a frente, e coberto de glórias."

"Minha mulher não está morta. Espero que ela não morra enquanto eu estiver 'fora'."

"Se você for infiel, tudo bem", ele disse. "Não é você que está fazendo a coisa."

Ficamos conversando por um tempo, mas eu me sentia inquieto, pulava de um pé para o outro. Disse que queria sair para andar um pouco, chacoalhar minha bunda nova, me exibir. Ralph contou que havia feito o mesmo. Ele me deixaria ir assim que pudesse. Primeiro, tínhamos de fazer umas compras. Ele trouxera um terno, uma camisa, roupa de baixo e sapatos até o hospital, mas eu precisaria de mais coisas.

"Meu filho parece só ter jeans, camisetas e óculos escuros", comentei. "No mais, não faço idéia de como se veste a moçada de vinte e cinco anos."

"Eu ajudo você", disse Ralph. "Só conheço gente de vinte e cinco."

Fui fotografado para o passaporte novo, e depois ele me levou para a filial de uma dessas cadeias de lojas. Toda vez que me via no espelho do provador, pensava estar diante de algum estranho. Meus pés ficavam a uma distância desnecessária da cintura. Recentemente, andara tendo dificuldade em calçar as meias, mas nunca antes estranhara as dimensões do meu próprio corpo. Sempre soube onde encontrar meu saco.

Vesti calça preta, camisa branca e capa de chuva — nada de roupa da moda ou de ostentação. Não tinha o menor desejo de me expressar. Expressar qual eu? A única coisa que comprei porque sempre quisera e nunca havia tido foi uma calça de couro apertada. Minha mulher e meus filhos teriam tido um ataque histérico.

Ralph se foi, rumo a um ensaio. Estava ocupado. Sentia-se contente comigo e consigo próprio, mas seu trabalho terminara. Queria seguir em frente com sua própria vida nova.

Contemplando-me no espelho outra vez, na tentativa de me acostumar ao novo corpo, percebi que meu cabelo estava um pouco comprido. Qualquer que fosse meu eu, aquilo não me agradava. Decidi me personalizar.

Perto de casa, havia um salão de cabeleireiro pelo qual eu passava quase todo dia, fazia anos, mas sempre sem ter coragem para entrar. O pessoal era jovem, as meninas tinham piercing na barriga à mostra e o barulho era terrível. Agora, enquanto a garota cortava fora tufos de espessos cabelos e batíamos papo, minha cabeça fervia com numerosos estímulos, assombros e perguntas. Eu tinha concordado sem demora em me tornar um reimplantado para não ter tempo de hesitar. Desde a operação, sentia-me eufórico; a segunda chance, o adiamento que me fora concedido, fazia com que me sentisse bem e feliz por estar vivo. A idade e a doença nos exaurem, mas nunca nos apercebemos da energia que consomem, de quanto preparo mental dedicamos à morte.

O que eu não conhecia, e estava para descobrir, era a sensação de voltar a ser jovem, num corpo novo. Estava gostando de experimentar minha nova persona com a cabeleireira, me reinventando. Contei a ela que era solteiro, que fora criado na região oeste de Londres e que estudara filosofia e psicologia; tinha trabalhado em bares e restaurantes e, no momento, estava decidindo o que fazer da vida.

"E em que tipo de coisa você anda pensando?", ela perguntou.

Disse a ela que pretendia cair fora; estava cheio de Londres e queria viajar. Só estaria na cidade por mais uns poucos dias antes de partir. Enquanto eu falava, sentia uma espécie de surto, um grande impulso dentro de mim, mas não fazia idéia de para onde, a não ser que a direção geral era a do prazer.

Ao sair do cabeleireiro, vi minha mulher do outro lado da rua, empurrando seu carrinho com as compras. Parecia mais cansada e frágil do que a imagem que eu tinha dela na cabeça. Ou talvez eu estivesse revertendo à visão dos jovens, para quem os velhos são uma raça de pessoas que têm todas a mesma cara. Era possível que eu precisasse ser lembrado de que a idade não era uma doença.

Lembrei-me de minha conversa com ela na cama na semana anterior, já quase dormindo, com um olho só aberto. Eu podia ver apenas uma porção do pescoço, da nuca e do ombro dela, e contemplara sua pele pensando comigo que jamais vira nada tão bonito ou importante.

Ela olhou de relance para o meu lado da rua. Fiquei paralisado. Mas, claro, seus olhos passaram por mim sem me reconhecer. Ela seguiu andando.

Invisível, num certo sentido, e portanto onisciente, eu podia espionar aqueles a quem amava, ou até usá-los e zombar deles. Desagradável era aquela solidão à qual eu havia me condenado. Ainda assim, seis meses eram uma porção pequena de uma vida. Que propósito teria minha nova juventude? Até aquele momento, eu levara uma vida interior de perplexidade e desnecessário tormento, mas, ao contrário de Ralph, não me sentia incompleto; não desejava me tornar um violinista, um explorador pioneiro ou um dançarino de tango. Tivera projetos em abundância.

Meu espanto, imaginei, assemelhava-se à experiência dos jovens recém-saídos de casa e da escola. Quando eu lecionava redação "criativa" para jovens alunos, sua preocupação excessiva com a "estrutura" me deixava perplexo. Foi somente quando percebi que se referiam não apenas ao trabalho, mas a sua vida também, que comecei a compreendê-los. Procurar pela "estrutura" era como perguntar: o que você quer fazer? Quem gostaria de ser? Tudo que podiam fazer era esperar para saber. Uma experiência como a de agora não era algo que eu me permitiria fazer aos vinte e cinco anos. Nessa idade, eu oscilava entre a hiperatividade e uma enervante depressão — uma, assim eu esperava, servindo de remédio para a outra.

Se meu desejo apontava numa direção específica dessa vez, precisaria descobrir que direção era essa — se de fato havia algo para descobrir. Na minha vida anterior, talvez a ambição me houvesse constrangido em demasia. Não tinham sido demasiado mesquinhas minhas necessidades, concentradas demais? Talvez agora não fosse o caso de encontrar algo grandioso, mas de desfrutar de uma série de pequenas coisas. Dessa vez eu faria diferente, mas por que acreditar que faria melhor?

Naquela noite, troquei de hotel, desejoso de um lugar menor e menos agitado. Comi três vezes e fui para a cama cedo, ainda um pouco grogue por causa da operação.

Amanheceu um belo dia, e eu acordei de excelente humor. Se me faltava um propósito como o de Ralph, não me faltava entusiasmo. O que quer que fosse fazer, eu estava pronto.

E lá ia eu, andando pela rua em meio às compras para a viagem que enfim decidira fazer, quando dois gays na casa dos trinta começaram a acenar e gritar da calçada oposta.

"Mark! Mark!", chamavam, e era comigo. "É você! Como vai? Sentimos saudade!"

Eu olhava em torno. Não havia ninguém por perto para quem poderiam estar gesticulando. Talvez minha calça de couro já estivesse surtindo efeito no público em geral. Mas era mais do que isso: o casal estava atravessando a rua no meio do tráfego, os braços estendidos. Pensei em fugir correndo — achei que podia fingir estar fazendo jogging —, mas eles já estavam quase na minha frente. A única coisa que pude fazer foi encará-los, enquanto me saudavam de forma calorosa. Na verdade, os dois me abraçaram.

Por sorte, falavam sem parar e quase só sobre si próprios. Quando consegui informá-los de que iria viajar, disseram-me que estavam de partida também, na companhia de amigos, um artista e uns dançarinos.

"Até seu sotaque mudou", notaram. "Está bem britânico."

"Estamos em Londres, meu querido. Agora sou um homem novo", expliquei. "Uma reinvenção."

"Ficamos tão felizes."

Pelo que entendi, havíamos nos visto pela última vez em Nova York e meu estado emocional não andava bom, razão pela qual estavam contentes em me ver fazendo compras em Londres. Estavam preocupados comigo, eles e seu círculo de amigos.

Sobrevivi àquele encontro, e logo nos despedíamos. Os dois me abraçaram e me beijaram.

"E você está com uma aparência ótima", acrescentaram. "Não está mais trabalhando como modelo, está?"

"No momento, não", respondi.

Um deles então perguntou: "E também não está fazendo aquela outra coisa, por dinheiro, não é?".

"Ah, não, agora não."

"Aquilo estava deixando você louco."

"É, pois é", eu disse. "Acho que sim."

"Pena que a idéia da banda de garotos não vingou. Ainda mais depois de você ter passado pelo teste com aquela música esquisitíssima."

"É, excesso de instabilidade..."

"Você não quer ir tomar alguma coisa com a gente? Suco de laranja, é claro. Que tal?"

"Isso, isso mesmo", atalhou o outro. "Vamos achar um lugar para bater um papo."

"Vocês me desculpem, mas eu preciso ir", respondi, já me afastando. "Estou atrasado para o psiquiatra! Ele me disse que a gente ainda tem muito trabalho pela frente!"

"Aproveite!"

Liguei para Ralph de imediato.

"Aí, hein, teve a sua ereção, não é?", disse ele.

Insisti em vê-lo. Ele estava num ensaio e me fez ir até a lanchonete da faculdade durante sua pausa para o chá. Fiquei esperando. Quando ele enfim apareceu, parecia preocupado porque tivera uma briga com sua Ofélia. Não dei a mínima. Contei a ele o que tinha ocorrido comigo na rua.

"Isso não devia ter acontecido", ele disse, com alguma preocupação. "Nunca aconteceu comigo, embora eu imagine que vá começar a ser reconhecido depois do Hamlet."

"O que está havendo? Eles não fazem nenhuma verificação antes?"

"É claro que sim", disse ele, "mas o mundo é pequeno hoje em dia. O seu sujeito é de Los Angeles."

"Mark. Esse é o nome dele. Foi assim que me chamaram."

"E? Como é que alguém podia saber que ele tem amigos em Kensington?"

"E se ele estiver sendo procurado pela polícia em algum lugar?"

Ralph balançou a cabeça num não. "Não vai acontecer de novo", garantiu, confiante. "Estatisticamente, as chances de isso se repetir são mínimas."

"Andaram acontecendo outras coisas estranhas."

"Por exemplo?" Ele não queria, mas tinha de me ouvir.

"Em primeiro lugar, me diga como o sujeito morreu. O do meu corpo. O meu cara."

Ralph hesitou. "Por que você quer saber?"

"Qual o problema? Você está proibido de me dizer?"

"Esse é um terreno novo..."

Eu prossegui: "Na cama, senti pontadas, tive umas sensações. Na vida com meu outro corpo, sobretudo à medida que ia envelhecendo, ou quando meditava, houve momentos em que senti os limites do corpo e da mente se expandirem. Como uma coisa quase mística, me sentia parte dos outros, uma 'expansão do Um'".

"É mesmo?"

"Mas isso é diferente. É como se eu tivesse um espírito ou uma alma-sombra dentro de mim. Percebo coisas, talvez sejam lembranças, do sujeito que estava neste corpo. Talvez o corpo físico tenha uma alma. Tem um conceito do Freud que talvez se aplique nesse caso: o ego do corpo, acho que foi assim que ele chamou."

"Não está um pouco tarde para isso? Sou um ator, e não um místico."

Notei uma certa falta de respeito da parte de Ralph. Agora eu era um moleque chorão de vinte e cinco anos, e não mais o escritor respeitado. Não havia levado muito tempo para que eu fosse confrontado com as perdas que a obtenção da juventude prolongada acarretava.

Disse a ele: "Preciso saber mais sobre meu corpo. Quando olharam para mim, foi o rosto do Mark que eles viram. Foram as experiências da infância dele que absorveram, em parte, e não as suas ou as minhas".

"Você quer saber por que ele foi desta para melhor? Estou dizendo, Leo, encare os fatos, esta é a verdade e você já sabe disso. Seu garotão deve ter morrido de um jeito horroroso."

"De que tipo de coisa estamos falando?"

"Se o sujeito é jovem, não é agradável. Morrer jovem nunca é um alívio. O mundo todo funciona na base da exploração. A gente sabe que a roupa que está usando, a comida, é tudo embalado por camponeses do Terceiro Mundo."

"Ralph, não é uma questão de eu estar usando só os sapatos do sujeito."

"Com certeza, esse seu cara era um sujeito 'sombrio'. Não vou deixar que empurrem mercadoria de segunda para você. O fato é que, no momento, não é possível sair por aí e matar alguém para conseguir um corpo. A família, a polícia, a imprensa, todo mundo vai começar a procurar o cara. O corpo precisa ser 'liberado' e, depois, preparado para reutilização por um médico que saiba o que está fazendo. O processo é longo e complicado. Você não pode simplesmente ligar seu cérebro num crânio qualquer, graças a Deus. Imagine só o show de horrores que isso seria."

"Se meu corpo foi 'liberado', você devia no mínimo me contar o que sabe", protestei. "Suponho que ele fosse homossexual."

"E que outra razão teria para estar em tão boa forma? A maioria dos héteros, com exceção dos atores, tem corpos que mais parecem cadáveres. Você tem alguma coisa contra os homossexuais?"

"Em princípio, não, ainda não. Não tive tempo de absorver a coisa. Estou no começo. Preciso saber o que tudo isso significa."

Ralph continuou: "Que eu saiba, o cara era maluco, mas não era nenhum viciado. Foi suicídio, acho, envenenamento por monóxido de carbono. Tiveram de consertar os pulmões. Eu dei uma verificada para você. Adam — quer dizer, Leo, pedi a eles que dessem a você o melhor. Algumas daquelas mulheres estavam em excelente forma...".

"Já disse: não estou preparado para ser mulher. Nem me acostumei ainda a ser homem."

"A escolha foi sua, então. Esse seu sujeito tinha alguma coisa do tipo depressão clínica. Claro que um monte de gente jovem sofre disso. Não conseguem a ajuda de que precisam. E, mesmo a longo prazo, não superam o problema. Antidepressivos, terapia, tudo isso nunca funciona. Nunca fazem e acontecem como nós, meu caro. Melhor ficar livre deles todos, e deixar viver os saudáveis."

"Viver nos corpos dos que foram descartados, você quer dizer? Dos negligenciados, dos fracassados?"

"É isso aí."

"Estou vendo aonde você quer chegar. 'Mark' podia estar sofrendo da cabeça. Pode não ter tido 'sucesso' na vida, mas os amigos pareciam gostar dele. A mãe dele gostaria de ver o filho de novo."

"O que é que você está dizendo?"

"E se eu..."

"Nem pense em fazer uma besteira dessas com a mãe dele", Ralph advertiu. "Ela iria pirar se você chegasse lá usando esse rosto. A família inteira iria pirar! Vão pensar que estão vendo uma porra de um fantasma!"

"Não vou fazer isso", eu disse. "Nem sei onde ela mora. Não foi isso que eu quis dizer."

Ralph prosseguiu: "O meu cara foi atingido por um raio enquanto dormia embaixo de uma árvore, bêbado. Não há nada de estranho com o meu, graças a Deus. Mas passo longe das reuniões dos Alcoólicos Anônimos".

Não havia muito mais que pudesse tirar de Ralph. Eu tinha de arcar com as conseqüências do que havia feito. Só não sabia que conseqüências eram essas, ou podiam vir a ser.

Ele perguntou: "Você vem me ver como Hamlet?".

"Só se você vier me ver como Don Giovanni."

"É mesmo? É isso que você vai fazer? Posso imaginar você como Don Giovanni. E aí, já trepou?"

"Não." Ralph me deu os novos passaporte e carteira de motorista. "Escute", eu disse a ele ao nos despedirmos. "Quero que você saiba que estou agradecido por esta oportunidade. Nunca passei por nada tão estranho."

"Que bom", ele disse. "Agora vá dar uma andada e veja se se acalma."

Notei que começava a me acostumar com meu corpo; nele, podia agora até relaxar. As passadas largas, a textura das mãos e do rosto pareciam naturais. Estava começando a deixar de esperar uma resposta diferente, mais lenta, dos meus membros.

E tinha outra coisa.

Pela primeira vez em muitos anos, meu corpo parecia dotado de sensualidade e repleto de desejos intensos; eu abrigava um caloroso fogo interior, que, ademais, estendia-se em direção aos outros também — a quase todo mundo. Tinha esquecido como o desejo podia ser inexorável e indiscriminado. Não sei se isso se devia ao antigo habitante de minha carne ou à própria juventude, mas o fato é que o prazer tomou conta de mim, sufocando-me.

Desde o início de nosso casamento, eu havia decidido ser fiel a Margot, sem ter, é óbvio, uma idéia clara da dificuldade que isso representava. É provavelmente falsa a idéia de que o conhecimento é antierótico e de que o dia-a-dia mundano está fadado a matar o desejo. O desejo é capaz de encontrar qualquer brecha, por menor que seja, e é um inferno viver em íntima proximidade e celibato forçado com alguém que se quer, alguém com quem o contato, quando ocorre, é de uma intimidade na qual sempre se esteve viciado. Aprendi que a felicidade sexual do tipo que eu imaginara, uma satisfação constante e profunda — a fantasia romântica que nos hipnotiza —, era tão impossível quanto a idéia de que uma única pessoa pode nos dar tudo que queremos. A alternativa, porém — casos, amantes, putas, mentiras —, parecia demasiado destrutiva, imprevisível demais. A superação da amargura e do ressentimento, bem como da inveja sexual em relação aos jovens, consumiu toda a maturidade que pude amealhar, a mesma de que precisei também para me dar conta de que a gente tem de encontrar a felicidade apesar da vida. Tornei-me um maníaco serial, à cata de sucedâneos: propriedades, crianças, trabalho e varrer as folhas do jardim me ajudaram a conter a fúria do fracasso. A doença também ajudou. Desenvolvi tamanha fobia pelos outros que não suportava sequer que um estranho cortasse meu cabelo. Quem o fazia era minha filha. Foi assim que sobrevivi a minha vida e a minha mente sem matar ninguém. Chega! Mas não, ainda não era o bastante.

Agora via-me olhando para as moças e até para os moços, na rua e nos cafés. Quando, ao descer uma escada rolante, vi uma mulher subir sorrindo e gesticulando para mim, eu a segui até a rua. Dessa vez obedeceria a meus impulsos. Abordei-a com uma coragem que nunca tivera quando jovem. Naquela época meu desejo era tão agressivo e estranho — o que eu sentia como uma espécie de caos — que eu o achava difícil de conter ou desfrutar. Para mim, querer alguém significava envolver-me em negociações intensas e enlouquecedoras comigo mesmo.

Convidei a mulher para um drinque. Depois caminhamos pelo parque, e então fomos para o quarto dela, num hotel barato. Mais tarde, saímos para comer, vimos um filme e voltamos para o quarto. Ela adorou meu corpo e não se cansava dele. Seu prazer intensificava o meu. Contemplávamos e admirávamos o corpo um do outro — corpos que fizeram tudo que dois corpos desejosos podiam fazer, diversas vezes, antes de nos separarmos para sempre, o paradigma perfeito do amor impessoal, a um só tempo generoso e egoísta. Viajávamos rodeando um ao outro, brincando com nossos corpos, vivendo na mente. Tornamo-nos máquinas de fazer pornografia de nós mesmos. Minha esperança era que eu tivesse mais oportunidades como aquela. Como a fidelidade às vezes interfere no amor! O que eram o refinamento e o intelecto, comparados a uma trepada sublime?

Ficamos deitados abraçados, até que ela adormeceu, e eu a beijei e disse: "Tchau para você, seja quem for", e me esgueirei em direção à rua ao amanhecer, para caminhar por algumas horas. Ocorreu-me então que aquele era um excelente jeito de viver.

4

Na manhã seguinte, estava no trem para Paris, minha mochila nova no maleiro sobre a cabeça. Antes de chegar a Dover, eu tinha ajudado pessoas com bagagem pesada, tomado dois cafés-da-manhã e lido jornais em duas línguas. Durante o restante da viagem, estudei guias de viagem e tabelas de horários.

Durante algumas semanas, antes de me tornar um reimplantado, eu estivera num estado mental a que chamara de "experimental". Tendo terminado *Tarde demais*, andara falhando como escritor. Ganhara em apuro técnico, mas não me tornara melhor. Não teria me importado com uma piora do meu trabalho, contanto que tivesse encontrado maneiras interessantes de torná-lo mais difícil. Premência e contemporaneidade compensam toda e qualquer inépcia, tanto na literatura como no amor. Parara de escrever e começara a desenhar, fotografar, conversar com pessoas de quem em geral teria fugido. Em vez de me esconder em meu quarto, iria ver o que estava acontecendo. A despeito de meus esforços, não havia dúvida de que eu estava me isolando, como se tivesse me apegado à solidão do meu ofício, e era dela que não conseguia escapar.

Há poucas coisas mais deprimentes do que a dor crônica, e havia certas agonias físicas das quais achei que jamais conseguiria me livrar. Flannery O'Connor escreveu: "A doença é um lugar onde não existe companhia". Inconscientemente, talvez eu estivesse me preparando para a morte, assim como me lembro de ter me preparado para a morte de meus pais. Percebi como a morte tinha se tornado parte significativa de minha vida. Quando jovem e duro, eu sempre pensava: será que tenho dinheiro para isso? Já mais velho, pensava comigo: será que tenho tempo para isso? Ou: é isso mesmo que quero fazer com o tempo que me resta?

Agora, o ânimo físico renovado, combinado à curiosidade mental, fazia com que me sentisse cheio de energia. Na presente encarnação, iria a toda parte e veria tudo.

Quando tive filho pela primeira vez, aquilo me inspirou a pensar na minha própria infância e em meus pais; agora, a transformação me fazia refletir sobre o tipo de jovem que eu havia sido. Não viajara muito. Deixara-me absorver demais pelo teatro, exercendo qualquer função: lendo textos, tocando a bilheteria ou servindo diretores tirânicos. No restante do tempo, tinha casos trágicos, complicados, e tentava escrever. Sacrifiquei um bocado de prazer por meu ofício; às vezes, achava aquele adiamento da minha vida e a disciplina intoleráveis. Abandonava tudo e ficava enlouquecido, trancando-me em meu quarto por longos períodos — longos demais, eu diria hoje. Mas aqueles anos de hábitos austeros e muita repetição me fizeram bem: ganhei experiência inestimável como escritor, não apenas em relação às dificuldades práticas, mas também no tocante aos terrores e às inibições que parecem fazer parte de toda tentativa de quem pretenda tornar-se artista.

Meus prazeres à época nunca eram puros: eram, antes, ansiedades. Num período posterior da vida, imaginava se não havia me constrangido demais, temido em demasia por meu futuro, me concentrado em excesso no êxito pelo qual ansiava ou se não estava determinado demais em me estabelecer. Viajar despreocupado pela Europa era a última coisa que me passava pela cabeça.

Será que agora me arrependia, desejando que tivesse sido diferente? Ao menos, tinha o bom senso de compreender que não existia vida sem tolices, hesitações, colapso, conflito insuportável. Somos nossos erros, nossos sintomas, nossos colapsos.

A coisa de que mais sentia falta em minha vida nova era a oportunidade de discutir — e, portanto, refletir com propriedade — sobre as implicações de tornar-se um reimplantado. Duvidava que Ralph estivesse interessado em examinar o assunto em maior profundidade. Uma tal transformação, como uma plástica no rosto, talvez funcionasse melhor para pessoas que não possuíam teorias relativas à autenticidade ou ao que é ou não "natural", gente que não se preocupava com o sentido de tudo aquilo, sacrificando a reflexão em prol dos óbvios prazeres que a vida nova proporcionava.

Eram esses prazeres que eu buscava. Logo estava cruzando Paris de uma ponta a outra; depois fui para Amsterdã, Berlim, Viena. Esgotei as igrejas e os museus italianos, e eles a mim. Em pouco tempo, estava farto dos corpos degradados, orgasticamente violados, pendendo das paredes, bem como de câmaras mortuárias repletas de ossos antigos. Quase todo dia eu acordava num lugar diferente. Viajava de ônibus e de trem, da maneira mais lenta possível. Às vezes, apenas atravessava a pé montanhas, praias ou campos, ou descia do trem quando me interessava pela paisagem na janela. Se gostava de um ônibus — da rota que fazia, dos pensamentos que ensejava, da largura do assento ou da frase no livro que estava lendo dentro dele —, por ali ficava até o fim da linha. Não tinha pressa nenhuma.

Hospedava-me em hotéis baratos, albergues e pensões. Tinha dinheiro, mas não queria opulência. Quando jovem, eu a desejara — como medida do sucesso e de quanto eu escapara da minha infância. Agora, parecia-me restritiva qualquer preocupação excessiva com o mobiliário.

Só conversava com estranhos e, pela primeira vez em muitos anos, fazia amigos com facilidade. Conhecia pessoas em cafés, museus, casas noturnas e, quando podia, ia visitá-los. Se antes era enjoado, agora ficava com qualquer pessoa que me quisesse, para ver como ela vivia. Ao contrário da maioria dos jovens, estava interessado em gente de todas as idades. Ia até a casa de um holandês da minha idade e terminava batendo papo com os pais dele o fim de semana inteiro. Era com as mães que eu me dava bem, porque estava interessado em filhos e em como chegar até eles. Elas falavam sobre seus filhos, mas aprendi que, ao fazê-lo, falavam sobre si próprias também, e isso mexia comigo.

Sabia ao menos cuidar de mim mesmo, e bem. Não tinha dificuldade em escapar dos chatos. As pessoas eram mais generosas do que eu havia percebido. Se alguém as ouvia, gostavam de falar. Talvez minha ambição e o fato de, desde muito jovem, já ser relativamente conhecido tivessem criado para mim uma reputação que constituía uma barreira entre mim e os outros.

Eram cheios os dias passados em cada cidade. Eu podia beber, fazer sexo com quem pegasse ou com alguma prostituta cujo corpo me atraísse; podia visitar galerias, pegar uma fila para conseguir um ingresso barato para o teatro ou para a ópera, ou apenas ler e caminhar. Na antiga Berlim Oriental, tudo que fiz foi caminhar e tirar fotos. Num bar de Paris, conheci um jovem algeriano que de vez em quando trabalhava como modelo. Os modelos masculinos não ganhavam nem perto do que ganhavam as garotas, e a maioria deles tinha outro emprego. Meu amigo conseguiu me pôr num desfile da Fashion Week, e eu fiz minha parte na passarela estreita, enquanto os flashes explodiam e jornalistas nada atraentes rabiscavam em seus blocos de notas. Era para as roupas que eles olhavam ou para os corpos? Nos bastidores, reinava um caos de garotas e garotos seminus, camareiras, o estilista e inúmeros assistentes.

Eu curti tudo aquilo e, depois de um papo com o estilista, que conhecera de passagem quando em meu antigo corpo, recebi uma oferta de emprego em uma de suas lojas, com a possibilidade de me tornar comprador, o que recusei. Mas perguntei a ele, na qualidade de "estudante", se por acaso havia lido algum dos "meus" livros — ou seja, do Adam — ou visto "minhas" peças e "meus" filmes. Se tinha, não se lembrava. Não tinha tempo para frivolidades culturais. Fazer calças decentes era mais importante. Na verdade, disse que gostava de "mim" — isto é, do Adam —, embora por vezes me achasse um pouco tímido. Para minha surpresa, disse ainda que invejava o fato de as mulheres se sentirem atraídas por mim.

No dia seguinte, meu novo conhecido das passarelas achou que seria uma boa idéia me levar às compras. Contei a ele que tinha uma pequena herança para gastar, e ele sabia onde fazer compras. De roupa nova, fomos a bares apropriados para se olhar as pessoas, apreciando os olhares delas sobre nós — isto é, daquelas que não nos viam, a nós e a nossa pele escura, com medo e desdém.

Não fiquei em Paris por muito tempo; não era como aqueles garotos. Não queria um lugar no mundo e dinheiro. Um dia, como estava chovendo, pensei que seria melhor ir para Roma. Lá, enquanto assistia a uma aula e cochilava na primeira fila da classe em meu novo terno de linho, o biógrafo bicha de um importante escritor, inclinando-se todo para cima de mim, me convidou para um drinque. Durante o jantar, o britânico escritor de aluguel disse que me queria como seu assistente, e concordei em tentar, insistindo, porém, como aprendera ser necessário, em que não seria seu amante. Ele afirmou que tudo que queria era lamber minhas orelhas. Pensei comigo: por que não socializar aquelas belas orelhas, bem modeladas e firmes? Nem minhas elas eram, mas, antes, um ativo circulante. Fechei os olhos e deixei que sua língua velha me saboreasse. Foi tão agradável quanto ter um caracol se arrastando por meu olho. Ser um bofe era mais difícil do que eu pensara. Bofes são encrenca, sobretudo para eles mesmos.

Eu podia experimentar porque estava em segurança. Se a gente sabe que está indo para casa, pode, antes, dar uma passadinha em outros lugares. Fui com ele, imaginando estantes de livros altas com portas de vidro e compridas mesas de biblioteca envernizadas, nas quais eu iria trabalhar em minha versão de *A chave de todas as mitologias*, do mesmo modo como, na adolescência, passeara pelos livros de meu pai. Era isso, aliás, o que estava fazendo: "passeando" ou "ciscando" pelo mundo. O trabalho exigia menos do que eu esperara. Em grande parte, apenas que eu fosse a festas e jantares vestido com as roupas que ele comprava para mim. Eu era seu penduricalho, sua pornografia, algo que exibia aos amigos — bichas inteligentes e de muita cultura, com quem eu teria gostado de conversar. Quando jovem, eu não apreciava a companhia de meus pares; gostava de ser um garoto admirado no teatro, cercado de homens mais velhos.

Assim, aquela fantasia grega me convinha, a não ser pelo fato de que meu "empregador" recusava-se a me perder de vista. Quando tinha enfim a oportunidade de ler na biblioteca, eu podia ver o topo careca de sua cabeça surgindo e desaparecendo lá fora, de onde ele tentava me espiar pela janela, de cima de um caixote desnivelado. Sua adoração por mim tornou-se nada mais do que sofrimento para ele, até que comecei a me sentir como uma princesa aprisionada de *As mil e uma noites*. A beleza faz as pessoas sonharem com o amor. Se não se quer estar nos sonhos de alguém, melhor cair fora.

Consegui um emprego na "triagem" da porta de um *club* em Viena. Costumava excluir os desgraciosos e os caretas, até que um lunático me deu um chute no estômago. Alguns dias depois, tendo um conhecido me levado para um cassino, eu fumava um entediado cigarro do lado de fora, imaginando por que as pessoas gostavam tanto de se livrar de seu dinheiro, quando uma mulher me abordou. Disse que andara me observando. Gostava dos meus olhos. E queria fazer amor comigo.

Ela não era velha. Eu provavelmente aparentava estar em

dúvida. (Nem sempre tinha certeza de que minha expressão correspondia a meu sentimento. Ainda não estava convencido de minha capacidade de mentir.)

"Eu pago", ela disse.

"Você já pagou por isso antes?"

Ela fez que não com a cabeça. Meu trato comigo mesmo era não recusar tais ofertas. Dei uma boa olhada nela e respondi que ninguém jamais me oferecera melhor negócio.

"Então vem."

A mulher tinha um motorista e me levou com ela. Sentado no banco de trás, eu era conduzido pela noite para um destino desconhecido.

Tratava-se de uma herdeira americana, proprietária de uma *villa* em parte arruinada na periferia de Perúgia. Contratou um pianista octogenário para tocar desafinadas sonatas de Mozart enquanto ela pintava um nu meu, contemplando o pequeno bosque de oliveiras lá fora. Poucos retratos terão exigido tanto tempo. Eu a ouvi durante dias, enquanto circulava pela casa de short e botas de trabalhador, fingindo ser capaz de consertar alguma coisa, embora tudo parecesse ótimo do jeito que estava. (Será apenas na Itália que ruínas parecem arte?)

Sempre podia voltar para os olhos dela. Ainda gostava de ver pessoas se apaixonando por mim. Há momentos da vida nos quais nos viciamos, que queremos que se repitam sempre, mas depois nos frustramos quando não dá mais, quando aquilo que mais queríamos nos chateia.

O trabalho pesado de fato ficava para o turno da noite, no quarto dela, onde, depois de horas se preparando para mim, ela aguardava minha batida na porta. Eu levava a sério meu emprego, fazia exercícios, tomava banho, meditava, um orgulhoso professor do prazer e da satisfação. Quantas viagens interiores fiz, fingindo ser um dançarino ou um alpinista! Era trabalho perigoso, o sexo, mas, como sempre, eram os terrores e as incertezas que o tornavam erótico. Para ela, tinha de haver segurança no final, algumas horas de paz mental. Eu procurava por aquela paz em seu rosto, quando ela adormecia; era como uma bênção, e eu sentia prazer em esperar ao lado da cama, calculando sua temperatura, segurando-lhe a mão. Depois, dormia tranqüilo, sozinho. Meu prazer era o prazer dela. Passadas algumas semanas, quis que eu fosse morar com ela em Nova York, caso a Itália ficasse sonolenta demais para mim. Ficou, mas não fui. Eu podia satisfazê-la, mas apenas à custa de uma decepção. Fui-me embora, atravessando as oliveiras com minhas botas. Ela me seguiu com o olhar; não sabia de onde viria seu novo amor, se é que viria.

Eu estava feliz por ter tempo para andar pelas cidades, ouvindo música, sempre minha maior paixão, com os fones de ouvido; sobretudo porque, em meu antigo corpo, andara meio surdo. Ia a *clubs* e ficava conhecendo DJs. Conversava sobre música. Mas, para ser honesto, na minha vida anterior acabava conhecendo gente mais interessante.

Contudo, eu adorava aquela multiplicidade de vidas; extasiava-me com os elogios a meu jeito e a minha aparência, gostava de ouvir que era bonito, lindo, boa-pinta. Entendia agora o que Ralph dissera sobre um novo começo com equipamento antigo. Eu tinha inteligência, dinheiro, alguma maturidade e energia física. Não era a perfeição humana? Por que ninguém pensara antes em juntar tudo isso?

Como ocorre com muitos héteros, sempre me intrigara a promiscuidade de alguns de meus amigos gays, com suas centenas e até milhares de parceiros. Um ator gay que conhecia havia me dito uma vez: "A qualquer lugar do mundo que eu vá, basta uma olhada e eu vejo a cara da necessidade. Cidadão de lugar nenhum, moro na Terra da Foda". Fazia tempo que eu admirava e cobiçava aquilo que via como a vida inovadora e experimental dos gays, sua capacidade para o prazer. Estavam reinventando o amor, mantendo-o próximo do instinto. Enquanto isso, ao menos por enquanto — embora as coisas estivessem mudando —, os héteros seguiam presos ao velho modelo. Claro, eu invejava todo aquele sexo sem nenhum rosto humano magoado, e em minha nova forma tinha corpos abertos em profusão bem perto de mim. Certa vez, durante um dia e uma noite, trepei com seis — ou foram sete? — pessoas diferentes. Não é algo que se queira fazer com freqüência. Uma vez na vida talvez seja suficiente.

Na Suíça, por intermédio de uma mulher com quem conversara num bar, fiquei conhecendo um grupo de garotos de vinte e tantos anos que fazia um filme sobre a garotada inútil como eles próprios. Ajudei-os a carregar os equipamentos e me interessei em ver como usavam as câmeras leves e novas cuja compra seus pais haviam financiado.

Começaram a filmar longas cenas de diálogo banal e cotidiano. Nunca fui dos que acreditavam que os filmes de Andy Warhol pudessem vir a dar frutos, mas encorajei-os a manter a câmera fixa e fotografar apenas o rosto das pessoas, deixando-as falar enquanto, sentado atrás da câmera, eu fazia perguntas sobre sua infância. Levei o material para um estúdio, fiz uma montagem com as entrevistas e acrescentei música. A versão que ficou melhor foi aquela em que cortei todo o som das vozes, mantendo apenas a música. As bocas movendo-se inalcançáveis e silentes — alguém que tenta ser ouvido, em quem ninguém presta atenção — provocavam estranha comoção. Quando chegou minha vez de ir para a frente da câmera, pintei-me de branco, com uma listra preta descendo pelo meio do corpo, e chamei aquilo de "peça da zebra". Certa noite, mostramos os filmes num *club*, e a zebra pelada dançou no palco ao som de uma banda *trash* local.

Outras pessoas do grupo, trabalhando num armazém em ruínas, organizavam mostras de arte contemporânea. Fizeram coisas bastante razoáveis, embora quase ninguém tenha notado. Era irritante quando eu me flagrava interessado neles como professor ou pai — no alcance de suas mentes, em quanto eram capazes de se levar a sério. Os garotos não liam muito; havia toda uma bagagem cultural que era natural para mim, mas não para eles. Meu próprio filho só começou a ler e a assistir a filmes decentes quando já tinha quase vinte anos. Não permitia que nós o ligássemos nesses prazeres; só deixou que uma professora o fizesse. Num recente programa de rádio, eu havia dito que considerava a leitura tão importante quanto a criação de poodles. Como eu pretendia, aquilo me metera numa maravilhosa encrenca com os ratos de biblioteca. O tom sussurrante e reverente com que meus pais se referiam a "literatura" e "erudição" sempre me fizera imaginar para que mais servia um corpo, além de receber e transmitir informações.

Uma vez, no começo dos anos 90, fora ver Prince num *club*, acompanhado do meu filho e da professora de faculdade que aparentemente o estava educando (na cama), Deedee Osgood. A despeito da sujeira e do fato de que eu parecia ser o único que não estava virtualmente nu e chapado, adorara observar todas aquelas pessoas. Agora, meus novos amigos me levavam a *clubs* quase todas as noites. Isso logo me entediou, e então me deram Ecstasy pela primeira vez. Embora tivesse fumado maconha e tomado LSD no passado, além de ter conhecido viciados em geral e cocainômanos, o álcool foi a droga da minha geração. Parecia a melhor delas. Nunca entendi que graça havia em ficar dançando valsa com jacarés mefíticos.

Duvidava que algum de meus novos conhecidos passasse um só dia sem um baseado ou algum tipo de estimulante. Como meus amigos sabiam, o "E" bateu em mim como uma revelação, tanto que desejei vê-lo servido ao primeiro-ministro e adicionado ao abastecimento de água. Engoli punhados de Ecstasy todo santo dia por duas semanas. Ele me levou para dentro de meu próprio corpo e também para dentro do corpo dos outros, se é que as pessoas à minha volta eram mesmo reais. Não saberia dizer. (Gostava de chamar nós todos de Ecspresso, "uma vaga associação de solipsistas".) Meu ardor provocava o riso de meus novos amigos. Tinham aprendido que o E não era a cura, e a última coisa de que o mundo precisava era de mais um filósofo das drogas.

Mas, depois das purificações e substituições culturais, eu acreditava estar retornando a algo que havia negligenciado: o prazer físico fundamental, o êxtase do corpo, da pele, do movimento, e a afeição espontânea por outros no mesmo estado. Meu velho corpo era franzino e eu, um sujeito não exatamente consciente de sua força, que sempre achara mais fácil conversar sobre os assuntos mais íntimos do que dançar. Na condição de reimplantado, porém, comecei a apreciar o circo pornográfico do sexo brutal; aquela coisa que se parecia com alguns dos espetáculos de dança moderna que havia visto, animal, sem conversa. Implorava por ser transformado num pedaço de carne, subjugado, amarrado, vendado, surrado, puxado e estrangulado, imerso no puramente físico, todos os meus eus rodopiantes escoando em direção ao orgasmo. "Percepções provindas das fronteiras da consciência" — assim eu teria batizado aquilo tudo, se naquele momento as palavras me ocorressem com facilidade. Mas palavras eram a última coisa que tinha em mente.

Usando os outros, eu podia desfrutar de picos sexuais por dois ou três dias. Era, de fato, como uma droga: um prazer radiante, de arrepiar, que sentia não apenas em meu corpo, mas, assim acreditava, em toda a existência, no que ela tem de mais elementar. Narciso lambendo o próprio rabo! Olá! Estava consciente também — enquanto, ao amanhecer, dançava nu na sacada de uma casa que dava para o lago de Como, depois de ter passado a noite com um casal de jovens que não me interessavam — de quantos viciados conhecera e de como qualquer forma de vício podia ser tediosa. Se havia uma coisa que não queria, era ficar preso dentro de mim.

Para o grupo, havia todo tipo de sexo à disposição, e o resto do pessoal que tomava drogas tinha passado para a heroína. Pelo menos dois dos garotos eram HIV positivos. Vários outros acreditavam que aquele era seu destino. Como meu contato com a realidade acontecia, no máximo, de passagem, levei algum tempo para perceber como eram desesperados aqueles prazeres, e como era ridícula e romântica a sensação de tragédia compartilhada e de danação total. Minha geração passara por isso, com James Dean, Brian Jones, Jim Morrison e outros mais. Se eu fosse um garoto nos dias que correm, teria achado difícil resistir à miséria poética. Mas sabia que não era um deles, porque ficava imaginando o que pensavam seus pais.

Sempre me incomodara aquilo que costumávamos chamar de "promiscuidade". O amor impessoal parecia uma desvalorização do convívio social. Não conseguia deixar de acreditar, sem dúvida de modo pomposo, que um dos feitos da civilização era dar valor à vida, ao intercâmbio entre as pessoas. Ou será que o amor fiel era apenas uma idiotice burguesa desnecessariamente restritiva?

Haveria um momento em que o outro, ou "meio que o outro", como costumávamos dizer, se tornaria humano. Algum gesto, palavra ou grito indicaria uma história infeliz ou uma mente atormentada. A bolha de fantasia rebentava (vim a entender fantasia como uma forma fatal de pré-concepção e preocupação). Identifiquei aí uma espécie diferente de abertura, que era também uma oportunidade para outro tipo de penetração — no real. Fugi, porque não queria que meu desejo me levasse para longe demais dentro de outra pessoa. Tratando-se de sexo, e a não ser no caso da mulher que me pagava, estava interessado apenas em meus próprios sentimentos.

Pelo menos, ficou claro para mim que são nossos prazeres, e não os vícios e depravações, que constituem nossos maiores problemas. O prazer pode mudar uma pessoa num instante, pode levá-la para qualquer lugar. Se tais satisfações eram inebriantes e até místicas em sua intensidade, aprendi que, quando acontecia algo de mais estranho, o deleite não era ocupação de tempo integral, e a realidade era uma praia onde rebentavam os sonhos. O que se revelou foi que eu era seduzível.

Um dos artistas no meu grupo tinha um filho de quatro anos. Os outros só se interessavam por ele de vez em quando — assim como eu por eles —, e o moleque ficava vendo vídeos boa parte do tempo. Sua solidão espelhava a minha. Se eu caía na farra de noite e não conseguia dormir no dia seguinte, curava o bode com outra pílula e o levava para ver as aranhas no zoológico. Fazê-lo rir era meu maior prazer. Jogávamos futebol, desenhávamos e cantávamos. Eu não me importava de andar devagar, na velocidade dele, e inventava histórias nos cafés. "Leia outra", ele dizia. Aquele garoto me ajudou a recordar momentos com meus próprios filhos: meu menino, aos quatro anos, indo buscar um jornal velho na cozinha, acostumado que estava a só me ver lendo sem parar.

Com seus teimosos nãos, o moleque acabou me deixando furioso duas vezes. Eu me peguei batendo os pés no chão, de verdade. Esse envolvimento desconcertante me fez ver que, de modo geral, eu era como um espião, escondido e desconfiado. Se minha geração se fascinara com o que significava ser um Burgess, um Philby ou um Blunt — o preço emocional de uma vida dupla, de se esconder na mente —, aquele menino me fez pensar em quanta coisa boa uma pessoa não trancafiava ao guardar graves segredos.

O garoto me fez entrar num parafuso impossível de compartilhar. Eu chorava sozinho, sentindo-me culpado pela impaciência que tivera com meus filhos. Escrevi um longo e-mail me desculpando por omissões de anos antes, mas não o enviei. De resto, percebi que minha lembrança da maior parte da infância de meus filhos era um vazio para mim. Se não estava nem queria estar em outro lugar, ocupava-me de alguma coisa "importante", algum "desafio intelectual". Ou então queria que as crianças se parecessem mais com adultos — em outras palavras, que fossem menos agitadas e irritantes. No meu tempo, a divisão do trabalho entre homens e mulheres era mais demarcada: os homens cuidam do dinheiro, as mulheres, dos filhos — uma privação para ambos.

Acabei gostando do moleque mais do que dos adultos. Uma vez, ao me ver vomitando no chão, ele foi gentil e quis me dar um beijo para eu sarar. Eu não queria que ele me considerasse um tolo. Aquilo tudo mexia comigo. Não esperava que a experiência como reimplantado incluísse me apaixonar por um menino de quatro anos cujo narcisismo ia muito além do meu. Tratando-se de juventude e beleza, ele tinha tudo, e emoções ligadas no último volume. Não me ocorrera que, tendo desejado um recomeço como ser humano, ele se daria na condição de pai, ou que teria mais energia para gastar sentindo saudade dos meus filhos lá em casa, de suas vozes à minha chegada, de seus interesses e pertences esparramados por toda parte. Ralph se esquecera de me avisar desse sentimento de "chocadeira". Imaginei que uma coisa dessas tornava a "vida eterna" recomendável apenas a pouquíssimas pessoas, do mesmo modo como nunca se ouve dizer que no céu a gente tem de lavar os pratos no meio de uma indigestão. Eu precisava tirar da cabeça aquela idéia de paternidade, dar adeus ao garoto e lembrar a mim mesmo das coisas pelas quais devia ansiar, daquilo de que gostava e ainda queria na vida.

Nos momentos de maior sobriedade, apesar de tudo, queria estar perto da minha mulher. Gostava de vê-la andando pela casa, de ouvi-la se despir, de tocar as coisas dela. Ela ficava deitada na cama, lendo, e eu começava a cheirá-la, subindo e descendo por seu corpo feito um cachorro velho, o focinho fungando. Ainda não explorara toda a circunferência de seu corpo. A carne enrugava, dobrava e cedia, a cor se alterando, mas eu nunca a desejara por ser perfeita, e sim porque era ela.

Depois de minha jornada por metrópoles diversas, e precisando deixar o garoto, decidi percorrer as ilhas gregas. Minha vaidade aborrecia até a mim, e eu implorava por um pouco de sol quente, água cristalina e vento fresco. Já havia desfrutado de dois meses e meio de ócio e prazer, e desejava me preparar para a volta — na verdade, para a doença e a morte. Comecei a pensar no que diria a meus amigos que estivera fazendo.

Como o médico previra, eu não estava ansioso por retornar a meu velho corpo. Quando comesse, ainda me sentiria como alguém que come pregos e caga parafusos? Em determinados dias, ainda aconteceria de só ser capaz de engolir bananas e analgésicos? Contudo, sendo meu velho corpo e seus padecimentos a representação da vida que eu construíra, a soma total de minhas realizações em forma de carne, acreditava que deveria voltar a habitá-lo. Não era fã ardoroso de rígidas devoções, mas aquilo parecia ser meu dever. Será que logo a maioria das mortes seria como um suicídio? Era quase engraçado: tornar-se um reimplantado fazia da vida um pântano de decisões a tomar. Enquanto isso, aguardava ansioso pela possibilidade de permanecer no mesmo lugar por umas poucas semanas e terminar, ou ao menos recomeçar, a leitura de *Sob o vulcão*.

Antes de morrer do coração, meu pai, que era diretor de escola, disse que sempre se arrependera de não ter sido carteiro. Um trabalho suave, acreditava ele, caminhando pelas ruas sem ter nada com que se preocupar além dos cachorros, teria prolongado sua vida. Eu achava aquilo uma tremenda besteira: para mim, a preocupação era um estímulo necessário. Agora, porém, fazia uma idéia do que ele quisera dizer.

Não que ele tivesse sobrevivido com um salário de carteiro. Começara a perceber que eu próprio não estava acostumado ao mundo financeiro do presente. Sempre comprara meu próprio leite, mas não tinha idéia do preço. Havia subestimado a quantia de dinheiro de que precisaria para minha vida de reimplantado. Um absurdo o preço da camisinha! Afora o dinheiro que separara para meu retorno, já tinha gastado quase tudo e não podia recorrer a minhas contas bancárias ou cartões de crédito. Até a minha volta, precisava de um lugar barato para ficar e de dinheiro para o básico.

Foi na Grécia, certa manhã num barco, que conheci uma mulher de meia-idade, mochila nas costas, a caminho de um "centro espiritual" na ilha que eu estava visitando, onde ela iria estudar fotografia. A mulher viera de carona desde Londres para visitar o Centro, que tinha fama de bastante rejuvenescedor para os que padeciam de colapso urbano. Quando lhe contei minha triste história, ofereceu-se para me levar com ela.

Enquanto eu esperava num café da praça próxima, bebendo vinho e lendo Kaváfis, ela foi até o Centro e perguntou se havia algum trabalho que eu pudesse fazer em troca de comida, um lugar para dormir e uma pequena remuneração. Do contrário, eu encontraria trabalho num bar ou numa discoteca, e morreria na praia. A mulher voltou e me disse que o Centro estava procurando um "quebra-galho" para limpar os quartos e trabalhar na cozinha. Se a direção não invocasse comigo, eu poderia comer de graça, ganhar um dinheirinho e dormir no telhado.

Descemos até um punhado de construções pontilhadas de

flores e caiadas de branco, à beira de uma elevação com vista para o mar. Ela abriu o portão num muro longo e alto.

"Olhe", disse ela. Olhei: o diabo espiando o Paraíso. "Devem estar no intervalo das aulas."

Era um jardim com muita sombra e mulheres — a maioria, claro, era composta de mulheres — sentadas nos bancos. Conversavam, faziam compenetradas anotações em seus cadernos ou liam. A um canto, uma delas cantava; outra fazia ioga; uma terceira penteava o cabelo; numa mesa de massagem, um corpo recebia tratamento.

Ali, aquelas mulheres londrinas de meia-idade, classe média e, claro, divorciadas recebiam alimento "espiritual", faziam meditação, aromaterapia, massagem, ioga, terapia dos sonhos. Em que outro lugar um bebê e sua mãe passariam melhor do que naquele equivalente moderno de antiquadas estâncias hidrominerais ou sanatórios? Os três homens que vi eram de meia-idade, tinham o tórax côncavo e veias varicosas.

Ela perguntou: "Tudo bem para você ficar aqui?".

"Acho que sim", respondi.

Depois de me mostrarem a cozinha, as salas de "trabalho" e a sala de jantar, fui levado para conhecer a fundadora ou líder do Centro, a "sábia", como era chamada, sem ironia, ou sem ironia que eu percebesse. Tive a impressão de que seria sábio também de minha parte deixar de lado a ironia — um prazer demasiado maduro e acadêmico.

Patricia veio até a porta da pequena casa protegida por persianas, a uns dez minutos a pé do Centro. Em seus cinqüenta e tantos anos, era grande, tinha cabelos longos e grisalhos, e suas roupas tinham a textura e o cheiro dos tapetes orientais baratos. Convidou-me a entrar e ordenou que eu me sentasse numa almofada. Enquanto eu cochilava, ela falava alto ao telefone, lia sua correspondência ("Canalhas! Canalhas!"), coçava as costas e, de tempos em tempos, me examinava.

Quando me levantei para olhar de perto uma pintura, ela disparou: "Sente-se, pare de se mexer", disse, "e veja se fica quieto por cinco minutos!".

Sentei-me e fechei a boca.

Lembrava-me bem daquela sua modalidade de feminismo, desde seus primórdios: a feiúra louca, o êxtase forçado da irmandade feminina, todo o puritanismo revolucionário. Não o abominava — parecia-me uma vertente do socialismo inglês excêntrico, como o shavianismo —, desde que não tivesse de viver sob seu comando ou perto dele. Contudo, parecia de fato melhor ser um rapazinho nos dias atuais: as mulheres eram menos agressivas, ganhavam seu próprio dinheiro e não punham a culpa por seus pesadelos em qualquer um que tivesse um pinto.

Irritei-me com o que considerei o jeito autoritário daquela mulher, e estava para ir embora — não que ela fosse se importar com isso — quando me ocorreu que, para ela, eu era virtualmente uma criança, assim como não mais do que um reles empregado em potencial. Não era nem um reimplantado nem um "inimplantado". Era ninguém.

Sempre tivera uma queda por tiranos, fosse na escola, no trabalho ou no teatro onde, quando eu era jovem, eles vicejavam, provindos de ambientes militares. Curtia me testar, desafiando-os. Quantas vezes podiam bater em alguém, antes de chegar a um acordo com ele? Agora, porém, chacoalhava-me uma fúria explosiva de adolescência tardia. Tinha me esquecido de como os adultos vêem esse tipo de cima para baixo, quando não o ignoram, e como odeiam ouvir outra opinião quando estão dando a sua. O garotão está num dos jantares dados pelos pais, quando os amigos deles perguntam como ele está indo nos exames, ao que ele responde que tomou pau e que está muito, mas muito feliz mesmo. Os pais dizem a ele que não seja mal-educado, e ele acabou de ver *Se...* no cinema. Eles querem gim com tônica, mas o garotão quer uma metralhadora e a revolução, e quer já.

Apesar disso, imaginei que Patricia tivesse uma inteligência e uma intensidade que minha antiga persona teria apreciado. Gostava do fato de não poder dizer dela, mesmo depois de uma inspeção apenas superficial, que era uma pessoa serena. Longos períodos de investigação interior e de exercícios respiratórios — ou fosse lá qual fosse o tipo de terapia que praticava — pareciam não tê-la curado de sua irritabilidade ou fúria incipiente.

Quando ela afinal olhou para mim, com o que temi ser alguma capacidade perceptiva, receei que eu fosse murchar. Pela primeira vez, senti que alguém tinha me olhado como a um impostor, uma falsificação, alguém que não era o que parecia ser. O jogo tinha chegado ao fim, o fingimento havia acabado.

"Qual é mesmo o seu nome?", perguntou.

"Leo Raphael Adams."

Ela bufou. "Papai e mamãe afetados e boêmios, hein?"

"Acho que sim."

"Devo ter conhecido os dois."

"Não conheceu."

"O que eles faziam?"

"Um monte de coisas."

"Um monte, é?"

"Viajavam um bocado."

"Que bom", ela disse, "e o que você quer fazer?"

"Trabalhar aqui por um tempo", respondi. "Faço o que você quiser."

"Acho bom mesmo. Mas não finja que entendeu ao pé da letra o que eu perguntei. Eu quero dizer 'na vida', o que você quer fazer?"

"Na vida? Não sei", disse eu com sinceridade. "Não faço idéia. Por que tenho de 'fazer' alguma coisa?"

Ela me imitou: "Não sei. Não ligo. Estou cagando e andando".

Protegi os olhos com a mão, como se fosse do sol. "Por que você fica me encarando assim?"

"Por causa da sua cara de indiferença."

"Indiferença?", eu disse. "Já olhei um bocado para minha cara e..."

"Posso imaginar, meu amor."

"Nunca pensei nela como indiferente."

"Você tem alguma inteligência aí dentro? Alguma coisa que me faça pensar: 'Puxa, nunca ouvi isso antes'? Devo ter esquecido", prosseguiu ela, "que a conversa não é mesmo uma arte masculina."

Tinha muita coisa que eu queria dizer, mas, se começasse a falar, nunca saberia como era ser jovem.

"Quer que eu vá embora?", perguntei.

"Só se você quiser." Ela começou a rir. "Não costumamos ter homens trabalhando aqui, embora não haja nenhuma regra contra isso. Posso ser uma feminista à antiga, daquelas dos anos 60, e a auto-estima das mulheres num mundo masculino é até interessante, mas não tive a intenção de fundar um convento. Esse seu pintão", continuou ela, olhando diretamente para o meio das minhas pernas, "vai ser encrenca na certa. E acho que vou me divertir. Você pode ficar... por um tempo."

"Obrigado."

Patricia foi até a janela, debruçou-se e gritou lá para fora.

"Alicia!", chamou. "Alicia!" Quase de imediato, uma garota apareceu. "Leva ele", ordenou. "Vai trabalhar aqui, por enquanto. Arrume alguma coisa para ele fazer!"

Ao sair, percebi que caminhava ao lado de alguém tão insubstancial e insistente quanto uma sombra.

"Acho que vou cair fora daqui", eu disse.

"É o que você normalmente faz — fugir?"
"Quando sou sensato."
"Não me venha com sensatez."
Eu disse: "Tem alguma coisa em mim que deve ter deixado ela com raiva".
"E você acha que é pessoal?"
"Decidi que sim."
"Por quê?"
"Porque me fez pensar em que tipo de poder eu tenho sobre ela."
"Você nunca vai ter poder nenhum sobre ela."
Alicia não era uma menina, e sim uma jovem mulher proveniente de Londres, uma frágil poeta vesga com um cigarro feito a mão no canto da boca. Contou-me que viera para o Centro por três meses, à custa de um benfeitor americano, e que escrevia e ensinava. Apesar do sol forte e implacável, e da fome dele que tinham as outras mulheres, Alicia não se bronzeara. Sua pele preservava, sem nenhum remorso, aquela tonalidade de "Londres em dia de chuva", como eu a chamava. Ela iria me mostrar o telhado do Centro, onde eu dormiria. Era um forno durante o dia e, muito provavelmente, gelado à noite, mas, para mim, em meu isolamento, estava bom. Gosto do céu, embora até o momento não tenha tido tempo de "comungar" com ele.

Enquanto eu arrumava meus poucos pertences, Alicia abriu um caderno de espiral, tossiu até a alma, roeu as unhas e perguntou se eu me importava de ouvir sua poesia.
"Por que não?", eu disse. "Não tenho nenhum contato com poesia desde a escola."
"Onde você estudou?"
"Por toda parte."
"Leu alguma coisa?"
"Paredes de banheiro."

Ela me avisou: sua poesia era, antes de mais nada, sobre as coisas.

"Que coisas?"

Ela me explicou que, mesmo ali, "no berço do pensamento articulado", a linguagem da Nova Era e da auto-ajuda, já muito além da paródia, tinha se apossado do vocabulário dos sentimentos e do intercâmbio emocional. Se a linguagem do eu estava envenenada, aquilo era desastroso para um poeta. Mas ainda não acontecera com os objetos inanimados, nos quais ela decidira concentrar seus poderes.

"Me dê um exemplo", pedi.

Ela começou a ler um poema sobre chaleiras e torradeiras. Eu gostei, e ela emendou com outro sobre seu aspirador de pó e um terceiro, sobre aparelhos de som, ainda inacabado. Quando pedi que continuasse, ela me disse sobre o que seriam os demais — tapetes, camas, cortinas — e pediu outras sugestões de temas.

Troquei de camisa, um momento que sempre curtia, e disse que achava que janelas eram um tema legal.

"Janelas?", ela se espantou. "Do que você está falando?"

"Qual o problema com as janelas?"

Alicia me explicou que era um tema "poético demais". Citando John Cage, disse que estava mais interessada nas emoções "brancas" do que nas "pretas". Precisava superar as "pretas" e caminhar em direção às "brancas".

"Você entende?"

"Nadinha. Sou só o faxineiro."

"É para eles que eu escrevo: faxineiros e trambiqueiros — desculpe, quis dizer cozinheiros. Existem poemas que só se revelam para os ignorantes."

"Então é para mim mesmo."

Ela me olhava. Seu rosto era pálido, mas não tinha uma

única marca, como se o desespero dela tivesse se esquecido de invadi-lo. Agora, porém, um de seus olhos tremia feito uma borboleta aprisionada. Eu quis ir até ela e detê-lo com um dedo. Mas talvez o tivesse apenas arrancado e feito em pedaços. A pobrezinha deve ter se apaixonado naquele momento.

Meu trabalho no Centro era pesado. O corpo não reclamava — gostava de ser esticado e exercitado —, mas minha mente fez um escarcéu. Numa vida inteira devotada a mim mesmo, havia muitos anos que eu não era obrigado a fazer nada contra a vontade. Sempre tivera relativo sucesso em conseguir mulheres que cuidassem de mim. Agora, estava ajudando na cozinha; era bom aprender a cozinhar. Esvaziava o lixo e descarregava pesados sacos de comida das caminhonetes; ensinaram-me a construir uma parede. Eu varria, limpava e pintava as salas. Imaginava que aquela era a cara que o mundo tinha para a maioria das pessoas, e não me fazia mal ser lembrado disso.

Passei a apreciar as coisas mais simples. Deixei crescer a barba e aprendi tai chi, ioga e a tocar tambor. Nadava longas distâncias, tomava sol, lia e ouvia as mulheres durante as refeições e à noite, ficando perto delas, como fazia com minha mãe, quando criança. Cultivei uma reputação de timidez e silêncio. Podia ser uma formosura, mas chamar a atenção para mim era a última coisa que eu queria. Às vezes, fazia massagem nas mulheres, cantando baixinho. Em uma ocasião, vi uma delas deitada embaixo de uma árvore, lendo minha última peça que tinha sido encenada, cinco anos antes. Ao passar por ela, perguntei: "Vale a pena?".

"A peça não é tão boa quanto o filme."

Começara a amar a beleza da ilha e a paz que me dava. Estava quase livre do desejo de entender. Agitação e paixão pareciam menos necessárias como provas da existência de vida. Imaginava se meus valores seriam diferentes quando voltasse a meu velho corpo. Sempre tivera certeza de que queria voltar, mas agora aquela questão não me dava sossego. Havia bons argumentos a favor do sim e do não. O que podia haver de pior? Adiaria a decisão pelo tempo que pudesse.

Em geral, Patricia aparecia no café-da-manhã e fazia um discurso sobre o propósito e os objetivos do Centro. Uma vez, contou-nos um de seus sonhos; depois, interpretou-o, a fim de evitar qualquer mal-entendido. Seguiu-se um silêncio impressionado, e então ela se afastou. Comigo, trocava poucas palavras, mas sempre olhava firme nos meus olhos, como se estivéssemos conectados de alguma forma, como se estivesse para dizer alguma coisa. Imaginei que ela olhasse para todo mundo daquele jeito, volta e meia, para fazer com que as pessoas se sentissem integradas à comunidade. Já não acreditava que ela me compreendesse, mas será que eu a deixava um tanto curiosa? Ela parecia perguntar: o que você quer, afinal? Aquilo me inquietava. Mantinha distância, mas Patricia não me saía da cabeça, como uma pergunta.

Suas oficinas eram as mais populares e intensas, sempre lotadas. Alicia, porém, confidenciou-me que elas eram mais conhecidas pela quantidade de lágrimas derramadas do que pela qualidade da sabedoria transmitida. Eu, de minha parte, era só uma espécie de empregado doméstico ajudando na cozinha, e não tomei partido. Seguindo o conselho de meu pai, tinha apenas conseguido um emprego nas férias.

Dez dias depois de minha chegada, Patricia entrou na cozinha, onde eu trabalhava sob o comando de uma velha senhora grega com a qual mal conseguia me comunicar. Nunca tinha visto Patricia na cozinha antes. Fazendo o papel do adolescente empedernido que eu queria que ela me considerasse, recusei-me a retribuir seu olhar. Ela precisou me mandar parar de descascar batatas.

"Pare com isso."

"Patricia, eu me sentiria mal parando na metade da batata."

"Que se danem as batatas! Estou para começar minha oficina sobre os sonhos com um novo grupo. E decidi que está na hora de você fazer o curso."

"Eu? Por quê?"

"Porque eu acho que você devia aprender alguma coisa."

"Ah, mas eu não quero aprender. Tive anos de aprendizado e não aproveitei nada, como você disse." Ela pareceu se ofender e, por isso, acrescentei: "Que tipo de curso é?".

Patricia suspirou. "A gente pega os sonhos das pessoas e vai fazendo associações livres. Às vezes escrevemos sobre eles, pintamos ou desenhamos. Ou dançamos também. Vi você chacoalhando a bunda na discoteca. As meninas com certeza ficaram interessadas, como quando você desfila por aí sem camisa. Mas do pessoal que participa das oficinas você fica longe, não é?"

"Nem preciso responder."

"Mesmo daquela idiota que vê fantasmas?"

"Ah, pois é", eu disse, "aquele maldito fantasma."

O fantasma sempre divertia Patricia.

Uma das mulheres recém-chegadas ao Centro e alojadas num quarto na cidade, como algumas eram, tinha se levantado à mesa do café-da-manhã e nos contado que seu quarto era assombrado. Como era típico de Patricia, ela achara que aquilo tinha sido um truque da mulher para que a mudassem para outro quarto, mais acima, com vista para o mar — o que não era algo que Patricia pudesse oferecer ou a que pretendesse se deixar levar por um engodo. Assim, em vez de mudar a mulher de quarto, incumbira-me de ficar sentado a noite inteira diante da porta, de olho na assombração.

"Vigiar fantasmas é uma de suas atribuições", ela me dissera, mal disfarçando sua satisfação. "Quando o desgraçado aparecer, você cuida dele."

"Esse tipo de trabalho não constava da minha lista original de tarefas", protestei. "E fantasmas lá usam portas?"

"Não encha e faça o que estou mandando. Fantasmas usam qualquer orifício."

Eu havia dito a Alicia: "Espere só até eu contar essa história em Londres — que trabalhei como vigia de fantasma...".

Naquela noite, eu ficara acordado o máximo de tempo possível, mas, claro, acabara por adormecer na cadeira. Os fantasmas vieram. Nada que vestisse um lençol branco sobre o corpo chegou a me incomodar, mas minhas próprias sombras e penumbras interiores — de longe as mais hediondas — fizeram um trabalho e tanto. A mulher a quem eu estava protegendo dormiu bem. Pela manhã, eu suava frio, com anéis pretos como carvão abaixo dos olhos. As mulheres do Centro, quando não estavam sendo solícitas, descobriram que nunca tinham rido tanto desde sua chegada ali.

"E não exatamente da mulher do fantasma...", eu dizia agora a Patricia.

"Ótimo. Você não está incluído no preço da estada", retrucou ela, e prosseguiu: "Venha comigo. As pessoas pagam centenas de libras para participar das oficinas. Quero que você veja o que fazemos aqui. Me diga uma coisa: você com certeza não acredita que só existe o racional, ou que o real é sempre racional, não é?".

"Nunca pensei muito no assunto."

"Mentiroso!"

"Por que você diz isso?"

"Tem mais coisa em você do que você mostra! Quantos garotos da sua idade assobiam trechos do *Figaro* enquanto descascam batatas?"

Ela saiu a passos largos, esperando que eu a seguisse, mas não sou do tipo que segue alguém, sobretudo se é o que querem que eu faça.

Olhei para a velha senhora grega, que lavava o chão da cozinha. Aquele era o tipo de realidade ao qual eu me ajustava: arrumar um pedaço de chão do modo como se deseja que ele fique, e não pensar em nada.

Contudo, saí da cozinha e, já do lado de fora, subi a escada. Na sala grande e clara, pude ver que Patricia e o restante da classe esperavam por mim.

Ela apontou para o chão. "Sente-se, e a gente começa em seguida."

E lá se foi ela, circulando pelo grupo e solicitando sonhos. Que abundância de imaginação, simbolismo e associação de palavras num grupo tão comum de pessoas! Fiquei ali por mais de uma hora, quando veio o intervalo. Pude enfim respirar livremente, e saí correndo em direção ao sol quente. Segui adiante e não voltei mais; fui até a cidade, onde precisava fazer compras para o Centro.

Ao retornar, Alicia me esperava do lado de fora com seu caderno, embaixo de uma árvore. Ela se levantou e acenou quase na minha cara.

"Leo, onde você esteve?"

"Fazendo compras."

"Deu uma confusão danada. Você não pode deixar Patricia falando sozinha desse jeito", ela disse. "Até admiro esse tipo de coisa. Gosto quando as pessoas são levadas a deixar minhas aulas. Sei que algo poderoso aconteceu. Não gosto da idéia de a poesia ajudar as pessoas. Mas nós, masoquistas, somos atraídos pela Patricia. Fazemos o que ela manda. Nunca, nunca mesmo, saímos de suas oficinas."

"Eu tinha trabalho a fazer", respondi. Não estava preparado para dizer que deixara a oficina de Patrícia porque ela me incomodara. Os sonhos sempre me fascinaram; em Londres, anotava os meus, e, durante o café-da-manhã, era freqüente que Margot e eu conversássemos sobre eles.

Durante minha "vigilância fantasmagórica", eu tivera dois sonhos. No primeiro, ia ver meus falecidos pais de novo, para uma última conversa. Quando os encontrei — suas cabeças, emendadas pela orelha, formavam um ponto de interrogação —, não me reconheceram. Tentei explicar por que estava diferente, mas eles se enfureceram com minha insistência em que aquele era eu mesmo. Deram meia-volta e puseram-se a caminho da eternidade, antes que eu pudesse convencê-los — como se fosse possível — de quem eu era de fato.

O outro sonho parecia mais uma imagem: um homem de casaco branco, com um cérebro humano nas mãos, atravessando uma sala entre dois corpos, cada um deles com o crânio aberto por meio de pequenas dobradiças. Enquanto o homem carregava o cérebro, o crânio, já apodrecendo, ia pingando. Pedaços de memória, desejo, esperança e amor, como se encapsulados em tubinhos de pele, caíam no chão de serragem, de onde cachorros e gatos famintos os apanhavam com a língua.

Por mais que quisesse, não podia sequer pensar em discutir aquilo com o grupo. Minha "transformação" me isolara. Como Ralph teria enfatizado, era o preço que eu tinha de pagar.

É claro que tampouco podia contar aquilo a Alicia, que se tornara minha única amiga de verdade no Centro. Ela vinha de uma família boêmia. O pai morrera quando ela ainda estava na pré-adolescência. Aos quinze anos, a mãe a levara para morar numa comunidade doida por sexo. Aquilo a tornara "frígida". Sentia-se tão abandonada quanto uma criança faminta. Agora, descuidava de si própria, comendo pouco, mas sempre carregando uma sacola de cenouras, maçãs ou bananas, que cortava em pedacinhos miúdos com um canivete e devorava um a um. Só comia sua própria comida e, percebi, o fazia sempre sozinha ou na minha presença.

Havíamos começado a conversar à noite. Duas vezes por

semana aconteciam festas para os membros do Centro. Bebia-se e dançava-se muito. As mulheres exibiam aquela energia determinada de quem ainda não entregou os pontos. Gostavam dos clássicos negros da Tamla Motown e de Donna Summer; eu gostava do balé de suas pernas sacudindo dentro das saias longas. Depois, era meu trabalho recolher os copos, limpar o chão e esvaziar os cinzeiros, deixando tudo pronto para o café-da-manhã. Eu fazia bem o serviço; a limpeza se tornara uma espécie de poema para mim. Uma ponta de cigarro era como um tapa na cara. Alicia gostava de me ajudar, de joelhos, tarde da noite, enquanto os outros permaneciam acordados, se confessando.

Alicia tinha começado a escrever contos e começara também um romance, que me mostrou. Eu examinava o que ela escrevia e fazia comentários, quando achava que podia ajudar. Gostava de ser útil; podia ver que às vezes sua autoconfiança vacilava.

Tarde da noite, quando terminava meu trabalho, íamos à praia algumas vezes. Passávamos pelos casais que haviam saído de bares e boates para fazer amor no escuro: corpos franceses, alemães, escandinavos, holandeses, todos tentando, ao que parecia, estrangular a vida um do outro. Nosso propósito parecia mais importante: conversar sobre literatura. Sexo havia por toda parte; boas palavras eram menos onipresentes.

Desde meus vinte e cinco anos, mais ou menos, eu ensinava literatura e composição em diversas universidades, e, em geral, mantinha um curso de redação em Londres. Interessava-me a maneira como as pessoas falavam, como expressavam livremente o pensamento e como isso interferia em seus relacionamentos. Quanto a Alicia, atuar como uma espécie de instrutor foi uma atitude que acabei assumindo com naturalidade, e com gosto.

Não obstante, falava com ela num tom jovial, como se pouco soubesse; e tentava não soar pomposo, como decerto soava em meu velho corpo. Era um esforço e tanto. Estava acostumado com pessoas me ouvindo e até tomando nota do que eu dizia. A pompa era útil, ajudava na ênfase, e minha autoridade podia parecer libertadora a alguns. Alicia parecia gostar da autoridade que eu às vezes conseguia demonstrar. Ser mais velho tinha lá sua utilidade.

Eu precisava tomar cuidado também com aquela garota magra e ansiosa. Se, por um lado, ela era a razão pela qual eu não ia embora, por outro, quando me perguntou sobre mim e sobre minha educação, respondi de forma evasiva, como se não acreditasse muito em minhas próprias histórias ou como se pouco me importasse com elas, o que a deixou frustrada. Ela queria mais de mim. E eu podia ver que ela sabia quanto eu estava escondendo.

"O que você anda escrevendo?", perguntei, enquanto caminhávamos.

"Um poema sobre janelas."

"Todo mundo sabe que poemas e janelas não se dão muito bem."

"Vão ter de se dar", ela disse. "Como nós." Então, apressou-me: "Corre, você precisa ir falar com a Patricia".

"Agora? Ela está brava comigo?"

Alicia apertou minha mão. "Acho que sim."

O medo dela aumentou o meu. Lembrei-me de todo tipo de transgressão e terror em meu passado: da fúria de minha mãe, de ser mandado para a diretoria para levar uma reguada na mão. Na minha juventude, todo tipo de gente tinha permissão para bater num garoto, e era-se até elogiado por fazê-lo; ninguém agradecia se o garoto retribuísse a gentileza. Agora, com numerosos medos tomando conta de mim, entrei numa espécie de parafuso, e levou algum tempo até eu me lembrar de que me chamava Leo Adams. Podia, afinal, optar por um comportamento diferente, por revisar meu passado, por assim dizer, e deixar de ser o menino assustado que fora antes.

"Vem", eu disse. "Vem andar comigo."

"Você não está com medo dela?", Alicia perguntou.

"Estou apavorado."

"Eu também. Você vai embora?"

"Bom, não vejo por que não ir."

"Não vá, por favor." E ela prosseguiu: "Tem mais uma coisa. Ela ficou sabendo da sua piada".

"Ficou? Mas não me disse nada."

"Talvez diga agora."

"E como é que foi chegar nela?"

Alicia corou: "Essas coisas acabam circulando".

Alguns dias antes, eu tinha feito uma piada, o que não é uma boa idéia em instituições. Não tinha sido uma piada das boas, mas saíra no ato e merecera uma repentina risada de reconhecimento por parte de Alicia. Eu havia chamado o Centro de "chora-menina". Usei a expressão diversas vezes, como os jovens tendem a fazer, e foi só isso. Ela acabara entrando na corrente sangüínea da instituição.

Agora, caminhávamos pela cidade até a casa de Patricia. As lojas estavam fechadas, o lugar, deserto. A maioria das pessoas estava fazendo a sesta, como Patricia costumava fazer àquela hora.

Diante da casa, Alicia disse que esperaria por mim embaixo de uma árvore do outro lado da praça.

Bati na porta, e o rosto irritado de Patricia apareceu à janela. Fico contente de dizer que sempre a incomodava; pelo simples fato de estar vivo, eu já a decepcionava. Naquela ocasião, para meu desespero, ela estava radiante.

Viera até a porta vestindo apenas uma saia-envelope. Os seios grandes e morenos pendiam fartos.

"Minha nossa", eu disse, e corei. Sabia o que ela tinha entendido. E prossegui: "Patricia, tenho um assunto para tratar com você".

"Fico contente que você tenha vindo, Quebra-galho", disse ela. "Tenho trabalho para você. Por que você foi embora da minha oficina?"

"Queria pensar sobre tudo aquilo."

"Então você gostou?" Quando fiz que sim com a cabeça, ela emendou: "Se gostou, me diga quanto. Muito, muito mesmo? Ou só muito? Bastante? Ou nada disso?".

"Me deixa pensar um pouco, Patricia." Ela olhava para mim. "Eu gostei mesmo, de verdade."

"Se é assim, você pode me dizer por quê, com suas próprias palavras."

E eu disse: "Você usou o sonho não como um quebra-cabeça a ser resolvido, com toda a ansiedade que isso provoca, como se um de nós tivesse de acertar a solução, e sim como uma imagem sentida, capaz de gerar pensamentos ou outras imagens. Isso foi útil. Ainda não parei de pensar".

"Uma boa coisa para se dizer." Ela se sentiu lisonjeada e feliz. "Está vendo? Quando quer, você consegue ser quase articulado. A propósito, ouvi dizer que você chamou o Centro de 'chora-menina'", disse ela. "É verdade?"

"Me desculpe", eu respondi, baixando a cabeça.

"É isso que você pensa?"

"É fácil fazer alguém chorar." Fui em frente: "A confissão, e não a ironia, é a moda hoje em dia. O modelo é o discurso hesitante na reunião dos Alcoólicos Anônimos. Mas quanto de dissimulação e de enganação não entram nessa demonstração de autopiedade? Você não fica entediada?".

"Já não existe rigor por aqui, você pode estar com a razão. Nem progresso. É a mesma coisa todos os dias, isso eu posso garantir, para dizer o mínimo." E então ela disse: "Vem aqui, por favor".

"Como?"

"Aqui!" Eu me arrastei para a frente. Ela pôs os braços ao meu redor e apertou os seios contra meu corpo. "Estou me sentindo tensa hoje. Queria administrar um centro de autodescoberta, e acabo me dando conta de que o que fiz foi abrir um pequeno negócio. Não se pode descobrir coisa nenhuma sem uma boa cabeça para números e cifras — os anos 80 ensinaram pelo menos isso a algumas mulheres. Agora, estou cheia de ser uma contadora e estou cheia de ser sábia. Às vezes, só quero ser louca."

"É", comentei. "Ser sábia deve ser um porre."

"Quem cuida de mim? Tenho de dar uma de mãe para todo mundo. Você tem ido às aulas de massagem, não tem? Sabe como fazer, então."

Ela já puxava meus dedos em sua direção.

"Patricia..."

"Me faz uma massagem, Leo, querido. O óleo está ali."

"Quero conversar sobre Alicia."

"E quem quer saber daquela coisinha engraçada? Está bem, fale, converse sobre o que quiser, contanto que você me amacie a alma."

A saia dela escorregou para o chão. Patricia caminhou pela sala, localizou o óleo e deitou-se numa toalha sobre a cama baixa.

Eu coçava a barriga, e ela me observava. Havia certas conversas de que eu sentia falta naquela minha nova vida. Pode-se ter um corpo novo, mas, se a mente está carregada, a diferença não é tão grande assim.

"Continue", ela disse.

Contei a ela que Alicia tinha um fraco por mim e que eu estava preocupado com aquilo. Enfatizei que nunca a estimulara deliberadamente.

Claro, adorava a atenção das mulheres do Centro — que, diga-se de passagem, não tinham muito mais o que olhar — e circulava por lá descalço e só de short. A abstinência aumentara meu desejo; eu queria viver menos na mente. Lembrei-me de Margot me contando, anos antes, sobre certas fobias relacionadas à escola. Alguns garotos com sérios distúrbios da sexualidade imaginavam que seus corpos tinham se transformado em pênis. A escola tão temida era o corpo proibido da mãe. Eu era só sexo, um pinto ambulante, um pênis tendo o corpo como apêndice. Não flertava; não provocava. Não precisava fazer coisa alguma.

Na minha cabeça desvairada, transformei-me numa espécie de ator. Muitos de meus amigos eram atores, cantores ou dançarinos, homens e mulheres que usavam seus corpos a serviço da arte, ou como arte, pessoas que ganhavam a vida sendo vistas. Aqueles de nós que não são capazes de atuar, que imaginam que o público só faz examinar nossos defeitos, pouco sabem da relação entre o voyeur e o objeto de sua contemplação, de como o público, feito um mar de sentimentos, pode nos sustentar, se soubermos usá-lo. O que vemos e ouvimos à nossa frente, no meio daquela escuridão? O que os observadores nos fazem? O que faz um stripper ou uma celebridade qualquer, senão intensificar e controlar a inveja e o desejo? Era uma atividade de um erotismo esplêndido, ou assim me parecia.

Fazia anos que eu não dançava, mas agora, como não precisava dormir muito, dançava toda noite com as mulheres do Centro numa ou noutra discoteca da cidade. A maioria delas tinha mais de quarenta anos; algumas, mais de cinqüenta. Sabiam que suas chances de serem amadas, acariciadas ou desejadas estavam diminuindo, ao mesmo tempo que seu desejo aumentava ao sol. Eu dançava com elas, mas não as tocava. Se fosse um garotão "de verdade", provavelmente teria ido para a cama, ou para a praia, com várias delas. Eu era sua pornografia, uma tentação para suas bocetinhas. Mas, comigo, pelo menos sabiam onde estavam pisando.

Enquanto eu dançava, Alicia costumava me observar, ou se sentava numa cadeira, bebendo e fumando. Ela nunca dançava, mas tinha prazer no divertimento dos outros. Por estranho que parecesse, a música preferida da maioria provinha dos meus tempos: rock-and-roll dos anos 50, soul dos anos 60. Eu sabia cada nota de cor. Aquela música soava mais fresca e duradoura do que minha elaborada obra literária, e a de meus contemporâneos também.

Numa das discotecas da cidade, enquanto eu dançava com meu "sabá", que era como eu as chamava, vários nativos passaram a me importunar. Não gostavam de ver aquele garoto mimado dançando com todas aquelas mulheres, abraçando-as noite após noite, além de cuidar de suas bolsas, de ir buscar bebidas para elas e de levá-las de volta ao Centro, sãs e salvas. Uma noite, juntaram-se à minha volta no bar e disseram que queriam ver que tipo de homem eu era. Só podiam descobrir isso na praia, onde poderíamos ter "uma boa conversa". Alicia e as outras mulheres precisaram me escoltar para fora de lá no meio do grupo. Ao olhar para trás, pude ver os homens na porta, fumando e zombando de mim.

Por que acontecera aquilo? Como eles me viam? Perguntei a Alicia. Viam-me como alguém que tinha tudo, até um futuro. Não havia nada que eu não pudesse ser ou fazer, era o que ela parecia pensar. Eles odiavam e desejavam o que eu tinha. Podiam ter me matado e devorado meu corpo.

Havia outras fantasias a meu respeito. Uma mulher de seus cinqüenta anos dissera a Alicia que eu fazia com que as mulheres se sentissem inadequadas. Era um garotão rico e sem problemas, viajando pelo mundo antes de assumir um emprego num banco. "Nós estamos tentando recomeçar nossas vidas complicadas. Ele só está de passagem", ela havia dito.

"Talvez você seja isso", Alicia prosseguiu, depois de me

contar o que ouvira, jogando fora o cigarro e pisoteando a guimba com a sandália. "Você tem a confiança, a postura e o senso de merecimento de um garoto rico. Não é verdade?"

Não respondi; não sabia o que dizer. Não previra que seria alvo de toda aquela inveja. Conhecera, porém, atores que haviam se tornado estrelas de cinema e ficado paranóicos e introspectivos daquela mesma maneira, por causa da pressão tanto de um despeito imaginário como da fama.

Eu dava duro na carne enrugada e preguegada de Patricia, cantarolando e pensando. Era bom nisso; ao menos aprendera a amar dando consolo e prazer.

Perguntei: "Como lido com isso? Estou começando a me sentir um objeto. Não é agradável, é perseguição".

"Você é muitíssimo invejado", ela disse, sua voz abafada pela toalha. "É como a mulher que todo mundo quer, mas ninguém entende. O que você precisa é de apoio e proteção."

"De quem?"

"Isso é com você. Mas você precisa pedir." Ela continuou: "Não acho que você tenha feito nada de errado, Quebra-galho. Fez Alicia e algumas outras se apaixonarem, mas não enganou ninguém. É um bom moço. Mulheres da idade da Alicia — bom, se apaixonariam até por uma prancha de madeira."

Eu seguia trabalhando firme no corpo de Patricia. Para meu desânimo, ela não parecia relaxar com minhas pancadas e socos; ao contrário, começou a respirar mais pesado.

Então, ela se voltou, estendeu as mãos e soltou o cordão que prendia minha calça.

"Patricia, por favor", eu disse, "não..."

Ela segurava meu pênis. "Poderosa esta belezura que você tem. Sabe usar?"

"Não, você podia me mostrar..."

"Não dormiu com a Alicia?"

"Não."

"Bom menino. Agora, seja ainda mais bonzinho comigo, vem."

Os olhos dela estavam vidrados de desejo.

Eu disse: "Pensei que você fosse uma mulher sábia".

"Mesmo as sábias precisam de um pau de vez em quando. Você tem arrastado as asinhas para o meu lado faz dias, não pense que não notei. Sou muito intuitiva. Agora, que tal ir até o fim?"

Não queria decepcioná-la; não queria que ela sentisse a própria idade ou ficasse ressentida comigo.

Suas mãos eram grossas, e cheguei a pensar por um momento que ela estivesse usando luvas. Lembrei-me então de que, a título de exercício, ela gostava de construir paredes de pedra. Mas, para minha surpresa, fiquei excitado.

Os ruídos que ela fazia eram honestos e diretos. Eu estava sentado de frente para ela. Nós nos balançávamos. Eu devia estar prendendo a respiração. "Respire, respire", ela ordenou. Fiz o que ela mandava. E ela prosseguiu: "Relaxe e respire com a barriga. Assim, vai agüentar mais tempo".

Funcionou, é claro. Quando relaxei, ela disse: "Agora continua".

Patricia urrava: "Me adora, me adora, seu merdinha!". Cravou as unhas em mim, me arranhou, chutou e, ao gozar, enfiou a língua na minha boca até eu quase engasgar.

"Eu precisava disso", disse ela afinal. Estava deitada na cama, pernas abertas, quase fervendo. "Meu querido, vai pegar um copo d'água para mim, vai."

Fui.

"Obrigada, Quebra-galho. Me quebrou um galhão, hein?"

Sentei-me na beirada da cama e disse a ela: "Agora você vai poder dar uma oficina sobre orgasmo".

"Sabe?", ela disse, "muitas mulheres aqui pensam que você

é um menininho insolente. Eu não me importo. Gosto. Você sabe, eu podia tornar você mais humilde..."

"Obrigado, Patricia", respondi. "Acho que você acabou de fazer isso. É melhor eu ir agora."

"Tem mais uma coisa", ela disse.

Patricia abriu as pernas e, da beirada da cama, me fez observá-la se masturbando com grande animação. Às vezes, sua mão inteira parecia desaparecer dentro do corpo, como se ela fosse se virar do avesso.

"Aposto que nunca viu isto antes", murmurou.

"Não", respondi, azedo. "Vivendo e aprendendo."

Ela estava quase adormecendo. Acenou para que eu saísse, não sem antes dizer: "Você volta aqui à noite. Traga suas coisas. Tudo vai melhorar se vier morar aqui".

"E por quê?"

"É o melhor quarto da cidade. Vejo você à noite!"

Eu disparei pela praça. Alicia me chamou, alcançou-me e enlaçou seu braço no meu.

"Você ainda está aqui?", perguntei.

"E por que não estaria?"

"Alicia, estou indo até a praia."

"Tudo bem com você? Não posso ir junto?"

Não gostava de fazê-la correr atrás de mim, mas precisava me lavar. Sabia que ela ainda estava ali porque Alicia gritava poemas — não os dela própria — enquanto corríamos, para me lembrar das coisas boas.

Eu me despi e corri para o mar. Nadei e corri pela praia até ficar exausto. Então, me deitei ao lado dela, ao sol. Logo cochilava. Quando abri os olhos, ela estava sentada e vestida apenas com um cigarro, abraçada aos joelhos. Ao contrário das demais mulheres do Centro, Alicia nunca tirava a roupa: sempre usava um camisão de mangas longas e saia até os tornozelos.

"O que foi?"

"Você dormiu com ela", Alicia disse. Suas mãos tremiam ao aproximar o cigarro da boca. "O hemisfério inteiro ouviu."

"Mas você não tapou os ouvidos."

"Fiquei ouvindo a sua música. Nota por nota."

"E o que vai fazer com o que ouviu? Escrever sobre isso — ou é humano demais para você?"

"Se eu só fosse capaz disso, teria ódio de mim!" Ela pegou minha mão e pôs no seu pé. "Você pode olhar para mim? A gente não vai trepar. Você não quer. Talvez já tenha tido mais do que o suficiente por hoje. Nunca tive um orgasmo e sou virgem. Pode me tocar, se quiser." Alicia se deitou. "Você me toca?"

Dada minha experiência anterior, não podia alegar estar tomado por grande envolvimento erótico. Mas comecei a esfregar as palmas das mãos nela; depois, quando passei a tocá-la com os dedos, e seus olhos se fecharam, minha mente começou a viajar.

"Me empresta isto aqui."

Peguei o caderno dela, a caneta e pus-me a fazer um inventário do que encontrava em sua carne. Fiz isso, como dizem na televisão, sem obedecer a nenhuma ordem específica. Fui direto ao que me interessava.

A primeira coisa que notei foi um cílio castanho claro no pescoço: era um dos dela. Na testa, havia uma protuberância dura e uma segunda cheia de pus, bem como várias outras sob a pele. Os cabelos pareciam ter sido tingidos fazia algum tempo; uma parte deles empalidecera com o sol. Era difícil imaginar qual seria a cor original. Os lábios estavam um pouco sulcados e feridos, o inferior mais do que o superior.

Encontrei uma mancha roxa recente de um lado do corpo, talvez resultado de uma pancada na mesa. Nos joelhos, havia três pequenas cicatrizes da infância. Passei os dedos sobre a cicatriz ainda lívida do que imaginei ser uma operação da vesícula. As cinco unhas de um pé estavam pintadas e lascadas, as cinco do outro, sem esmalte: ela deve ter se entediado. Havia um bocado de areia, seca em boa parte, entre os dedos, na sola e no peito dos pés.

Os brincos prateados eram baratos, mas ela não parecia ter interesse em se enfeitar. O lóbulo de uma orelha estava um pouquinho inflamado. Encontrei ainda uma folha na perna e diversos insetos, vivos e mortos, em diferentes lugares, bem como sujeira também na perna. A pele em torno das unhas das mãos havia sido puxada e arrancada. O relógio barato marcava a hora errada. Os dentes tinham bom aspecto; talvez ela tivesse usado aparelho quando criança, mas agora estavam manchados por causa do cigarro, e um deles estava lascado. Um dos braços (o esquerdo) tinha arranhões aleatórios e bem fundos, o que eu notara antes, mas sem muita atenção. Pareciam ter sido feitos com um objeto não muito bem afiado — um canivete, digamos, em vez de uma lâmina —, como se ela tivesse decidido rabiscar alguma coisa ali ao sabor do momento, sem nenhum preparo.

Examinei o interior das orelhas e da boca, o meio das pernas e, depois, os dedos dos pés, onde descobri outro inseto; olhei para dentro do nariz, surpreso com a ausência de pêlos, se comparado ao meu. No peito, ela inscrevera o que imaginei ser a palavra "poeta". Na coxa, tinha outras palavras, e elas haviam sangrado recentemente.

No tolo estilo moderno, escrevi: "Esta é uma Pessoa Deitada no Aqui e Agora", o que fiz em silêncio necrópsico de cerca de uma hora. Guardei os insetos mortos, a folha, dois ou três pêlos pubianos, uma amostra de sujeira, uma manchinha de sangue e de muco vaginal e uma lista das palavras dentro do caderno dela. Durante a maior parte do tempo, seus olhos permaneceram fechados e a respiração, profunda e prolongada.

Acordei-a de seu "sonho" e mostrei a ela o que andara fazendo.

"Ninguém nunca me fez coisa mais bonita", ela disse.

"O prazer foi meu."

"Uma vez você me disse que as pessoas querem que os outros conheçam elas. Posso perguntar o que é essa cicatriz que você tem?"

"Que cicatriz? Onde?"

Ela me olhou como se eu fosse um idiota, antes de apontar para a cicatriz. Era na pele do cotovelo.

"Você não sabe o que é?"

"Acho que sei", respondi, irritadiço. "Nem me lembro onde foi que fiz isso."

"Você não quer se conhecer. Não se conhece tão bem quanto conhece a mim. Eu não entendo. Se você se conhecesse, não teria feito o que fez com aquela mulher."

"Não vejo por que a gente tem de conhecer a si próprio ou um ao outro."

"E, tirando isso, o que sobra?"

"Curtir um ao outro."

"Para mim, conhecer é curtir."

Era o tipo de discussão de que gostávamos. Depois, fizemos em silêncio o caminho de volta.

Lá no mar, notei um grande iate, e pequenos botes carregando mantimentos até ele. Tinha esquecido que todos no Centro haviam sido convidados para uma festa no tal iate naquela noite. Não dera muita atenção ao fato, mas circulavam numerosos rumores acerca de seu proprietário. Era um gângster, um produtor de cinema ou algum magnata dos computadores. Não sabia ao certo qual alternativa era considerada a pior. Fiquei surpreso quando Patricia anunciou, durante o café-da-manhã, que iríamos todos. Eu pretendia não aparecer; não via como ela poderia sequer notar minha ausência. Como as coisas haviam mudado desde então! Ela não me dissera, poucas horas antes, "vejo você à noite"?

Não podia desafiar Patricia e permanecer no Centro. Se ia embora, teria de saber para onde.

Despedi-me de Alicia e fui para o telhado, pensar. Descobri que estava ainda mais furioso do que antes com o que Patricia fizera comigo, e furioso comigo mesmo por não ter conseguido escapar intacto. Insistiria em dormir sozinho naquela noite e partiria para Atenas no primeiro barco. Arrumei as malas, deixando tudo pronto. Eu era jovem; podia correr.

5

Fui comer numa taverna na cidade, lendo à mesa. Depois de umas poucas páginas, pensei comigo: "Também posso fazer isso". Puxei algumas folhas de papel da mochila e comecei a escrever um conto que me veio à cabeça, sem mais. Era algo que tinha visto, ou apreendido como um todo — quase visual —, uma coisa para a qual me senti compelido a encontrar palavras. Minhas mãos tremiam; sem literatura, não conseguia pensar, sentia-me sufocado por um turbilhão de pensamentos que não me levavam a nada de novo. Mas escrever, com toda a complexidade da solidão que implicava, era um hábito de que eu precisava me desfazer para poder me afastar de mim mesmo. Alguns escritores se tornam tão eles mesmos a partir de certo ponto na vida, seguindo seu próprio caminho, que já não estão abertos a influências, à mudança ou mesmo à emoção provindas de outras pessoas, o que faz com que seu trabalho adquira a natureza da obsessão. Uma vez, Margot me dissera: "Quando você pensa ou sente alguma coisa importante, você escreve em vez de falar. Eu adoraria que chovesse no seu computador!".

Choveu. Afastei caneta e papel, paguei e fui embora.

No Centro, as vozes, em geral em silêncio ardoroso, soavam quase roucas. Todo mundo, à exceção de Patricia, que ainda não aparecera, se reunira exibindo saias, vestidos e chales multicoloridos. Algumas das mulheres tinham sininhos nos tornozelos; muitas usavam sutiã. O ar noturno, invariavelmente doce, vibrava com perfumes femininos conflitantes; jóias lampejavam e tilintavam. A excitação com a festa no iate era tamanha que algumas pessoas já estavam dançando.

Eu vestia o short e a camiseta branca habituais. Tinha comprado aquele corpo porque gostava dele como era, um mero artigo da moda que não necessitava de nenhum retoque.

Comecei a rir quando vi que Alicia tinha tentado pentear o cabelo, tornando-o ainda mais encrespado. Com a luz atrás dela, era como se um halo a circundasse. E havia passado batom também, o que eu nunca tinha visto. Era como se estivesse experimentando ser "mulher".

"Fiquei com medo de que você não aparecesse", ela disse.

"Eu também."

"Estamos nessa, então?"

"Parece que sim."

Nossa singularidade nos fazia parecer insubordinados, como se nos recusássemos a entrar no espírito da noite, um comportamento que eu lamentava ter adotado quando jovem — rebelde e afetado. Não que alguém parecesse notar. Com a chegada da princesa Patricia, com sua longa saia tie-dye e flores nos cabelos, tornou-se impossível resistir à festa.

Quando ela entrou, comentei com Alicia: "Não tinha percebido que estamos indo à pré-estréia de algum filme!".

Depois de posar à porta até que todos fizessem silêncio e a contemplassem, Patricia veio até mim, deu-me um beijo na boca, um tapinha no rosto, lambeu os lábios e se recusou a notar a presença de Alicia.

"Estamos prontos?"

Então, pegou no meu braço e me puxou com ela, dizendo aos outros que nos seguissem. Estava claro: ela queria participar daquele cruzeiro porque queria me exibir.

Patricia e eu liderávamos o que se tornou uma espécie de procissão, atravessando a cidade em direção à praia. Os velhos, sentados às mesas dos cafés e nos vendo passar, pareciam não apenas saídos de outra era: era como se pertencessem a outra espécie também, completamente diferente.

Na praia, onde outros estrangeiros da ilha estavam se reunindo, fomos saudados por uma banda. À distância, o iate, o único objeto brilhante na escuridão do mar, resplandecia sob as primeiras estrelas. Apesar da atenção de Patricia, eu estava contente por estar ali.

Pequenos botes nos conduziram até o iate. Patricia estava sentada a meu lado, segurando-me a mão. "Estou nas nuvens desde que fizemos amor. Você era tudo que eu precisava." E não parava de se inclinar na minha direção.

"Patricia..." Ia dizer a ela, tímido, que não queria que as coisas "avançassem" tão depressa. "Acho que nós..."

Ela me interrompeu. "Você nem se trocou", disse. "Fique quieto um instante, então, para eu pôr isto aqui em você." Ela mexia na minha orelha. "Agora nossos brincos combinam." Deu-me um tapinha no rosto, sentou-se um pouco mais para trás e ficou olhando para mim.

Toquei minha orelha. "Ah, pois é", eu disse, perplexo, "devo ter esquecido que tinha furado a orelha."

"Tem vários furinhos. Que menino engraçado é você", ela disse. "Fiquei vendo você dançar. É maravilhoso. Deve ter feito dança em algum lugar."

"Fiz."

"Onde?" Ela foi em frente: "Você dança comigo a noite inteira?".

"A noite inteira, não, Patricia."
Ela pegou minha mão e a levou para o meio das coxas.
"Uma boa parte da noite, então, meu querido."
Ajudaram-nos a desembarcar do bote para o iate. O proprietário, Matte, um rapaz agitadiço, nos recebeu no convés.
"Obrigado, Patricia, por trazer a sua turma! São todos bem-vindos!", ele disse. E acenou para as mulheres que nos seguiam: "Venham, meninas! Todas para cá!".
Enquanto contemplávamos o barco, começou a tocar *Assim falou Zaratustra*, na versão de Karajan. Eu adoro Richard Strauss, mas estou pronto a admitir que muita música fabulosa já foi transformada em kitsch. Onde se há de procurar por algo que ainda tenha algum frescor hoje em dia, a não ser em meio ao novo e esquisito? Não se podem transformar os quartetos de Bartók ou as meditações de Webern em música ligeira.

Estranhamente, porém, o Strauss não me pareceu apenas grandiloqüente. Naquele cenário de mar e céu, naquele lugar e tomado de surpresa — que, me parece, é em geral a melhor maneira de ouvir música, como ao se entrar numa loja num sábado de manhã, ouvir Callas e assombrar-se —, ele me entusiasmou, tornando a elevar meu ânimo.

Aquilo era tudo que, quando jovem, eu podia querer.

Comida, bebida e possibilidades sexuais pareciam ilimitadas. Uniformizados, os empregados de Matte circulavam com bandejas, algumas delas contendo apetrechos eróticos e camisinhas. Havia uma discoteca e uma banda a bordo. As pessoas que já se encontravam ali pareciam playboys, modelos, atores, cantores, gente em busca de prazer, aristocratas indolentes, britânicos, americanos ou europeus. Tinha gente que até eu conhecia dos jornais britânicos, estrelas do pop com seus parceiros e atores de novelas. Era o pessoal com óculos escuros de última geração e corpos perfeitos — imaginei que diferentes partes deles tivessem idade e constituição variadas —, que deixava claro já ter visto tudo aquilo antes e gostava de ser admirado.

Alicia me cutucou: "Tem alguém olhando para você".

Uma jovem mulher de fato me encarava. Eu sorri e fui saudado por um tímido aceno.

"Como sempre, você é popular", disse Alicia. "Posso perguntar quem é?"

"Não sei. Parece uma estrela de cinema."

"E você conhece estrelas de cinema?"

"Claro que não, mas todas elas me conhecem." Retribuí o aceno. "Vamos."

Nós todos circulávamos pelo iate. Patricia parecia estar causando boa impressão com sua princesa Margaret nos bons tempos. Alicia e eu, pelo menos, não sabíamos ao certo se resistíamos ou sucumbíamos à visão de tanto ouro. Alicia comentou que gostava do modo como os londrinos ingleses eram desdenhosos e detestavam a credulidade, ao passo que eu agora achava aquilo aborrecido. Dessa vez, queria gostar das coisas.

Quando, por um momento, ela se afastou para ir buscar uma bebida, a "estrela de cinema" que acenara para mim cobriu seu corpo e veio correndo em minha direção.

"Que engraçado encontrar você aqui", ela disse, cumprimentando-me com um beijo.

Beijei-a também; tinha de fazê-lo. Mas sentia medo de que ela me conhecesse como "Mark"; talvez tivéssemos sido "casados". Jurei que, da próxima vez que encontrasse Ralph, poria um fim a sua imortalidade.

"Você não me conhece?"

Olhei para ela até que uma imagem me viesse à mente. Era a imagem de uma velha senhora numa cadeira de rodas, vestindo uma camisola cor-de-rosa de flanela. Aquela mulher e eu nos tornáramos reimplantados no mesmo dia. Em certo sentido, tínhamos a mesma idade.

Eu disse: "Que bom ver você. Está gostando da experiência?".

"Não sei. Aonde quer que eu vá, as pessoas tentam me tocar ou me comer. Se não topo, elas são grosseiras. Mas", ela prosseguiu, "os homens não estariam brigando por mim se eu fosse um punhado de cinzas."

"Ah, não sei. E o que mais você pretende fazer?"

"Tenho um contrato para gravar um disco", ela disse. "E você?"

"É estranho, me sinto como um fantasma."

Ela olhou em torno. "Eu sei. Mas relaxe. Tem mais gente como nós aqui. O resto é tão bobo e cego..."

"Quantos são como nós?"

Olhei para os rostos e corpos atrás dela. Como podia saber quem era quem?

"Mais gente do que você pensa. Jogamos tênis, ficamos acordados até tarde, jogando baralho, conversando sobre nossas vidas. Temos tempo de sobra, você sabe. Como as estrelas do pop e a realeza, andamos todos juntos."

Pensei naquelas pessoas, as belezas reunidas a uma mesa, feito estátuas ambulantes, uma obra de arte.

"Logo, o mundo inteiro vai saber", eu disse.

"Ah, sim, acho que sim. E que importância tem? Venha conversar comigo mais tarde." Ela contemplava os próprios pés. "Você ama seu corpo agora?"

"E por que não?"

"Eu sou meio alta demais, minha cintura é muito grossa, meus pés são grandes. De modo geral, não me sinto bem."

Ela se afastou quando Alicia tornou a se juntar a mim. "E você diz que não conhece aquela mulher... Vai com ela agora?"

"Ir para onde? Não sei do que você está falando."

"Você pode, se quiser", disse Alicia. "Dá tempo. Acabamos de zarpar."

"Zarpar para onde?"

Alicia ria de mim. "Eu sei lá. Mas sei que navegar é o que os barcos costumam fazer. Vamos ficar por aqui até o amanhecer."

Corri para a beirada do iate. Já estávamos em movimento. Não me ocorrera que não poderia fugir no momento em que quisesse. Pensei em pular no mar, mas não estava convencido de que podia nadar tanto. De todo modo, Patricia logo estava a meu lado. Ela parecia insistir em que eu ficasse com ela a noite toda. E não apenas do seu lado, mas ao alcance da mão.

Ela esfregava meus ombros. "Nunca vi ninguém como você. Nunca quis tanto alguém. Nem teria pensado em tocar alguém como você antes." O punho dela estava em alguma parte da minha cabeça. "Onde conseguiu cabelos assim?"

Eu quase respondi: "Vi na geladeira e comprei, junto com tudo mais que você gosta em mim". Fiquei imaginando se faria alguma diferença. Agora, pelo menos, eu sabia de uma coisa. O mundo é diferente para os belos. Eles são desejados, ah, se são; os outros corpos se amontoam sobre eles. Mas isso não significa que gostem dos outros.

"Venha ver uma coisa", Patricia disse, sem nem sequer um olhar para Alicia. "É algo que interessa a um garotão."

Eu a segui pelo barco até a porta de uma cabine. Ela a abriu. Lá dentro, a escuridão era quase total.

Entrei. Levou alguns minutos para que meus olhos se acostumassem. Devia haver umas trinta pessoas nuas naquela sala, mais homens do que mulheres. A um canto, amontoados goyescos de corpos perdiam-se uns nos outros. Era difícil dizer que membro pertencia a que corpo. Fiquei imaginando se alguns daqueles membros haviam se tornado independentes de seus eus, transformando-se em criaturas próprias, braços dançando com pernas, talvez, e troncos sozinhos. Havia música, conversa e — um ruído solitário — o som do prazer alheio.

Patricia puxou-me pela camiseta. "Vamos nessa."

"Estou me sentindo enjoado", disse. "Não estou acostumado ao... movimento."

"Aonde você vai?"

Atravessei correndo salas, corredores, convés, procurando um lugar onde ela não pudesse me achar por um tempo. Continuei ouvindo-a me chamar por uma eternidade.

Encontrei uma cabine pequena. Velas ardiam, e a música era norte-africana. Havia almofadas orientais, colgaduras nas paredes, tapetes, um punhado de veludo. O estilo me divertiu, lembrando-me dos anos 60.

Gostava daquele barco. Por que não conseguir trabalho ali, como ajudante de convés? Na verdade, incomodava-me precisar deixar o Centro, onde esperara passar o restante do tempo com aquele meu corpo. Mas fora longe demais com as pessoas de lá. Já não era um lugar repousante. Não importava o que acontecesse naquela noite, deixaria a ilha de manhã, pegaria o primeiro barco, fosse para onde fosse. Podia ir para outra ilha e encontrar um emprego num bar ou discoteca.

Ouvi passos. Não era Patricia, e sim Matte, o proprietário do iate, de short, camisa brilhante e chinelo de dedo.

"Mas que porra você está fazendo aqui?"

"Estou no lugar errado?" Levantei-me. "Você esqueceu de providenciar uma salinha tranquila. O caos estava demais e eu precisava cair fora."

Ele veio direto em minha direção e me olhou bem nos olhos. "Sempre peça primeiro."

Eu disse: "Se tivesse um quarto, seria como este. O meio dos anos 60 sempre foi uma de minhas épocas preferidas".

"É. Quer um vinho?"

"Se for possível... Fomos apresentados, mas, caso você tenha esquecido, meu nome é Leo."

"Matte", retrucou ele. "Por que alguém da sua idade se interessaria pelos anos 60?"

"Deve ter alguma coisa a ver com meus pais. E você?"

Ele preparava a bebida para nós dois. "Naquele tempo as pessoas sabiam dar boas risadas. Só que eu tinha a idade errada."

Seu modo de falar dava a impressão de que o inglês não era sua língua materna, mas era impossível dizer de onde ele vinha. Se perguntado, minha tendência seria dizer que ele tinha vindo de "lugar nenhum".

"Este barco era do seu pai?"

O corpo dele retesou-se. "E por que diabo haveria de ter sido?"

"Estou só perguntando. É propriedade de família?"

Ele respondeu: "Detesto quando as pessoas insinuam que nunca trabalhei, que sou só um playboy rico. Eu brinco com as coisas, é verdade — brinco de ser playboy —, mas é uma curtição, e não uma vocação".

"Me desculpe", eu disse. "Você não seria o primeiro a me achar um bobo. Eu vou indo."

Ele veio atrás de mim e me puxou de volta com força. "Espere aí. Agora, tem de ficar."

"Por quê?"

"Eu conheço você de algum lugar."

"Como é possível? Não sou nem professor nem estudante, só o faxineiro do Centro, lá na ilha."

"Já foi construtor?"

"Não."

"Motorista de ônibus?"

"Não."

"Já vi você", ele prosseguiu, apertando os olhos. "Não é a cara que estou reconhecendo." Então, caminhou ao meu redor, como se eu fosse uma escultura. "Vou me lembrar."

"Tem certeza?"

"Posso parecer um completo idiota, mas tenho visão perfeita e uma excelente memória."

Ele estava me deixando nervoso, mais ainda do que Patricia. Agora, picotava generosas carreiras de cocaína, oferecendo-me uma delas.

"Não, obrigado", respondi.

E já cafungava a sua quando bateram na porta. Era um de seus empregados tailandeses. Matte foi até ele e, para minha surpresa, virou-se para mim.

"Estão me dizendo que uma certa Patricia está procurando você."

"Ah, meu Deus..."

Ele riu e ordenou ao empregado: "Diga que não está em parte alguma no momento. Está indisposto". E trancou a porta. "Ela está atrás de você, hein? Quer o seu corpo."

"Talvez eu devesse curtir mais a curtição dela. Vai chegar uma época em que ninguém vai querer esta carcaça."

"Se tem uma coisa que nunca quis, é envelhecer, ver minha própria pele manchada e murcha."

"E por que isso?"

"Venho de uma família grande. Quando criança, detestava que avós, tias, velhos e velhas me beijassem. Aqueles lábios, bocas e hálitos em cima de mim — sou capaz de vomitar, só de pensar."

Eu disse: "Só me lembro com amor do rosto e das mãos da minha avó, do seu casaco de lã, seu cheiro. Ela sabia das coisas, e isso me dava segurança. De todo modo, você nunca foi velho, ainda. Como sabe que não vai gostar de ser?".

"Também não morri ainda, nem nunca visitei Northampton, mas sei que não vou me dar bem com nenhuma das duas coisas."

Ele seguia me olhando como se houvesse algo que quisesse saber de mim ou me perguntar.

Continuei: "Vou ficar só mais um pouco. Só quero relaxar".

"Então relaxe. Eu tenho uma festa para tocar."

"É verdade."

Um tanto melindrado, voltei-me para contemplar a escuridão do mar, esperando que ele já tivesse ido quando eu tornasse a olhar para a frente. Ouvi-o fechar a porta. E, antes que pudesse dizer qualquer coisa, fui atingido e perdi o prumo.

Instintivamente, imaginei que Matte tivesse me golpeado por trás, socando o punho na minha nuca com alguma força. Foi assim que senti. Mas, na verdade, ele tinha passado o braço pelo meu pescoço, chutado minhas pernas e me forçado a ajoelhar. Pensei: agora ele vai me dar um tiro na nuca. E, ao pensar nisso, lembrei-me, espero que de forma equivocada, das palavras de Webster: "De todas as mortes, a violenta é a melhor".

"O que você está fazendo?"

"Cale a boca, Leo! Se ficar quieto, não vou machucar você."

"Ficar quieto para quê?"

Ele procurava alguma coisa no meio dos meus cabelos, de um jeito não muito diferente de quando eu agarrava meus filhos e examinava suas cabeças para ver se tinham piolho. Disse a ele: "Nunca pensei que você fosse um louco".

"Me desculpe", ele disse, aliviando um pouco o abraço. "Encontrei a marca."

"Marca?"

"Você não sabia? Acho que eles gostam de acreditar que não se vê uma única emenda... Pode levantar agora. Quantos anos você tem, de verdade? Não precisa fingir. Tenho quase oitenta. Uma boa idade para um homem, não acha?"

"Você parece bem", murmurei.

"Obrigado, você também."

6

"*Senex bis puer*", disse ele.

"Um velho é duas vezes um menino?"

"É isso aí. Comecei faz pouco tempo a praticar luta romana, junto com kick boxing." Matte ergueu as mãos. "Um esporte maravilhoso. Mais tarde, mostro a você alguns movimentos."

Limpei o rosto. "Acho que já tive uma idéia."

Mas, então, eu o empurrei algumas vezes com rapidez, e ele caiu de costas. Estava vermelho de raiva. Por um momento, achei que íamos lutar. Teríamos gostado. Contudo, antes que ele pudesse reagir, baixei as mãos e comecei a rir, de modo que a dúvida era se ele iria perder a calma ou não.

Matte conseguiu se conter, distraindo-se com uma estante que, uma vez aberta, exibia um monitor. Ele o ligou, pondo num canal que mostrava a sala da orgia. Vi Alicia dançando sozinha, nua. Ela parecia mais livre do que antes.

"Quer que eu deixe ligado? Ou prefere se enfiar numa coisinha mais aconchegante, quando acabarmos por aqui?"

"Nem uma coisa nem outra."

"É, nem eu", ele disse. "Nada é novidade para gente como nós. É preciso um bocado para a gente se excitar — se é que alguma coisa é capaz disso."

"E o que falta experimentar? Para que fizemos o que fizemos?"

"Ah, mas ainda tem uma coisa. Você não sabe?"

"Não, a não ser que você tenha a fineza de me dizer", respondi.

"Assassinato. É a coisa mais profunda e adorável que existe. Ainda não experimentou?" Fiz que não com a cabeça. "A gente precisa experimentar de tudo, pelo menos uma vez, não acha?"

"Bom, nunca apanhei desse jeito", comentei.

"Que pena."

"Por que você me bateu?"

Ele tocou meu pescoço, meu peito e minha barriga. "Pensei em pegar este corpo para mim, mas queria um mais largo e atarracado. É uma surpresa que ele tenha ficado pendurado lá por tanto tempo. De todo modo, eles tinham um excelente estoque de novos equipamentos. Esse aí ficaria bem em mim. Não fica mal em você. Como é ele?"

Mexi um pouco os membros. "Estava ótimo, até você me atacar."

"Há quanto tempo está com você?"

"Não chega a três meses."

"Não machucou, machucou?"

"Vou sobreviver", eu disse. "Só estou um pouco chateado. Obrigado por se preocupar."

"Eu estava me referindo ao corpo, não a você. E o que acha do meu?" Sem esperar pela resposta, ele tirou a camisa. "Às vezes, tudo que a gente quer é poder olhar no espelho sem sentir nojo." Concordei, mas, ao que parecia, com entusiasmo insuficiente. "E o que acha disto aqui?", perguntou. Estava me mostrando seu pênis e chegou mesmo a batê-lo contra a perna com um orgulho obsceno. "Cresce que é uma beleza, não pára mais."

"Incomparável."

"É o que dizem. E minha bunda?"

"Meu Deus! Dois pãezinhos redondos: um verdadeiro cachorro-quente você tem aí."

"Estou neste corpo faz três anos. A gente se acostuma com os corpos e com a pessoa que se torna neles. Os corpos dos reimplantados são como os jeans: vão melhorando com o uso. A gente se esquece que está neles." Matte agarrou a barriga. "Veja isto: estou crescendo aqui, mas não quero ser perfeito. Cheguei à conclusão de que a perfeição faz as pessoas enlouquecerem, ou se sentirem inferiores."

"Quando, na verdade", completei, "são nossas fraquezas que os outros querem conhecer."

"Talvez", ele disse. "Delas, ninguém nunca se livra. Acho que vou ficar mais uns dez anos — talvez mais, se tudo correr bem — com este esquipamento, antes de mudar para um corpo mais em forma." Ele tornou a encher sua taça e a estendeu: "A nós, pioneiros de novas fronteiras!".

"Temos um segredo em comum", eu disse. "Você discute muito esse assunto com outras pessoas?"

"Os 'novinhos' falam sobre isso, sim. Mas eu quero viver, e não bater papo. Adoro ser este sujeitinho boa-pinta e sacana. Adoro fazer beicinho com estes lábios sensuais e jogar um tênis espetacular. Meu serviço seria capaz de arrancar sua cara! Você devia ter me visto antes. Tenho uma foto em algum lugar. De que adianta ser rico, se você é todo torto e tem lábio leporino? Foi uma verdadeira piada, um erro eu ter vindo ao mundo daquele jeito! Este aqui sou eu, de verdade!"

"O que sinto falta", eu disse, "é de dar às pessoas o prazer de me conhecer melhor."

Nada era capaz de detê-lo. "Logo, todo mundo vai falar disso. Vai haver uma nova classe, uma elite, uma superclasse de supercorpos. Então, vão aparecer lojas onde a gente vai poder comprar o corpo que quiser. Eu mesmo vou abrir uma, com corpos de verdade na vitrine, em vez de manequins. É isso aí! O que vai querer ser hoje?"

Eu disse: "Se a própria idéia da morte está morrendo, então todos os significados, os valores da civilização ocidental desde os gregos mudaram. Parece que substituímos a ética pela estética."

"Pois que venham os novos significados! Pelo que vejo, você é um conservador."

"Não pensei que fosse. Acho que não sei o que ou quem

sou. Mas é sempre animador conhecer um hedonista, alguém livre dos cansativos padrões que impedem o resto do mundo de cair na farra eterna."

"Ainda acha que sou só um playboy, não é? Veja estes livros!" Matte apontou para uma estante. "Estou lendo! Eurípides, Goethe, Nietzsche. Estou lidando com o que há de mais profundo e imponderável. Sabe o que aconteceu comigo? Eu tinha setenta e cinco anos. Minha mulher me deixou — não me abandonou por algum boa-foda, mas para se tornar budista. Ela prefere uma barriga gorda e velha a mim! Existem culturas que preferem outros formatos de corpo, você sabe." Ele continuou: "Em geral, meus filhos pouco se importavam comigo. Estavam ocupados demais com as drogas! Meus amigos tinham morrido. Podia comprar uma mulher, mas elas não me desejavam. Não passei minha vida toda só trabalhando. Lutei, escalei e cavei a superfície de pedra deste mundo com as porras das minhas unhas! Perdi tudo, estava morrendo e deprimido. Acha que eu queria tirar o time de campo naquele estado?".

"Parece duro dizer isto, mas assim é a vida, acho. São os fracassos, as mudanças inúteis de rumo, os erros, o desperdício; somando tudo, o resultado é a vida vivida."

Se ele estivesse num pub, teria cuspido no chão. "Você não passa de um intelectual", disse. "Eu merecia uma despedida melhor. E comprei uma! Posso garantir a você que ando fazendo algumas outras coisinhas que prestam. Agora, me diga você: o que está fazendo com o tempo que ganhou?"

"Eu? Sou só um empregado do Centro."

Matte fez uma careta. "E vai continuar fazendo isso?"

"Com certeza, não vou fazer nada que preste. Para falar a verdade, nem sou capaz de dizer a você o alívio que é ter tido uma carreira, em vez de precisar construir uma. Agora vou curtir meus seis meses."

"Vai mesmo voltar a vestir seu corpo velho e frouxo?"

"Isto aqui é uma experiência. Queria descobrir como seria. Mas ainda tenho medo de tudo que se afaste demais do... natural."

Matte estivera andando de um lado para outro. Agora, sentava-se diante de mim. Seu tom era o de quem estava tratando de negócios; falava com firmeza, mas sem soar ameaçador, embora tudo indicasse que poderia voltar a sê-lo.

"Você pode vender esse aí, então."

"Vender o quê?"

"Esse corpo."

"Vender?"

"É, para mim. Eu pago bem. Você vai ter um belo de um lucro e vai poder viver dele com sua família pelo resto da vida que Deus lhe deu."

"E meu antigo corpo?"

"Eu compro ele de volta para você, não tem problema. Um corpo velho vale tanto quanto uma camisinha usada." Ele olhava para mim com grande entusiasmo. "É um bom negócio. O que você diz?"

"Estou confuso. Você tem dinheiro. Vá lá e compre um corpo. Eu fui até um lugar, uma espécie de hospital pequeno. Com certeza, você fez o mesmo."

"Fiz. Acha que esses lugares são fáceis de achar? Não é mais tão simples assim."

"O que você quer dizer?"

"Ou você tinha bons contatos ou deu sorte", ele disse. Tamborilava com os dedos enquanto falava. "As coisas já andaram mudando."

"Mudaram como?" Matte não queria dizer. "Sendo objetivo", prossegui, "se as pessoas querem tanto corpos novos, poderiam eliminar alguém. Ao contrário de você, não estou recomendando que façam isso, mas apenas sugerindo o que me parece óbvio. Este meu não é o único corpo desejável que existe por aí."

"Os corpos precisam ser adaptados. A 'marca' na cabeça indica que isso foi feito com sucesso. Esse corpo que você está usando não é valioso por si só, e sim pelo trabalho que foi feito nele. As pessoas que fazem esse trabalho são como deuses, prolongando a vida. No mundo todo, só existem três ou quatro médicos capazes de fazer essa operação hoje em dia, e eles são como os homens que fizeram a bomba atômica — odiados, admirados e temidos, porque mudaram a natureza da vida humana."

"Você conhece esses artistas dos corpos?"

"Posso chegar a pelo menos um deles", ele disse. "E tenho péssimos conhecidos que pagarão um monte de dinheiro para ter um novo equipamento físico."

"Gente que dará qualquer coisa para não morrer. Eu compreendo. Puxa, estou bem disputado", disse, "mas vou esperar terminarem os seis meses. Por que a pressa?"

"Alguém pode estar à beira da morte, sentindo dores terríveis, com apenas umas poucas semanas de vida. Sem poder esperar pelo fim da sua 'experienciazinha'."

"Como se diz, é a vida."

"Mas de que merda você está falando?"

"É alguém que você conhece?", perguntei. "Um amigo ou uma amante?"

"Cale a boca!"

Eu disse: "Está bem. Mas esta é a minha decisão. Não vou entregar meu corpo a ninguém. Ainda estou me acomodando nele. Estamos ficando ligados um no outro".

"Mas você nem mesmo quer esse corpo! Que diferença uns poucos meses vão fazer, se você vai voltar de qualquer jeito? Definitivamente, eu aconselharia você a vender agora."

"Definitivamente, é?"

"Se eu fosse você, não correria um risco desnecessário. Você não é do tipo capaz de cuidar de si mesmo."

"Matte, é a minha decisão. Não quero seu dinheiro e não quero interromper minhas 'férias de corpo'."

Ele tinha dificuldade de se controlar. Uma certa ansiedade ou fúria o estava inundando. Andava pela cabine sem me olhar na cara.

"A demanda está aí", continuou. "A procura por corpos de mulheres jovens, pelos quais sempre se pagou um prêmio, está enorme nos Estados Unidos. Essas mulheres estão desaparecendo das ruas, não porque estão sendo roubadas ou estupradas, e sim assassinadas sem dor. Existem máquinas que fazem isso, e, aliás, espero me envolver na fabricação delas. O procedimento é uma beleza, Leo. Os corpos saqueados são mantidos em refrigeradores, aguardando pelo momento em que a operação em si já tenha sido simplificada. Aí, será como encaixar um motor num carro, sem que seja necessário redesenhar o próprio carro a cada vez. É até possível que as pessoas comecem a compartilhar corpos para sair, do mesmo modo como as garotas hoje emprestam roupas. Vão perguntar uma à outra: 'Quem vai usar o corpo esta noite?'. É um caminho sem volta. Quer você queira ou não, é para a imortalidade que alguns estão caminhando. Mas vai haver gente para quem será tarde demais."

Era interessante conhecer alguém na minha situação, e eu teria gostado de passar ao menos uma noite na companhia de um grupo de reimplantados — nós, imortais de cera —, em volta de uma mesa de carteado, discutindo o passado, e sem dúvida haveria muito passado a discutir. O tom de Matte, no entanto, me preocupava; eu estava com medo, queria sair dali, mas ele trancara a porta. Não queria provocá-lo: ele parecia capaz de qualquer coisa. Assim, quando ele disse "Venha dar uma olhada numa coisa, pode interessar a você", eu o acompanhei.

Segui-o por corredores estreitos e tortuosos. Passamos por uma porta diante da qual se postavam dois homenzarrões em camisas brancas de mangas curtas. Matte cumprimentou-os com um gesto de cabeça e trocou algumas palavras em grego com um deles. Ia perguntar o que aqueles dois estavam guardando, mas já havia sido curioso demais.

Atravessamos outro corredor. Por fim, ele bateu à porta de outra cabine. Uma voz inglesa com sotaque de classe alta respondeu: "Entre".

A sala estava escura, a não ser pela luz proveniente de uma luminária de mesa. A uma escrivaninha, estava sentada uma mulher de trinta e tantos anos, escrevendo ao som de uma música suave de big band. Suas roupas pareciam ser de outra época, do tempo de minha mãe, talvez, embora eu pudesse ver que os cabelos e os dentes não o eram. Se havia algo de palpável em sua estranheza, eu diria que era o fato de ela lembrar uma atriz de um filme de época cujas saúde e aparência contradiziam a época em questão.

Matte foi até ela. Conversaram, e ela prosseguiu com seu trabalho.

A meu lado na porta, ele sussurrou: "Esta mulher é um psicólogo infantil, um gênio nessa área. Anos atrás, quando ainda era homem, ela cuidou de um dos meus filhos, que à época estava com um distúrbio muito sério. Ela sabe quase tudo sobre seres humanos. Não faz muito tempo, o psicólogo ficou doente e eu paguei para que ele se tornasse um reimplantado. Tinha artrite e andava com o corpo dobrado para a frente. Precisava terminar seu livro para continuar ajudando os outros, como mulher. Você não acha que é uma obra de caridade?". Matte lançou-me um olhar que pretendia me deixar envergonhado. "Ela não está por aí, limpando o chão e atrás de sexo." Ele fechou a porta. "O que você pediria a ela?"

"Um jeito de morrer, acho."

"A morte está morta."

"Ah, não, as pessoas vão sentir muita falta da morte", eu disse, "e outros psicólogos poderiam ter dado continuidade ao trabalho dele ou dela."

"Isso ela própria pode fazer. É a vida se renovando."

"E como está indo o livro?"

"Pelo jeito, vai precisar de muitas vidas. Ela é... meticulosa."

"Você leu?"

"Uma caixa cheia de anotações? A maior parte do tempo ela fica deitada no convés, 'pensando'. Faz sexo demais para o meu gosto. Numa coisa concordo com você: ela terminaria mais rápido se pensasse que ia bater as botas. E, aliás, eu bem que gostaria que ela desse uma atualizada no gosto. Insiste em ficar ouvindo aquelas músicas dos velhos tempos, o que me lembra dias que quero esquecer."

"Bom, acho que você não pode forçar ninguém a gostar de *speed garage*", eu disse. "Seus filhos conhecem você agora?"

"Eles não sabem onde estou. Não falam comigo. Quando ficarem mais velhos, e caso se comportem, vou dar corpos novos para eles, de aniversário."

"E eles vão querer?"

"Aqueles doidos vão adorar. Já passaram por bandas, clínicas e tudo mais. Eles se arrebentam — você sabe, o estilo de vida. Com corpos novos, vão poder continuar. Evito contar a eles, porque sei que iam querer partir para uma vida nova desde já."

"E qual o problema?"

"Se não sofreram o suficiente, não vão saber apreciar o presente. Não é coisa para qualquer um."

Eu já não queria ouvi-lo ou discutir com ele. Assim como acontecera com Ralph Hamlet, aquele encontro me perturbava. Matte e eu éramos dois mutantes, duas aberrações, humanos desumanos — fato que eu podia ao menos esquecer quando estava com gente de verdade, pessoas que iriam morrer.

Disse a ele: "Preciso ir ver a Patricia".

Por um momento, pensei que ele não fosse me deixar ir embora. Mas o que ele podia fazer? Decerto, Matte estava pensando um bocado. Então, trocamos um aperto de mão. "Há uma porção de mulheres aqui que se sentiriam atraídas por você", ele disse. "Pegue quem você quiser."

"Obrigado."

"E pense com mais seriedade na venda do corpo." Ele me deu seu cartão e me olhou de cima a baixo mais uma vez. "Sou seu candidato preferencial; o primeiro da fila, com um saco de dinheiro. Cuide-se."

Ao me afastar, sabia que ele me observava.

Saí. A lua e as estrelas brilhavam lá fora; o ar estava quente. No convés, a maioria dos convidados havia se juntado e dançava freneticamente, gritando e assobiando. A reimplantada que eu encontrara antes estava dando seu show: mandava ver, dançando e cantando à frente de um guitarrista e de um tecladista, encorajando-nos a venerá-la tanto quanto ela própria se venerava.

Perguntei a alguém: "Como ela se chama?".

"Miss Renascida", informaram-me.

Quando toquei o ombro de Patricia, ela me abraçou: "Procurei você por toda parte".

"Estava conversando com Matte."

"Ele queria sua opinião numas coisinhas, é?", perguntou, com sarcasmo desnecessário.

"Não posso dizer que aprendi muito sobre ele."

"Por que não?", disse ela. "Aqui em cima, tenho acompanhado os rumores e as fantasias. A família dele é abastada, disso não há dúvida."

"É só isso?"

"Me beija." Eu a beijei. "Seu querido irmão, bem mais velho do que ele, está morrendo, parece que de uma doença incurável."

"O irmão dele?"

"Uma morte dolorosa — aqui no iate, numa cabine fechada, dizem."

"É mesmo?"

"A alguns metros desta nossa festinha." Lembrei-me dos dois homens guardando a porta. "Deixei você pensativo."

"Por que não dançamos, enquanto temos tempo? Não dá para acreditar nesta cantora. Olha só como ela se mexe."

"Ah, com certeza", disse ela. "Por que você não me tirou para dançar mais cedo?"

"Ainda não é tarde demais."

"Seu mentiroso de uma figa, você não estava conversando com Matte coisa nenhuma", ela disse. "Estava trepando. Mais parece um pau ambulante. Eram quantos?"

"Gente demais para contar."

"Eu sei que, se vamos ficar juntos, vou precisar me acostumar com isso."

"É isso aí."

A cabeça dela estava em meu ombro. Enquanto dançávamos, eu podia pensar sobre o que Matte dissera. Não era difícil entender por que ele queria meu corpo para o irmão. Mas por que simplesmente não comprava um corpo, como eu fizera? Era isso que eu não entendia — por que ele queria tanto o meu.

Tentei esquecer o assunto. Comecei a curtir a dança com Patricia, agarrando-a e beijando-a, examinando as dobras e pregas de seu pescoço velho e dos braços cheios, o excesso de carne de seu corpo vivo, enquanto segurava suas mãos malhadas. Pensei numa coisa que Matte dissera: "Quem é que vai querer um monte de corpos velhos zanzando pelo mundo? São feios e sua manutenção é cara. Logo serão irrelevantes".

E, no entanto, havia algo em Patricia de que eu não pretendia abrir mão. Seu corpo e sua alma eram uma coisa só, ela era "real". Ainda assim, o que significava isso, comparado à imortalidade?

Matte me enchera de ansiedade e pressentimentos. Não percebi por quanto tempo Patricia e eu dançamos, mas imaginei que a noite já se acabara. Devíamos ter circulado pelas ilhas e estar de volta ao ponto de partida. Eu estava naquele iate fazia tempo demais.

As mãos dela estavam dentro da minha camiseta. "Você me deixa toda molhada. Quero você de novo. Mal posso esperar."

Por mais que apreciasse estar com ela, imaginei que não agüentaria passar por tudo aquilo de novo.

"Talvez você tenha de esperar um pouco", eu disse.

"Por quê?"

"Ah, não sei. Estou cansado. Olha só", eu disse, "tem um monte de homem por aí. Até garotões sozinhos."

Eu podia ver pelo menos três ou quatro rapazes à beira da pista de dança.

"Me diga uma coisa", começou ela. Notei uma luz nova em seus olhos. "Eu sei que você não vai me dizer a verdade. Mas vou descobrir de qualquer maneira. Me tocar, beijar, lamber... você preferia não fazer nada disso? Meu corpo dá nojo em você?"

Na verdade, a presença física de Patricia, seu corpo, não me repugnava. Minha irmã tinha sido enfermeira. Ela me ensinara a não sentir repugnância por corpos, mas apenas pelas pessoas dentro deles. O que eu achava difícil em relação a Patricia era sua atitude possessiva. Enquanto eu pensava nisso, ela me observava.

"Tudo bem, já entendi", ela disse. "Achei que era isso. Mas levei um tempo para compreender."

"Pois é", respondi. "O que você faz comigo é uma descrição do que vocês dizem que os homens fazem com as mulheres, aviltando e humilhando. É uma coisa fascista, Patricia, que fim levou a revolução?"

Ela deu um passo para trás, como se alguma coisa tivesse explodido em seu corpo.

Eu escapei, dessa vez com rapidez. Não era dela que eu queria fugir. De canto de olho, vira Matte mostrando onde eu estava a outro homem, que me procurava. Mais homens movimentavam-se na direção dele.

Dei a volta até o outro lado do iate e tirei toda a roupa, menos a cueca. Amarrei meus sapatos um no outro e os enfiei na própria cueca. Podia ver algumas luzes na praia, à distância. Os preparativos para o desembarque estavam em curso, mas levaria algum tempo. Eu não podia esperar. Subi na amurada e mergulhei no mar.

Voltara à superfície e nadava fazia já alguns minutos, quando ouvi vozes. Ouvia pancadas na água atrás de mim. Outras pessoas tinham pulado também. Por quê? Parei de nadar um instante para olhar para trás. À luz que provinha do iate, pude ver que os nadadores que me seguiam não se pareciam com as mulheres do Centro, e sim com os homens do barco. Tampouco se tratava de uma farrinha de chapados ou bêbados. Nadavam com um objetivo, sem levantar muita água. Deviam ser os homens do Matte. Eram rápidos e fortes. Eu também; e estava em vantagem.

Saí correndo da água, calcei os sapatos e disparei a subir pela praia até a cidade. Alguns bares e discotecas ainda estavam abertos. Na praça, havia muito barulho e gente. Eu podia ter desaparecido no meio da multidão, mas e depois? Logo as pessoas começariam a se dispersar. De todo modo, não queria correr o risco de topar com nenhum dos meus outros inimigos.

Corri pelas vielas estreitas em direção ao Centro. Quando

cheguei lá, ele estava deserto, para meu alívio. Relaxei um pouco e fiz uma xícara de chá para mim. Ficaria escondido ali até o amanhecer. Contudo, quanto mais pensava nisso, menos seguro me sentia. Aqueles homens que me seguiam tinham um aspecto determinado. Matte não teria dificuldade em descobrir onde eu estava hospedado, e ele era impiedoso.

Enquanto apanhava meu *nécessaire* e algumas outras coisas no telhado, pensei ter ouvido alguém mexer na maçaneta do portão da frente. Não identifiquei vozes de mulheres. Apressado, peguei várias peças de roupa femininas espalhadas pelo telhado para secar e as enfiei na mochila.

Ao ouvir vozes e perceber o brilho de uma tocha já no interior do Centro, pulei do telhado do dormitório para o da cozinha. Depois, saltei da lateral do Centro para uma estreita saliência de concreto, mais abaixo. Sabia que, agora, a única saída dali era descer pelo flanco da colina. Não tinha certeza da inclinação exata, mas não havia dúvida de que se tratava de um declive íngreme.

E não apenas isso: o terreno era acidentado também. Enquanto eu me equilibrava ali, tentando decidir o que fazer, senti toda a força do desejo de viver. Se necessário, poderia ter me equilibrado por dias naquela saliência de concreto. Algumas vezes, sentira-me deprimido ao longo da vida e chegara até a querer me suicidar. Mas não estava pronto a abrir mão de minha mente ou de meu corpo. Queria viver.

Pulei. Devo ter saltado de uma altura superior a três metros. Depois de atingir o chão, cada passo cambaleante representava um perigo. O terreno parecia rochoso e arenoso ao mesmo tempo. Não podia parar e pensar. Escorreguei e caí durante a maior parte do trajeto; era impossível permanecer em pé. Tinha cortes por todo o corpo. Do que eram aqueles arbustos? De lata? Lâminas? Era como rolar por vidro quebrado. Contudo, tanto quanto sabia, não estava sendo seguido.

Ao pé da colina, eu me detive. Não ouvia ninguém atrás de mim. Deixei passar mais um bocado da noite. Então, cauteloso, caminhei em direção à praia. A essa altura, até os casais que costumavam trepar ali já tinham ido para casa.

Invadi o banheiro de um restaurante deserto, onde me lavei e fiz a barba. Depois, deitei-me ao longo de alguns bancos, cobrindo-me com um encerado molhado. Havia criaturas rastejantes, insetos e cachorros por perto, bem como homens atrás do meu corpo. Não dormi.

Antes do amanhecer, eu já estava no porto, esperando pelo primeiro barco que me levasse de volta a Pireu. Chegaria a Atenas e lá decidiria o passo seguinte. Cobrira a cabeça com um cachecol leve e longo; usava uma saia-envelope e óculos escuros. Só entraria no barco no último minuto.

Estava sentado no fundo de um café defronte ao porto quando alguém sussurrou o nome que, com tola arrogância, eu dera a mim mesmo. Ao mesmo tempo que pensava em sair correndo outra vez, comecei a tremer de pavor.

Alicia, é claro, viera me procurar.

"Como foi que você me achou?", perguntei. E, apontando para minhas roupas, prossegui: "Estas cores ficam bem em mim?".

"Ficam, mas não todas de uma vez só."

"Alguns homens da ilha andaram me ameaçando de novo, e eu sei que eles trabalham por aqui."

Ela disse: "Pensei comigo: o que eu faria, onde me esconderia? E aí está você".

"Muito bem", eu disse. "Estou chamando a atenção?"

"Só a minha. Alguém já tentou passar uma cantada em você e te levar embora?"

"Sou uma figura trágica demais para isso."

"Uma figura trágica com orelhas peludas demais para uma dama", ela disse. Tomamos um café. "Você está fugindo", ela disse.

"Está na hora de partir para outra. Você gostou da festa ontem à noite?"

"Aconteceu uma coisa estranha. Uma outra hora eu conto", ela disse, e prosseguiu: "Não vou ficar no Centro por muito mais tempo. Patricia vai me atazanar quando descobrir que você foi embora. Fico triste de ver você fugindo assim".

"Me desculpe se tornei as coisas mais difíceis para você, mas ela nunca vai me dar sossego."

"É o preço que os belos têm de pagar. Ainda não se acostumou com isso?"

Enquanto eu observava o barco sendo carregado, fui ficando nervoso; perguntei a Alicia se ela se importaria de ir comprar a passagem para mim. Podia ver vários candidatos a possíveis capangas de Matte.

No barco, escondi-me no banheiro das mulheres. Depois, quando começaram a bater na porta, precisei sair. Achei que estava frito. Passei para o convés dos carros e me escondi no banco de trás de um velho Mercedes, debaixo de um cobertor. O barco atracou, e o dono entrou no carro sem notar minha presença. Na saída, em meio ao tráfego que se afunilava, desci do Mercedes e saí correndo. Disparei para longe dali, misturei-me à multidão e consegui um táxi.

7

Não sei bem por quê, mas voltei à parte de Londres que conhecia. Sentia-me mais seguro e com a cabeça mais tranqüila num lugar conhecido. Na nossa própria cidade, não precisamos pensar onde estamos. A perseguição me assustara; agora sentia medo o tempo todo. Não sabia se Matte ainda estava atrás de mim. Devo ter me persuadido de que ele perdera o interesse na minha pessoa. Talvez o irmão tivesse morrido, talvez tivesse encontrado outro corpo. Mas sou velho o bastante para saber como são poucos os nossos pensamentos que têm algo a ver com a realidade.

Hospedei-me no mesmo hotel horrível de antes. Quando precisava de dinheiro, trabalhava numa fábrica, empacotando brinquedos para o Natal. Era possível que Matte estivesse com a razão e que tivesse sido um erro "alugar" um corpo por seis meses. Não era tempo suficiente para começar uma vida nova como outra pessoa, e a expectativa do retorno me fazia sentir saudade da velha vida. Eu estava num limbo, numa sala de espera na qual não havia realidade, apenas muita aflição.

Às oito horas de uma certa manhã, bateram na minha porta.

Naquele hotel, sempre havia alguém batendo na porta — fugitivos, ladrões, prostitutas, vendedores de drogas, gente que jamais teria dinheiro para comprar um corpo novo ou mesmo para alimentar devidamente aquele que já possuía, pessoas à procura de outras pessoas, não muito dispostas a fazer um favor a quem quer que fosse, a não ser em troca de outro favor. Em geral, porém, se identificavam. Daquela vez, não houve resposta.

Talvez Matte tivesse vindo buscar meu corpo. Já vira aquele filme. Homens trajando ternos escuros aguardavam do lado de fora. Enquanto arrombassem a porta aos chutes, eu me esconderia no banheiro com minha arma, ou escalaria a janela e desceria pela escada de incêndio. Aquela era a rota de fuga de um jovem, mas eu não tinha a cabeça de um garotão, por mais ágil que fosse meu corpo. Isso porque havia outra parte de mim, minha velha mente, por assim dizer, que àquela altura se revoltava com tamanha violação, com todo aquele desrespeito. Meu corpo não estava à venda, embora, claro, eu próprio o tivesse comprado.

"Como foi que você me encontrou?"

Alicia estava sentada na cama; em pé, eu olhava para ela, que raspara a cabeça e engordara. Ela vestia uma blusa com um laço na frente.

"Por que você deixou a barba crescer?"

"Alicia, eu quero ser levado a sério."

Tinha me esquecido de como ela era nervosa. "Leo, que bom ver você. Você se incomoda muito de eu ter vindo?"

"Não tanto quanto você pensa. Mas preciso saber como fez para me achar."

"Não contei nada para a Patricia, ela não está lá embaixo, se esse é o problema. Uma vez, eu dei uma olhada nas suas coisas... estava tentando... queria saber quem você era. Imagino que você saiba que é tão evasivo quanto um espião. E isso me transformou numa espiã. Encontrei um recibo deste hotel e escrevi o endereço num dos meus poemas. Ainda assim", ela completou, "se você quer ser reservado, tem todo o direito de ser. Quer que eu vá embora?"

"Vou com você. Vamos cair fora daqui. Nunca fico neste quarto durante o dia."

Eu vestia meu casaco.

Ela disse: "Você está escrevendo".

A um canto do cômodo, numa mesinha, havia algumas folhas de papel.

"Por favor, não leia isso", pedi.

"Por que não?"

"Deixe aí. Estou tentando... é sobre um velho no corpo de um jovem."

"Tem um monte de coisa aqui. É um filme?" Alicia virava as páginas. "Tem diálogo. Parece coisa de profissional. Você já escreveu antes?"

"Foi você quem me incentivou, Alicia."

"Não, foi o contrário. Vai tentar vender?"

"Nunca se sabe. Agora, me dá isso aí."

"Que sujeito estranho você é."

Peguei os papéis da mão dela e os guardei embaixo da cama. Já num café, perguntei: "Como está minha amiga Patricia?".

"Como você arruma confusão, não é? Mesmo com todas aquelas pessoas pagando para assistir às aulas, ela resolveu não sair mais da cama. Você mostrou uma possibilidade a ela, mostrou que alguma intensidade de sentimento numa relação com um homem era possível, mas acabou tirando isso dela de novo. Ela mandava me chamar e ficávamos horas conversando sobre você, imaginando quem você era. A Patricia tinha acessos de raiva e de choro. Seu único alívio foi quando aquele homem do iate foi até lá, fazer uma visita."

"Homem?"

"O tal playboy, Matte."

"Alicia, o que aconteceu?"

"Me mandaram sair do quarto. Fiquei ouvindo do lado de fora da janela."

"E?"

"Você estava devendo alguma coisa para ele, foi o que ele disse. Mas não quis dizer o que era. Pediu dinheiro emprestado?" Fiz que não com a cabeça. "Ele queria achar você, queria saber se alguém te conhecia."

"Ele ameaçou a Patricia?"

"Não precisou. Ela ficou extasiada de poder falar horas sobre as complexidades do seu caráter, segundo o entendimento dela. Não que Matte estivesse interessado naquilo. Claro, ela não sabe onde você está. Eu fui embora da ilha poucos dias depois, para Atenas."

"Alguém te seguiu?"

"E por que me seguiriam? O que está havendo?" Alicia disse: "Você sabe o que a Patricia queria? Que você administrasse o Centro junto com ela".

"Bem que eu teria gostado", admiti. "Por um tempo. Teria sido divertido. E impossível também, é óbvio, com o comportamento dela em relação a mim."

"Teria topado?", ela perguntou. "Você nunca fica em dúvida?"

"O quê?"

"Em relação a você mesmo, ao que é capaz de fazer? É por isso que um monte de gente acha você diferente. A maioria, na verdade."

"Claro", disse, "tenho dúvidas, sim. Só não quero misturar minhas dúvidas com meus erros."

Alicia continuou: "Aconteceu uma outra coisa. Ainda não contei a história toda. Quando você desapareceu do iate, naquela última noite...".

"Pois é, me desculpe, não agüentava mais..."

"... um pessoal voltou para o Centro. Mas eu fiquei por ali, para ver se você não voltava. Muita gente do nosso grupo ficou no barco até depois do café-da-manhã. O amanhecer foi lindo. O Matte veio até mim. Percebeu que eu era do Centro. Não me pareço com as outras pessoas que ele conhece, com seus corpos perfeitos. Me levou para a sala dele. Queria informações sobre você."

"E o que você disse?"

"Ele ficou lá, sentado na minha frente, abrindo e fechando as pernas como uma armadilha. Era quase tão bonito quanto você. Prometi a ele que contaria tudo que sabia, contanto que ele me comesse. Contei que era virgem e nunca tinha tido um orgasmo. Estava mais do que na hora, não é? Ele achou graça e parecia ter refletido sobre o assunto. 'Ao que parece, o uso de virgens', ele disse, 'prolonga a vida. Tem o caso do diretor de uma escola romana para meninas que viveu até os 150 anos. Melhor do que ingerir células secas de feto de porco ou beber óleo de cobra.' Deve ter achado que a troca era justa. Me fodeu com tudo, ali mesmo, no chão. Foi maravilhoso. É sempre assim? Estou grávida."

"Dele? Do Matte?"

Ela deu um tapinha na barriga. "Não me pergunte se vou ter o bebê."

"O mundo está cheio de mães solteiras. É o único jeito nos dias de hoje. Para que servem os homens? Mas ele não é um bom sujeito."

"Não preciso dizer a você que bons sujeitos são difíceis de encontrar. Pergunte à Patricia!"

"Alicia, o que você fez foi uma loucura! Não conhece ele!"

"Um dia, mando a conta de presente para ele."

"Mas por que esse sujeito?"

"Porque você me deu tesão e eu não podia esperar mais. Ninguém naquele barco parecia muito interessado em me comer. Sei que não sou bonita e, como menina que sou, tudo o que eu queria era ser bonita. O Matte estava me olhando feito um lobo faminto que eu tive de deixar entrar."

"É como ter um filho com o capeta."

"Se ele é mau assim, melhor você me contar os detalhes. Só posso avaliar minha situação se estiver a par dos fatos. Do contrário... vou ter de ir em frente."

Ela estava esperando; parecia consciente de que eu sabia de mais coisas.

"Só encontrei o cara uma vez", disse. Dei um beijo nela e fiz um carinho. "Meus parabéns."

"Obrigada."

"E o que vai fazer agora?"

"Voltei a morar com minha mãe. A coisa está feia. Tenho de admitir que não sei como vai ser daqui para a frente."

Eu olhava para ela. "As pessoas ou querem vida eterna ou, então, cair fora no ato."

"Você consegue pensar numa boa razão para ir em frente?"

"Muitas. Prazer, por exemplo."

"Só isso?"

"Filhos", acrescentei, "se você gosta de crianças. Sempre me deram mais prazer do que qualquer outra coisa."

"Bom, legal", ela disse.

Com Alicia, eu sempre sentia necessidade de justificar as coisas mais básicas, o que me incomodava. Ainda assim, gostava dela; sempre gostara. Queria ajudá-la. Então, tive uma idéia. Disse a ela que tinha um assunto a resolver, e combinamos de nos reencontrar mais tarde.

Depois de nos despedirmos, fui a um cibercafé e, em meu nome de batismo, enviei um e-mail a um amigo, o editor de uma revista literária que publicava ficção, jornalismo e fotografia. Insisti em que ele se encontrasse com Alicia o mais rápido possível. E pedi que não mencionasse meu nome. Em seguida, liguei para Alicia e disse que ela precisava ir ver o sujeito depois do almoço. Após alguma discussão, ela concordou em ir ao escritório dele, ler alguns de seus poemas e falar de si.

Mais tarde naquele mesmo dia, quando tornamos a nos encontrar num pub, Alicia me contou que ele dera um emprego a ela, que passaria a ler manuscritos e a dar uma organizada geral no escritório três vezes por semana.

"Isso é ótimo", eu disse. "Você ficou contente?"

Ela me deu um beijo. "Eu sabia que isso tinha sido coisa sua, Leo. O estranho é que ele não conhecia o seu nome."

"Não", eu disse. "Ele não se lembra de mim, mas meu pai tinha bons contatos."

"Quem era seu pai? Ou isso é invadir sua privacidade?"

Estávamos sentados no bar, à janela, onde eu podia ficar

de olho em eventuais assassinos na rua. Reconheci algumas pessoas da região. Todos pareciam assassinos. Contudo, havia uma pessoa em especial em quem eu estava de olho fazia alguns dias, sem admitir para mim mesmo que era o que estava fazendo; alguém a quem eu não podia procurar, mas por quem só podia esperar.

Tinha de ser agora. Lá estava ela, minha mulher, do outro lado da rua. A roda do carrinho de compras tinha caído. Ela estava tentando encaixá-la, mas teria de mandar consertar. Ali, parada, sem saber o que fazer, ela olhava em torno. O carrinho estava pesado, cheio de compras. Não podia deixá-lo ali, nem podia arrastá-lo para casa.

Pedi licença a Alicia, atravessei a rua até minha mulher e perguntei a ela se estava tudo bem.

"Bom, acho que estou presa aqui."

"Esses pequenos acidentes podem ser terríveis, não é? Você me permite?"

Empurrei o carrinho até uma entrada e dei uma olhada nele. Não sou mecânico, mas pude ver que a rodinha quebrara.

"Você mora longe?"

"Uns dez minutos a pé."

Eu disse: "Vou ser um bom samaritano. Espere só um minutinho".

Voltei até Alicia.

"Esta é minha boa ação da semana, talvez do século. Me encontre daqui a três horas no pub da esquina."

Ela olhava para mim. "Você levaria qualquer mulher para casa, menos eu."

"É o que deve parecer."

"A gente não pode criar meu filho juntos?"

Dei-lhe um beijo: "Mais tarde".

Tornei a atravessar a rua e peguei o carrinho nos braços.

"Para que lado?"

A carga era pesada e desajeitada. Eu caminhava devagar, exagerando nas queixas, para poder passar mais tempo com minha mulher.

"Você não tem ninguém para lhe ajudar?", perguntei.

"Não neste momento."

Estávamos chegando em casa. Notei que o portão da frente estava torto e precisava de um conserto.

Ela abriu a porta. "Não quer entrar?" Hesitei. "Só um pouquinho", ela disse.

"Se, para você, tudo bem... Eu bem que queria um copo d'água."

Lá dentro, ela disse: "Desculpe perguntar... o que você faz?".

"Tenho viajado. Antes de começar a faculdade."

Ela foi até a cozinha e eu dei uma olhada ao redor. Nada tinha mudado, mas havia uma ligeira diferença em tudo.

Meu filho, agora da minha idade, desceu a escada e pôs a cara na porta. Quase me entreguei. Era ele que eu queria tocar, suas mãos, seu rosto. Nos últimos anos, ficara mais difícil de a gente se tocar. Ele ficava sem graça, ou não gostava do meu corpo. Ainda assim, eu adorava lhe dar um beijo no rosto, mesmo que tivesse de agarrá-lo e puxá-lo para perto de mim.

"Tudo bem, mãe?", Mike perguntou. "Olá", me disse.

Eu devia estar encarando-o.

"Tive um probleminha de locomoção", ela explicou.

"No coração?", ele perguntou.

"De locomoção, seu idiota! Meu carrinho quebrou."

Mike entrou na sala. Parecia esperto, feliz e saudável. Podia ver meu velho eu no modo como ele se portava. Estava com saudade de mim mesmo. Sentia falta também do prazer que ele me dava, de viver próximo à vida dele, de saber o que ele estava fazendo e aonde ia.

Afligiu-me ver que Mike carregava meu laptop novo, uma maravilhosa lâmina resplandecente que eu comprara pouco antes de resolver me tornar outra pessoa. Pretendia usá-lo na cama. As ferramentas do meu ofício sempre me atraíram. Às vezes, bastava eu comprar uma caneta ou computador novo, e logo me punha a trabalhar.

"Isso aí parece legal", comentei.

"É", disse ele à mãe. "Estou pegando emprestado por um tempo. Devolvo antes do meu pai voltar. Tem notícias dele?"

"Mandou um beijo", ela disse.

"Só isso?", ele perguntou. "Então não vai se importar de eu pegar o computador emprestado. Ah, e feliz aniversário. Uma pena você estar aí, sozinha."

"Vou fazer um brinde, mais tarde", ela disse.

"Posso saber que aniversário é esse?", perguntei.

"Não é aniversário de casamento", ela explicou, "mas o aniversário do dia em que conheci meu marido. Ele está viajando a negócios no momento, o bobo."

"Por que bobo?"

"Andava com dificuldade para respirar. Não conseguia caminhar por muito tempo. Podia ver pela cara dele, mas acho que ele não sabia como estava doente. Antes de ele sair de viagem pela Europa, eu tinha decidido que deveríamos passar juntos o tempo que ainda temos. Mas não quis estragar o prazer dele."

Mike perguntou: "Mãe, você está bem? Posso ir andando?".

"Por favor, pode ir."

Ele fechou a porta da frente.

E eu perguntei: "Você não prefere que eu vá também?".

"Preciso lhe oferecer pelo menos um chá. Me sentiria mal se não fizesse isso, depois da ajuda que me deu."

"Você confia um bocado."

"Vi você olhando os livros agora há pouco. Nenhum ladrão ou lunático faria isso."

"Seu filho é um garotão muito boa-pinta."
"Ele vai indo bem. A namorada está grávida."
"É mesmo? Que maravilha. Meus parabéns."
"Adam vai estar de volta até a criança nascer, sei que vai."
Subi as escadas para ir ao banheiro. Ao sair, notei que a porta do meu escritório estava aberta. Os livros que estivera usando antes de ir embora estavam empilhados sobre a mesinha do café, ao lado dos CDs que comprara e ainda não ouvira. Não pude resistir à tentação de sentar à minha mesa. Contemplei as fotos dos meus filhos, em várias idades. Sabia onde estava cada coisa, embora minhas mãos fossem maiores agora, e os braços, mais longos. A tinta da minha caneta-tinteiro preferida ainda fluía. Escrevi algumas palavras e enfiei o papel no bolso. Precisei me arrancar dali.

De volta, sentei-me ao lado de Margot e me servi de chá. Olhei de relance para a aliança de casamento que dera a ela e perguntei: "De onde você é?".

"Eu? A pergunta é para mim?", ela se surpreendeu. "Você quer saber?"

"Por que não?"

"Ninguém se interessa muito por mulheres da minha idade."

Depois de ela me dizer onde tinha nascido e me contar um pouco sobre seus pais, fiz mais perguntas sobre sua juventude e sua criação. Improvisava de acordo com o que me vinha à cabeça, ouvindo e instigando-a a falar mais.

Já tinha ouvido uma parte disso tudo antes, ao longo dos anos que passáramos nos conhecendo. Mas fazia muito tempo que não lhe perguntava sobre essas coisas. Quantas vezes se pode ter uma "mesma" conversa? E, no entanto, o passado não era mais inerte do que o presente: havia tons, ângulos, detalhes diferentes. Ela mencionou pessoas de quem eu nunca ouvira falar, contou de um namorado de quem havia gostado mais do que admitira para mim, no passado.

Sua história fazia mais sentido para mim agora, ou talvez eu tivesse agora podido absorver mais dela. Bebemos chá e vinho. Ela se sentia estimulada por meu interesse e espantada com o tanto que tinha para contar. Queria falar; e eu queria ouvir.

Só perguntei sobre sua vida antes de me conhecer. Quando meu nome surgia, e ela falava um pouco sobre mim, eu não dava seqüência ao assunto. Tomara tivesse tido a coragem de ouvir tudo — minha vida sendo julgada por minha mulher, um balanço. Mas isso teria me perturbado demais.

Como ela me emocionou! Ouvi-la não me explicou por que eu a amava, apenas que a amava muito. Queria oferecer a ela tudo que não lhe dera nos últimos anos. Como me recolhera e me isolara! Seria diferente quando voltasse a ser eu mesmo.

Duas horas se passaram. Por fim, eu disse: "Agora preciso ir, mesmo. Melhor deixar você em paz".

"Mas e você?", ela disse, fazendo que não com a cabeça. "Eu me sinto como se estivesse acordando de um sonho. O que a gente andou fazendo?"

Fui até a mesa onde estavam o aparelho de som e uma pilha de CDs.

"Posso pôr uma música?"

Ela respondeu: "Mas, me diga, por que me fez todas essas perguntas?".

"Elas a incomodaram?"

"Não, pelo contrário. Me estimularam... me fizeram pensar..."

"O passado me interessa. Estou pensando em fazer história medieval."

"Ah, muito bom", ela disse, e acrescentou: "Mas você me fez perguntas pessoais, e não históricas. É um garoto muito curioso".

"É que passei por umas coisas", disse. "Elas me mudaram. Eu..."

Ela esperava pela conclusão, mas eu parei de falar. Às vezes, não existe nada pior do que um segredo; outras vezes, não há nada pior do que a verdade.

Ela perguntou: "O que aconteceu?".

"Não... Minha namorada está me esperando aí na esquina."

Pus o disco preferido de minha mulher. Beijei suas mãos e senti seu corpo contra o meu, enquanto dançávamos. Sabia onde pôr as mãos. Na minha mente, suas formas se ajustavam às minhas. Não queria que aquilo terminasse. Seu rosto era toda a eternidade de que eu precisava. Os lábios roçaram os meus e seu hálito penetrou-me o corpo. Por um segundo, eu a beijei. Os olhos dela seguiam os meus, mas eu não conseguia olhar para ela. Se me chocava o fato de ela ser seduzível, chocava-me também em que grande medida eu parecia esquecível e descartável para ela. Quando crianças, nossos pais nos fazem acreditar por anos a fio que não poderiam viver sem nós. Essa sua necessidade, porém, nós jamais a reencontramos tão intensa, embora sejamos incapazes, talvez, de deixar de procurar por ela.

À porta, minha mulher disse: "Você volta para um chá?".

"Sei onde você mora", respondi. "Por que não?"

"A gente podia ir ver uma exposição."

"Claro."

Relutante, eu me despedi e deixei minha própria casa. Margot tinha posto um saco de lixo do lado de fora da porta, pronto para ser carregado até os latões, mais adiante. Aborreceu-me que meu filho não o tivesse feito; na certa, estava com as mãos ocupadas, carregando meu laptop.

Levei o lixo até a lateral da casa. De onde estava, um buraco na cerca me permitia ver a rua. Havia um carro parado em fila dupla do outro lado, com três homens dentro. Era uma rua estreita, e motoristas irascíveis faziam fila atrás dele. Por que aquele carro não andava? Porque os homens lá dentro estavam vigiando a casa.

Saí ligeiro pelo portão e subi a rua, afastando-me. Era verdade: estavam me seguindo. Entrei na papelaria habitual. Lá fora, os homens esperavam no carro. Quando retomei meu caminho, eles vieram atrás. Quem eram aqueles homens que seguiam outros homens?

Eu conhecia bem as ruas do bairro. Embaixo da linha do trem, ao lado da garagem de ônibus, havia uma viela estreita pela qual, anos antes, eu levava as crianças para a escola. Entrei por ela e corri; não podiam me seguir no carro.

É claro que, doidos para me pegar, esperavam por mim no fim da viela. Não era o tipo de morte que eu queria. Eu andava depressa. Já mais adiante na rua, os três homens desceram do carro e me cercaram. Seus rostos estavam próximos, eu podia sentir o cheiro da loção pós-barba. Havia um bocado de gente na rua.

"Aonde vocês estão me levando?"

"Você vai descobrir."

Um deles murmurou: "Eu tenho uma arma".

Outro tinha posto a mão no meu braço. Aquilo me irritou; não gosto que me segurem contra minha vontade. Contudo, ganhei confiança; a arma, se era mesmo uma arma, me ajudara. Não acreditava que fossem atirar em mim. A última coisa que queriam era explodir meu corpo.

Comecei a gritar: "Socorro! Socorro!".

Enquanto as pessoas se voltavam para olhar, os homens tentavam me empurrar para dentro do carro, mas eu reagia com chutes e socos. Ouvi a sirene de um carro da polícia. Um dos homens entrou em pânico. As pessoas olhavam. Fugi correndo por um amontoado de barracas de feira. Aqueles três não iriam me perseguir com armas no meio de uma multidão em dia de feira.

Assim que pude, liguei para o celular de Ralph de um telefone público.

Um encontro era coisa impossível. Ele estava "metido em literatura até o pescoço". Por infelicidade, o bobo já me dissera onde estava.

Meia hora depois, abri a porta do pub e entrei. Sou um sentimental, sempre desejoso da quieta infinitude de um pub londrino ao entardecer, homens rudes jogando bilhar, outros apenas sentados num quase silêncio, fumando. Não pude ver Ralph, mas notei uma placa que dizia "Teatro e WC". Desci alguns degraus estreitos em direção a uma sala opressiva, cheirando a umidade e pintada de preto. Havia algumas poltronas antigas de cinema e, a um canto, uma bilheteria do tamanho de um armário. Pilares pareciam impossibilitar qualquer visão desimpedida do palco minúsculo. Vi pelos cartazes que estavam em curso produções de À *margem da vida* e *Dorian Gray*.

Uma mulher correu até mim, apresentando-se como Florence O'Hara. Queria saber quantos ingressos eu pretendia comprar para À *margem da vida*, peça na qual ela fazia a mãe. Ou será que eu queria ver *Hamlet*, na qual ela interpretava Gertrudes? Se quisesse ver as duas, havia um desconto especial.

Enquanto ela me dizia tudo isso, fiquei surpreso ao ver um conhecido ator sentado na penumbra, barba por fazer, vestindo um sobretudo enorme: Robert Miles, que atuara num filme cujo roteiro eu escrevera, sete anos antes. Antes do início das filmagens, havíamos nos reunido diversas vezes para tomar chá.

Examinei Florence mais de perto. E pude me lembrar de Robert tentando conseguir para ela um papel pequeno no filme. Tinham sido amantes e mantinham ainda algum tipo de vínculo.

Não estivesse eu habitando aquela maldita carcaça, Robert e eu decerto teríamos trocado cumprimentos e algumas fofocas.

Em vez disso, quando me viu olhando para ele, os dois nervosos e arrogantes, levantou-se e saiu.

Ao mesmo tempo, Ralph apareceu, vestido como um cavalheiro ou dândi vitoriano e segurando uma cartola. Demo-nos as mãos, e eu me sentei atrás dele numa das poltronas do teatro.

"Não tenho muito tempo", ele disse.

"Nem eu."

"Tenho um espetáculo mais tarde. Durante o dia, estou trabalhando numa peça nova com Robert Miles. Ele está fazendo uma experiência como diretor. No momento, trabalho com o que há de melhor."

Ralph tinha um aspecto cansado; seu rosto parecia um pouco mais marcado do que antes.

Ele prosseguiu: "E estou fazendo o Dorian Gray também. A Florence faz a Sybil. Nunca me diverti tanto na vida". Ele olhou para mim. "O que houve? No que posso ajudar agora?"

Contei a Ralph que Matte me "reconhecera", que ele próprio era um reimplantado, que queria um corpo para seu irmão e estava atrás do meu. Como é que aquilo não iria incomodá-lo? Afinal, a situação dele não era, em teoria, igual à minha?

"Você vem me procurar por causa desses problemas, mas o que é que eu posso fazer?"

"Ralph, qualquer um pode ver que, assim como acontece com tudo que é valioso — ouro, um Picasso —, gente ruim vai começar a brigar e a matar por um corpo. E por que não fariam isso? O problema é que não posso me desfazer deste corpo como se fosse um colar."

"Ou, pelo menos, ainda não", ele disse. Ralph olhava em torno, agitado. "Seu idiota. Por que você veio aqui? Pode ter trazido essa gente atrás de mim. De repente, me seqüestram do palco e me arrancam o cérebro."

"E como iam saber que você é uma aberração, como eu?"

"Não me chame de aberração, porra! Só vão saber se você fizer a cagada de contar. E já vivo sempre com medo de que a minha maturidade acabe me denunciando. O que você fez para chamar a atenção de gente assim?"

Nessa altura, eu falava aos berros, e tinha bons pulmões.

"Se você acha que tudo isso não é coisa que um monte de gente vai ficar sabendo, você é um tolo."

Ralph inclinou-se para mais perto de mim. "Contrate um serviço completo de segurança em tempo integral. Com guarda-costas enormes acompanhando você o tempo todo. É o preço a pagar por um pau grande e um fígado novo."

"E como é que eu vou poder pagar?"

"Vai precisar trabalhar."

"Em quê?"

"O que você acha? Não era escritor? Pode começar de novo, em outro estilo. Poderia tentar, digamos... realismo mágico!" Eu podia ver Florence na porta do camarim, acenando para Ralph. "Imagine onde vou estar daqui a dez, quinze ou vinte anos! Como é que você sabe se não estarei dirigindo um dos grandes teatros ou óperas do mundo?" Eu estava sentado com a cabeça entre as mãos. "Não contei a você, mas vou contar agora. Eu e a Ofélia — quer dizer, a garota que faz a Ofélia, é claro — vamos nos casar. E também não contei que temos um filho. Nasceu faz poucos dias, e perfeito. Por um tempo, tive medo de que nascesse alguma esquisitice."

"Parabéns."

"Você vai assistir ao espetáculo? Talvez seja melhor não ficar por aqui, se está sendo caçado."

Apontei para meu corpo. "Tudo que eu quero", disse, "é me livrar disto aqui, cair fora desta carne. E quero fazer isso esta noite, se possível." Ralph me observava com pena. "Acho que poderia encontrar o hospital por mim mesmo, mas estou com pressa. Qual o endereço daquele lugar para onde você me levou?"

"Você é quem sabe", ele disse, cético.

Deu-me o endereço, eu não iria esquecê-lo. Ralph estava feliz por se livrar de mim.

Eu disse: "Boa sorte com o espetáculo. Venho ver daqui a alguns dias, com minha mulher. Ela e eu estamos planejando passar um bocado de tempo juntos".

No topo da escada, ouvi a voz de Florence atrás de mim.

"Em nome de quem?", gritou ela.

"O quê?"

"Os ingressos, em nome de quem?"

"Depois eu mando o nome."

"Não sabe nem seu próprio nome?"

Uma jovem mulher entrava no pub com um bebê de colo. O filho de Ralph, imaginei. Mas estava com pressa demais para me deter. Havia um serviço de táxi miserável no fim da rua, onde, em meu velho corpo, eu ficara conhecendo os motoristas e ouvira suas histórias.

Pedi ao taxista que corresse. No caminho, eu olhava em torno sem parar, espiando cada carro e cada rosto em busca de assassinos em potencial, o tempo todo pensando, convencido de que ainda estavam me seguindo. O lugar para onde eu ia não era longe, mas precisava tomar cuidado.

Não muito tempo depois de termos deixado a cidade, falei subitamente ao motorista: "Pode me deixar aqui".

"Pensei que você queria..."

"Não, aqui está bom." Estávamos nos aproximando de uma área de prédios industriais baixos e recentes. "Escute", eu disse, estendendo-lhe as notas de dinheiro que me restavam, "me dê aquela lata de gasolina que você carrega lá atrás. Meu carro pifou perto daqui, e estou com pressa."

Ele concordou, e fomos até o porta-malas do carro. O taxista me deu a lata, e eu a embrulhei num saco preto de plástico. Carregando-a, fui até um pub que tinha visto. Lá, tomei uns dois drinques e fui para o banheiro. Tranquei a porta do cubículo e tirei a roupa.

Levou algum tempo; agi com cuidado e minúcia. Quando terminei, tornei a me vestir, saí do pub e corri pelas ruas desertas em direção ao prédio, ou "hospital", de que me lembrava. Logo me perdi, mas o endereço estava correto. O traçado das ruas e os demais edifícios eram os mesmos. Então eu o vi. O lugar tinha mudado. Era como se eu tivesse estado ali muitos anos antes. O prédio que acreditava ser o do "hospital" estava rodeado de uma cerca de arame farpado; havia grama surgindo do concreto. Um arquivo abandonado jazia de lado no chão. Que tipo rebuscado de disfarce era aquele?

Subi na cerca e abri caminho pelo arame, que tinha rombos em vários pontos. Ninguém parecia preocupado com a segurança. A porta da frente do "hospital" nem estava trancada. Escurecia. Tentei acender a luz, mas a eletricidade havia sido desligada. Era provável que mendigos andassem dormindo ali em colchões podres. O lugar também parecia ter sido saqueado pelos moleques da redondeza. Imaginei que tudo que era importante havia sido removido dali muito antes disso. Não havia corpos por perto, nem novos nem velhos. Não sabia o que fazer a seguir, mas não tinha razão nenhuma para ficar ali.

Então, ouvi uma voz.

8

"Não estávamos muito preocupados em capturar você antes. Imaginamos que ia acabar aparecendo por aqui."

Matte surgiu da escuridão. Uma tocha brilhava em meu rosto. Cobri os olhos.

E perguntei: "Você sempre soube deste lugar?".

"Sabia que a caravana já tinha partido, mas imaginei que você tivesse menos contatos do que eu. Ainda preciso desse corpo."

"Parece que eu também vou precisar dele."

"Seus argumentos não convencem. Tem gente que precisa mais."

"Seu irmão?"

"O quê? Deixe que eu me preocupo com meu irmão."

Eu disse: "Você pode ficar com o corpo. Ainda tem muita vida nele. Tudo que eu quero é meu corpo velho".

"Venha por aqui." Matte apontou para uma porta e acrescentou: "É este lugar que cheira mal ou é você?".

"É o lugar também."

Ele disse: "Meu Deus, que porra andaram fazendo, queimando corpos?".

Cercado por três homens, eu o segui até outra sala. Notei que não tinha janelas; o chão era de concreto, coberto de cacos de vidro e demais escombros. Os azulejos haviam sido arrancados e despedaçados. Lâmpadas compridas e brilhantes de neon exibiam posição precária. Um homem vestindo avental azul de médico já estava ali, com dois assistentes, todos eles usando máscaras. Bem no meio, situava-se uma mesa portátil de operação, do tipo utilizado em campos de batalha, além de instrumentos cirúrgicos em bandejas de aço. Eu procurava por meu velho corpo. Talvez estivesse em outra sala, e eles o trariam numa maca. Mal podia esperar para revê-lo, por mais maltratado e cadavérico que estivesse.

"Cadê meu corpo velho?", perguntei ao homem que supus ser o médico. "Sem ele, não vou muito longe."

O homem olhou para Matte, mas nenhum dos dois disse coisa alguma.

"Já entendi", disse eu. "Não tem corpo nenhum. Já era", suspirei, "que desperdício."

"Azar", disse Matte. "Você está de partida para a eternidade. Quando eu terminar de resolver isso, meu irmão e eu vamos para Honolulu, para uma reunião de família. A única coisa ruim é que ele vai me lembrar você."

Notei, no chão, o que parecia ser um freezer comprido, de lado. Era grande o bastante para um corpo do tamanho do meu. Havia uma caixa de madeira também, suficiente para abrigar um cérebro morto. Cérebros não ocupavam muito espaço, imaginei, e não eram difíceis de jogar fora.

"Posso fumar um cigarro?", perguntei.

"Foi o que ferrou meu irmão."

"É meu último", eu disse. "Depois, eu paro. Prometo."

"Fico contente de ouvir", disse Matte. "Está bem, fume logo, então."

Um dos homens me passou um cigarro: "Babaca".

"É você", respondi.

O sujeito fez menção de vir para cima de mim. Matte alertou: "Não façam nenhum estrago nele! Nada de machucados, nem piquem o cara".

"Vou tirar a roupa", eu disse, "fumar meu cigarro e então estarei pronto para vocês."

"Bom garoto", disse Matte. "Você queria uma morte e agora vai ter." Quando tirei casaco e camisa, ele me dirigiu um olhar de aprovação. "Você parece bem. Se manteve em forma."

"Vejam só o meu pau, rapazes." Eu o estava chacoalhando na direção deles. "Não gostariam de ter um destes?"

"Que porra de loção pós-barba é essa que você está usando?", Matte perguntou.

Eu acendi o isqueiro e recuei.

"É gasolina", respondi. "Me encharquei nela. Nunca usei gasolina no cabelo. Se você chegar perto, meu chapa, este corpo que você tanto quer vai virar uma fogueira de São João. E você também, é claro."

Segurava o isqueiro perto do peito. Não sabia quanto mais podia aproximá-lo sem me transformar numa pira humana. Ainda assim, a auto-imolação era preferível à degradação que, do contrário, me aguardava. Eu terminaria numa explosão, queimando feito uma tocha, correndo e gritando pela rua.

À exceção de Matte, todos recuaram. Médico e assistentes se encolheram. Matte queria me agarrar. Houve um momento em que, para ser honesto, ele podia ter conseguido. Mas o medo dos outros pareceu afetá-lo. Não sabia o que fazer; tudo que podia fazer era ganhar tempo.

Atrás de mim, só havia a porta, e estava aberta. Peguei minha camisa e a calça, antes de me virar e fugir. Corri, e imagino que eles tenham corrido também, mas fui mais rápido e sabia como sair dali.

Pulei a cerca, me vesti e continuei correndo. Estava escuro, mas eu estava em forma e tinha alguma idéia de para onde correr. Eles pegariam seus carros e me perseguiriam, mas eu estava esperto agora. Escapara. Nunca me encontrariam.

Por um longo tempo, não me ocorreu pensar em para onde ir. Quando me senti em segurança, descansei no jardim de uma casa. Precisava de uma bebida, mas a mistura de gasolina e suor não cheira bem. A última coisa que queria era atrair olhares desconfiados. Carregava meus cartões de crédito, mas me dei conta de que agora não tinha para onde ir — não podia voltar para minha mulher, nem para o hotel, nem ficar em casa de amigos. Não estaria seguro até que o irmão de Matte morresse, ou até que Matte voltasse sua atenção para outro lugar. Mesmo então, poderia haver outros criminosos à minha caça. Era como se eu estivesse vestindo a *Mona Lisa*.

Era um estranho na Terra, um ninguém que não tinha nada nem um lugar em parte alguma, apenas um corpo, condenado a recomeçar, no pesadelo da vida eterna.

BAFAFÁ NA ÁRVORE

"Venham, vamos embora!"
O pai, já cheio, decidiu que estava na hora de saírem do parquinho.

Uma semana antes, naquele parque, tinham encontrado um amigo indiano, médico, que ficara chocado com o desrespeito e a indisciplina demonstrados pelos filhos daquele pai. O segundo dos gêmeos de sete anos, aquele com o chapéu de Indiana Jones, tinha dito ao amigo doutor: "Mas o que você é? Um idiota?".

O pai precisara pedir desculpa.

"Eles falam com todo mundo desse jeito?", o amigo perguntara. "Eu sei que agora estamos morando aqui, mas você deixou que eles se ocidentalizassem, e da pior maneira!"

Nenhum amigo inglês teria ousado dizer uma coisa daquelas, o pai comentara mais tarde, em casa.

"O problema dele", respondera o garoto, "é ser escurinho."

O pai, furioso e agitado desde então, julgou que devia começar a mostrar mais autoridade.

"Vamos indo!", dizia ele agora, naquele que considerava seu tom de voz mais "incisivo".

Pegou a bola azul de plástico e caminhou para fora do parquinho cercado, em direção ao restante do parque propriamente dito. Os gêmeos de sete anos trocavam varadas um no outro, e o filho de dois anos fora arremessado para fora do carrossel e arranhara a perna.

Ainda assim, atravessariam Primrose Hill até um café do outro lado. As crianças queriam alguma coisa para beber; ele queria um café. O que havia de melhor para fazer numa manhã de domingo no mundo dos adultos?

Para sua surpresa, os três filhos o seguiram sem reclamar. O tal amigo devia estar lá para testemunhar tão impressionante obediência. A futura esposa encontrara algum conhecido, e ele podia vê-la ainda batendo papo ao lado dos balanços. Já a interrompera uma vez. Por que, toda vez que precisava muito falar com ela, ela sempre estava conversando com alguma outra pessoa?

Já fora do parquinho, em pleno espaço aberto do parque, com a colina subindo à sua frente e o céu para além dela, ele sentiu vontade de caminhar de olhos fechados por um bom tempo, deixando todo mundo para trás, apenas para poder não pensar em nada por alguns instantes. Durante anos, antes de as crianças nascerem, ele abrira mão dos domingos. Agora, as poses, a atitude, os vícios de outrora e, pior ainda, a antiga sensação de dispor de tempo ilimitado tinham sido substituídos por um tipo exaustivo de caos, uma batalha travada na própria mente com o intuito de descobrir o que deveria estar fazendo e quem precisava ser para satisfazer aos outros.

Contudo, não caminhou na direção da colina; em vez disso, ficou parado ali, segurando a bola bem à sua frente.

"Vejam só, meninos! Prestem atenção!", disse.

Para que serviam os pais, senão para chutar bolas para o alto enquanto os filhos olhavam para cima, admirando-se: "Nossa, pai, quase furou as nuvens! Como é que você faz isso?".

Ele gostou quando, após a demonstração, os meninos pegaram a bola e tentaram chutá-la como ele havia feito. Os de sete anos, que moravam a algumas quadras dali com a mãe, mas estavam passando o fim de semana com ele, tinham começado a imitar várias coisas do pai, algumas das quais o deixavam orgulhoso, ao passo que outras ele achava ridículas ou irrelevantes, como, por exemplo, usar óculos escuros à noite. Quando saíam juntos, pareciam os Blues Brothers. Até o de dois anos começara a copiar seu jeito indolente de falar e o modo como ficava deitado no sofá, lendo o jornal. Era como estar cercado por uma multidão de maldosos cartunistas.

Agora, o pai soltava de novo a bola na direção do pé, mas dessa vez errou o chute.

"Alto, pai!", pediu o de dois anos. "Alto, céu!"

Esse de dois anos tinha cabelos loiros compridos, cortados um pouco tortos pela mãe, que se debruçara no berço com lanterna e tesoura, enquanto ele dormia. Estava usando fralda, meias, camiseta e sapatos, mas se recusara a vestir calça. Ele não tivera coragem de obrigá-lo.

O pai deu então uma corridinha leve e alcançou a bola. Aproveitando-se ao máximo da atenção dos filhos, enquanto ainda a tinha, gritava: "Giggs para Scholes, Scholes para Beckham, que lança para o pai, o pai, o pai, o pai — é gooooool!", e chutou a bola o mais forte e longe que pôde, antes de escorregar e cair na lama.

Existem certos silêncios compartilhados, em especial os que exprimem espanto ou descrença, que a gente nunca quer que terminem, de tão raros e envolventes que são.

O gêmeo mais velho pôs sua maleta no chão e a abriu: guardava ali seus revólveres, os livros que escrevera e uma foto do Empire State Building. Focalizou a árvore pelo lado errado dos binóculos novos.

"Está longe, lá longe, quase no céu", disse. "Olhe lá."

O pai se levantou. Tirando os óculos escuros, já olhava para cima, para onde a bola, como uma coroa errante, repousava num ninho de galhos pequenos, no alto de uma árvore não muito distante da entrada do parquinho.

O de dois anos disse: "Prendeu".

"Mas que merda", disse o pai.

"Merda, merda", repetiu o de dois anos.

O pai olhou na direção do parquinho. A futura esposa ainda não aparecera.

"A gente joga alguma coisa nela!", disse ele. Um dos primogênitos pegou uma folha e jogou-a de costas sobre a cabeça. O pai disse: "Precisa ser alguma coisa dura, moçada! Vamos lá! Juntos, a gente consegue!".

Os gêmeos, que gostaram de toda aquela concentração exigida pela crise, começaram a vasculhar a redondeza, juntando pedras e castanhas. O pai fez o mesmo. O caçula pulava sem parar, jogando pedaços de casca de árvore. Logo o ar se encheu de uma saraivada de objetos firmes, um dos quais acertou um cachorro, enquanto outro atingia a perna de uma criança que passava de bicicleta. O pai apanhou um dos revólveres de metal dos gêmeos e o arremessou com violência contra a árvore.

"Você vai quebrar ele!", repreendeu o filho. "E eu ganhei esse ontem." O pai, então, pôs-se em marcha. "Aonde você vai?", perguntou o garoto.

"Não vou ficar parado aqui o dia todo!", ele respondeu. "Preciso de um café — e já!"

Abandonaria a bola barata de plástico e, se necessário, compraria outra a caminho de casa.

Mas será que ele queria que os filhos o vissem como o tipo de homem que chuta bolas em árvores e sai caminhando numa boa? Qual seria o próximo passo — deixar cair notas de vinte libras na rua e abandoná-las ali, porque ele não estava a fim de se abaixar?

"O que vocês estão fazendo?" A futura esposa saíra do parquinho. Pegou o caçula no colo e beijou-lhe os olhos. "O que foi que o papai fez agora?"

Os gêmeos ainda arremessavam coisas, a maioria delas na cabeça um do outro.

"Parem com isso!", ordenou o pai, de volta. "Vamos botar um pouco de disciplina nisto aqui!"

"Foi você quem disse para a gente fazer isso!", lembrou o gêmeo mais velho.

O segundo tranqüilizou: "Não se preocupem. Vou subir lá em cima".

Provavelmente o mais intrépido dos dois, ele correu para debaixo da árvore. Além do chapéu de Indiana Jones, o segundo gêmeo carregava uma corda no cinto, "para laçar", embora a única coisa que em geral conseguisse acertar fosse o pescoço do irmão de dois anos, de quem, no mais, costumava gostar. Às seis horas daquela mesma manhã, o pai o encontrara mostrando o pênis para o pequenininho, a quem explicava que, se ele ficasse mexendo na pontinha e pensasse — nas palavras dele — em alguma coisa "muito horrível, como a Mulher-gato", a sensação que aquilo causava era "doce e azeda", além de "muito relaxante".

Agora, dizia: "Me empurre para cima, pai. Empurre, ande, já!".

O pai o enfiou numa forquilha da árvore, à qual ele se aferrou de forma tão entusiasmada quanto precária, como alguém que tivesse sido depositado pela primeira vez em cima de um cavalo.

"Me põe lá em cima também", pediu uma menina de uns nove anos, que estivera observando a cena, mas agora pulava sem parar ao lado dele. "Eu sei subir em árvore!"

O de dois anos, que tinha um dente nascendo e um rosto vermelho e sempre molhado, disse: "Quer árvore".

"Não posso pôr todo mundo lá em cima", protestou o pai.

O caçula sugeriu: "Papai na árvore".

"Boa idéia", concordou a futura esposa.

"Eu subiria num segundo", respondeu o pai, "mas não com esta camisa nova."

A futura esposa ria: "Nem em nenhum mês que tenha a letra 'r'".

Ao contrário da maioria de seus antecessores do sexo masculino, o pai nunca tinha lutado numa guerra nem sido chamado a executar qualquer ato de bravura. Imaginava com freqüência que tipo de homem seria numa tal circunstância.

"Está bem", ele disse. "Vocês vão ver só!"

Ficaram todos observando o pai ajudar o menino a descer e, em seguida, subir ele próprio na árvore. A futura esposa, dez anos mais jovem, o empurrou por trás com força desnecessária, até alçá-lo para fora de alcance.

Sentindo-se em alturas inabituais, o pai acenava com a grandiosidade de um presidente na porta do avião. Sua família acenava de volta. Ele esticou um pé até outro galho e soltou seu peso sobre ele, que se partiu e cedeu de imediato. Recuou, então, para a segurança do galho anterior, esperando que ninguém tivesse notado a súbita palidez em seu rosto.

Naquela manhã de domingo ele podia, de fato, estar na ponta dos pés numa forquilha de árvore, a um escorregão do hospital e de anos de dores, mas percebeu também que dispunha da serena atenção de sua família, sem o habitual turbilhão de exigências que ela lhe fazia. Pensou que, por mais saudade que sentisse da paz e da irresponsabilidade da prolongada vida de solteiro, tinha ao menos aprendido que a vida solitária era nada. Na semana seguinte, porém, viajaria para os Estados Unidos por cinco meses, para pesquisar. Telefonaria para as crianças, mas sabia que, no meio da conversa, era provável que dissessem: "Tchau, a gente vai ver os *Flintstones*", e desligassem o telefone. Quando voltasse, quanto já não teriam mudado?

Agora, podia ouvir a voz da futura esposa, exclamando: "Chacoalhe!".

"Sacode!", gritou um dos meninos.

"Vamos, vamos!", berrou a menina.

"Está bem, está bem", ele murmurou.

Instigado, inclinou-se sobre um galho grosso à sua frente, agarrou-o, cerrou os dentes e começou a agitá-lo. Ficou surpreso e aliviado com a comoção que aquilo causou nas folhas mais acima. Mas pôde ver que nenhuma relação se estabeleceu entre esse movimento e a posição da bola, lá no alto.

Agora a menina de nove anos também subia pela árvore, esticando os braços e agarrando o cinto da calça dele como alavanca. Aquele entroncamento estava ficando um tanto apinhado, mas ela logo se pôs a caminho dos galhos mais altos, pisando nos dedos dele antes de desaparecer.

Pouco depois, um tremendo chacoalhão, bem maior do que o dele, balançou tudo, o que provocou uma chuva de folhas, ramos, pequenos galhos e pedaços de casca sobre a platéia agora composta de corredores, numerosas crianças e uma velha senhora de muletas, todos assistindo àquele bafafá na árvore.

Era um bom momento, calculou, para abandonar seu posto. Pegaria a bola quando a menina a derrubasse. Em quinze minutos, estaria comendo um croissant com manteiga e bebendo seu café descafeinado com leite semidesnatado. Talvez pudesse até dar uma olhada no jornal.

"O que está acontecendo?"

Um homem se juntara ao grupo, levando duas garotinhas pela mão.

O gêmeo mais novo informou: "O idiota do meu pai estava querendo se mostrar e...".

"Está bem!", interrompeu o pai.

O homem já tirava o casaco e o entregava a uma de suas meninas, dizendo: "Não se preocupem, eu cuido disso".

O pai olhou para o homem, já quase quarentão, rosto corado, parecendo fora de forma e com óculos de lentes grossas. Vestia uma camisa cor-de-rosa, bem passadinha, e o tipo de sapato que as pessoas calçam para ir ao escritório.

"É só uma bola barata", disse o pai.

"Já estávamos indo embora", confirmou a futura esposa.

O homem cuspiu nas palmas das mãos e as esfregou uma na outra. "Há quanto tempo não faço isso!"

Correu em direção à árvore e começou a subir. Não parou na forquilha; foi adiante, cumprimentando a menina um pouco à sua frente, e a seguir, apoiando-se em mãos e joelhos, ultrapassando-a em direção aos galhos mais frágeis.

"Vou pegar você, bola... espere só, e já vai ver...", dizia ele, enquanto subia.

Como o pai e a menina haviam feito, ele chacoalhava a árvore sem parar. Sua força era surpreendente, e dessa vez a árvore parecia explodir.

Lá embaixo, a multidão protegia o rosto ou recuava ante a tempestade de detritos, mas não parou de olhar para cima nem de incentivar de viva voz.

"E se ele quebrar o pescoço?", preocupou-se a futura esposa.

"Vou ver se seguro ele", disse o pai, mudando de posição.

O pai se lembrava de seu próprio pai: do "papa" na rua em frente de casa, de tardezinha, logo depois do chá, à época em que comprara seu primeiro carro. Como muitos dos homens de então, em especial aqueles que gostavam de se ver como intelectuais, o "papa" tinha orgulho de sua inutilidade prática. Não obstante, era capaz ao menos de abrir o capô do carro, segurar a tampa e ficar olhando lá para dentro, perplexo. Sabia que aquele número bastaria para atrair grande quantidade de vizinhos, alguns deles já terminando seu "chá". Imigrante, alvo de curiosidade, comentários e, por vezes, de abusos também, o "papa" logo conseguiria que aqueles homens — funcionários públicos, escriturários, donos de lojas, tipógrafos ou leiteiros — se reunissem ao seu redor com as mangas das camisas enroladas até em cima, resmungando, acendendo seus cigarros e oferecendo pareceres técnicos. Permaneceriam ali na rua até bem depois de escurecer, buscando ferramentas, deitados de costas sobre manchas de graxa, atraídos para prestar assistência ao desamparo de imigrante do "papa". O pai adorava ficar na rua com o "papa", que vinha de numerosa família indiana e nunca pensara em crianças como um obstáculo ou incômodo. Elas estavam em todo lugar, faziam parte da vida.

Os três garotos branquelos, os netos do "papa", nascidos após sua morte, olhavam para cima, para o homem prestativo na árvore e para a bola, ainda na mesma posição de antes. Se ela tivesse um rosto, estaria sorrindo, pois quando o homem balançava a árvore, tudo que fazia era pular e cair no mesmo lugar, como um barquinho assentado na cadência ritmada de uma onda.

O homem, agora montando um galho oscilante, torceu e arrancou um ramo de árvore fino e comprido. Esticando-se todo, usou-o para cutucar a bola, que começou a balançar um pouco. Por fim, seguindo-se a uma estocada decisiva, ela se soltara e caía.

As crianças correram em sua direção.

"Bola! Bola!", gritava o pequenininho.

A futura esposa começou a juntar toda a tralha dos meninos.

O homem saltou da árvore com os braços erguidos em triunfo. A camisa, para fora da calça, estava coberta de manchas pretas; suas mãos estavam sujas e os sapatos, arranhados, mas ele parecia em êxtase.

Uma das filhas estendeu-lhe o casaco. A futura esposa do pai tentou espanar um pouco a sujeira do corpo dele.

"Adorei isso tudo", ele disse. "Obrigado."

Os dois homens trocaram um aperto de mão.

O pai apanhou a bola e jogou para o caçula.

Logo, a caravana familiar seguia seu caminho através do parque, levando consigo bicicletas, revólveres, chapéus, o carrinho do caçula, uma sacola de fraldas, os binóculos (na maleta) e a bola de plástico sã e salva. As crianças, rindo e empurrando umas às outras, discutiam sua "aventura".

O pai olhou em volta, receoso, mas esperançoso também de que o amigo indiano tivesse ido ao parque naquele dia. Agora, porém, era *ele*, o pai, quem tinha algo a dizer. Se as crianças rompiam com o que parecia estabelecido, aquilo era uma virtude. Por mais que quisesse, não conseguiria criar os filhos com base em regras estritas ou num sistema qualquer. Só podia criá-los do jeito como as pessoas, no fim das contas, pareciam fazer a maior parte das coisas: ou seja, tendo como guia e exemplo o que ele próprio era, o modo como vivia neste mundo. Era mais difícil do que fingir autoridade, mas era mais verdadeiro.

Agora, já na saída do parque, enquanto as crianças cruzavam o portão, o pai se voltou para olhar a árvore desgrenhada lá longe. Como parecia pequena dali! Tinha sido sacudida, mas não quebrada. Pensaria naquilo sempre que voltasse ao parque; pensaria numa coisa boa que acontecera a caminho de outro lugar.

CARA A CARA

Ann estava fazendo o café-da-manhã quando Ed gritou da janela: "Venha ver! Tem gente nova se mudando para cá!".

Ann correu a se juntar a Ed. Juntos, olhavam para baixo, da janela do primeiro andar; tinham uma boa vista da rua e da entrada do prédio.

Um pequeno furgão estava estacionado lá fora. Ed e Ann ficaram observando, enquanto dois homens carregavam a mobília para dentro, sob a supervisão de um homem e de uma mulher, ambos na casa dos trinta, a mesma idade deles.

"Parecem legais", disse Ed. "Que alívio, você não acha? Gente boa e decente."

"É, vamos ver." Ann retornou à cozinha minúscula, na outra ponta da sala. "Vão trazer uma vida inteira com eles, não vão? Aí, querendo ou não, a gente vai ficar sabendo alguma coisa."

O apartamento no andar de cima estivera vazio por um mês. Ed e Ann tinham gostado do silêncio. Ir dormir voltara a ser um prazer para eles. O inquilino anterior, um músico, não apenas voltava do trabalho lá pelas três ou quatro da manhã, como também se punha a tocar naquele horário, além de parecer gostar de arrastar móveis à meia-noite, de abater animais e de produzir diversos outros sons não identificados que atormentaram o casal desde o dia em que os dois se mudaram para ali. Já estavam pensando em alugar outro apartamento quando ele foi embora. Teria sido uma pena, porque gostavam dali, da vizinhança, do jeito das pessoas na rua.

"Ed, seu café está pronto", Ann chamou.

Comeram rápido, para poderem voltar logo à janela. Não levariam muito tempo para esvaziar o furgão.

"Duas poltronas bem usadas", Ann observou.

"E agora um jarro", completou Ed, esticando o pescoço para espiar por sobre o ombro dela. "Um cacareco rachado e com desenhos de flores!"

"Talvez ela goste tanto quanto eu de líqüido sendo derramado: leite, água, suco de maçã!"

"E um violão!"

"Um tapetinho. Bela cor. Meio baleado, como todo o resto."

"Coisa de estudante, não é? Mas aquela torradeira nova deve ter custado uma grana, assim como o aparelho de som. É como nós: só ultimamente andam comprando coisas melhores. Olhe!"

Algumas das caixas de papelão acabaram se abrindo; outros objetos estavam sendo transportados sem embalagem, tanto pelos homens como pelo casal. Pareceu a Ed e a Ann que aqueles dois tinham gostos semelhantes aos deles em matéria de música, de livros e de pintura.

"Depois, a gente vai ter de ir dar um oi pra eles", disse Ann.

"Acho que sim."

"Você nunca gosta de conhecer gente nova."

"E você gosta?"

"Eu costumava gostar", respondeu Ann. "A gente nunca

sabe o que vai encontrar de interessante ou que nova jornada na vida as pessoas podem ajudar a gente a começar."

"Que jornada?", reagiu Ed. "Precisamos é tomar cuidado, ou eles vão começar a entrar e sair daqui o tempo todo."

"Acha que são desse tipo?", ela perguntou. "O tipo de gente entrona assim? Mas que idéia para se fazer de estranhos!"

"Por enquanto, não se interessaram pela vizinhança", Ed notou. "Até eu olharia para cima, para ver para onde estou me mudando."

"Estão ocupados agora. Devem estar muito estressados. Para falar a verdade, não acredito que você olharia para cima."

Ed e Ann viviam juntos fazia três anos. Ela estava com trinta anos; ele, trinta e dois. Ann era assistente de um produtor de TV; Ed trabalhava para uma empresa de informática.

Os dois pretendiam ir às compras, mas aquele acontecimento era mais excitante. O casal fez café, foi buscar cadeiras e pôs-se a comer bolachas de chocolate ao lado da janela. Quando nada mais parecia estar acontecendo, foram tomar banho e se vestir, um de cada vez.

O furgão estava vazio. Depois de pagar os homens da mudança, os novos inquilinos desapareceram dentro do seu apartamento. Ed e Ann nunca tinham estado no apartamento de cima, nem em qualquer um dos outros três do prédio. Mas só podia ser do mesmo tamanho do deles e ter uma distribuição parecida: quarto, sala com cozinha estreita na ponta e banheiro.

Ed e Ann ficaram por ali, ouvindo o casal se movimentar no andar de cima.

"Garanto que estão tentando decidir onde pôr tudo", Ann disse. "Quando as coisas já estão no lugar, a tendência é ficar parado. Nada muda sem que se faça um grande esforço. Aconteceu com a gente."

"Talvez devêssemos mudar alguma coisa agora", Ed sugeriu. "O que você acha?"

"Não seja bobo. Escute...", ela disse, olhando para o teto como se ele fosse, de fato, transparente. "O que estão fazendo é tentando encontrar um jeito de juntar suas coisas: suas vidas, em outras palavras."

"Por que, afinal, ficar aqui, perdendo tempo desse jeito?", Ed perguntou. "Eu me sinto enganado. Vamos sair e ver aquele filme do Wong Kai Wei."

"Ah, não", ela disse. "Preciso de alguma coisa mais leve."

Bem no momento em que Ann e Ed estavam se aprontando para ir ao cinema, ainda tentando decidir que filme ver, o casal de cima pareceu disparar para fora de casa. Ed e Ann ouviram os passos na escada sem carpete e o estrondo da pesada porta da frente, batendo.

"Olhe!", exclamou Ann, depois de ter corrido de volta para a janela.

Ed juntou-se a ela de imediato: "Estão parados na rua. Não sabem aonde ir".

"Ou não conhecem o bairro ou não conseguem decidir o que fazer."

"Nós também não éramos assim?"

"Decidiram, afinal! Lá vão eles."

"O que ele está lendo? Você consegue ver o livro que ele está levando?"

"Ele vai ler!", ela disse. "Não vão conversar? Você é assim. Ele só sabe abrir um livro!"

"Não sabe coisa nenhuma, a não ser que sente um vazio bem no meio dele! Tem fome de informação!"

"E não quer informação sobre ela?"

"Isso não basta."

Ed e Ann ficaram olhando o casal se afastar, até os dois dobrarem a esquina.

Algumas horas depois, ao voltarem do cinema, Ed e Ann se entreolharam como quem diz: cadê eles? Quase no mesmo momento, o outro casal chegou também. Ed e Ann ouviram a porta do apartamento de cima bater; passado algum tempo, ouviram ainda o som de um disco.

"Ah", disse Ed. "É disso que ele gosta."

Era um álbum de jazz moderno, conhecido de quem gostava de "fusion", mas, imaginou, não do público em geral. Ed sentiu vontade de ouvi-lo de novo, como se fosse a primeira vez. Ficou sem graça de pôr o seu próprio, temendo que o casal de cima pudesse pensar que ele os estava imitando. Contudo, por que haveria de deixar que sua vida fosse ditada pela deles? Pôs o disco para tocar baixinho e se deitou no chão, com o ouvido colado ao alto-falante.

"O que você acha que está fazendo?", perguntou Ann.

Quando o disco acabou, Ed ouviu a mulher de cima bocejar; depois, o homem riu e, aparentemente, jogou os sapatos para o outro lado da sala.

Na semana seguinte, Ed e Ann viram o casal de cima indo trabalhar, indo ao pub, ao supermercado e à loja de móveis usados, para comprar uma mesinha-de-cabeceira. Os dois saíam para trabalhar em horários semelhantes aos deles. O homem ia até a mesma estação de metrô de Ed, do outro lado da rua. Ann disse que vira a mulher na fila do ônibus. Mas, na verdade, ainda não tinham se encontrado cara a cara. Não houvera oportunidade para dizer um "oi".

"Mas é inevitável que aconteça", observou Ann. "Você não está ansioso? Não conheço ninguém que tenha amigos demais."

No domingo, Ed e Ann foram tomar café-da-manhã no café perto de casa. Era um lugar pequeno, com apenas oito mesas. Tinham acabado de se sentar quando Ed notou alguma coisa no caderno de turismo do jornal, um artigo escrito por alguém da sua idade. "Desgraçado", murmurou, dobrando a página e arrancando-a para ler mais tarde.

Então, ergueu os olhos e viu o casal do andar de cima vindo na direção deles. Entraram no café, escolheram a mesa no outro nicho e fizeram seus pedidos. Comeram croissants e, como Ed e Ann, a mulher lia o caderno de cultura, enquanto o homem folheava o caderno de turismo. Ele fez uma careta, recortou um artigo, dobrou-o e o enfiou no bolso do casaco.

Ed estava prestes a comentar o fato, quando Ann perguntou: "Ela é atraente? Você gosta das pernas dela? Estava olhando para elas".

"É, tudo o que eu quero é ver ela cruzar as pernas. Depois, continuo com a minha vida... Olhe só aquele monte de cabelo. Se ela cortasse e ficasse espetado, meio punk, aí daria para ver como ela é."

Ann puxou os próprios cabelos para trás: "O que você acha? Olhe para mim, Ed. O que você vê?".

"É como um raio de sol num dia nublado", respondeu ele, voltando a ler o jornal. Depois, em voz baixa, acrescentou: "Acho que a gente devia ir dar um oi. Você se importa de... ir até lá?".

"Eu? Estou chocada! Por que não você?"

"É que você queria conhecer os dois. E sou sempre eu...", ele disse.

Ainda assim, Ed pôs-se de pé. Também o homem, no outro nicho, já se levantava. Ed foi até ele.

Os dois homens se deram as mãos e se apresentaram.

"Eu sou o Ed, do apartamento de baixo", disse Ed. "E aquela é Ann, minha esposa. Aí vem ela."

Ann se juntou a eles: "Me desculpem, não ouvi o nome de vocês", disse ela.

Ed respondeu: "Ann, estes são nossos novos vizinhos de cima: Ed e Ann".

"Oi, Ann", disse Ann. "Muito prazer. Vocês querem umas dicas sobre o bairro?"

"A gente achou que vocês estavam um pouco perdidos", explicou Ed.

"Adoraríamos umas dicas", disse a Ann do andar de cima.

Mais tarde, os quatro fizeram juntos o caminho de volta, despedindo-se à porta do apartamento de Ed e Ann.

Lá dentro, os dois passaram algum tempo sem dizer nada. Ed observava Ann, que andava de um lado para outro; ela parecia estar balançando a cabeça, como se tivesse água nos ouvidos. E Ann olhava para Ed, que contemplava o teto. Sentaram-se à mesa, bem perto um do outro.

Ed sussurrou: "O convite foi para que horas?".

"Sete e meia."

"Certo. Você está ansiosa?"

"Fico imaginando o que eles vão fazer para o jantar e se vão cozinhar juntos."

"Vamos ver", ele disse. "Vai ser bom poder dar uma olhada no apartamento deles. A gente vem falando sobre isso faz algum tempo."

"Que roupa vamos pôr?"

"Como assim? Roupas normais", Ed respondeu. "É uma coisa à vontade, de vizinhos, não é?"

"Talvez", disse Ann. "Mas não estou me sentindo muito à vontade neste momento. Você está?"

"Não", ele admitiu. "Não estou à vontade, estou tenso. Não sei nem o que a gente vai fazer agora."

Logo que Ed e Ann se conheceram, adquiriram o hábito de ir para a cama e fazer amor aos domingos à tarde. Ainda faziam, às vezes; ou, então, deitavam-se e ele lia, enquanto ela escrevia em seu diário de autodescoberta. Agora, tiraram as roupas e foram para a cama como se estivessem sendo observados. Nunca antes tinham se preocupado com qualquer barulho que pudessem fazer. Nunca tinham se deitado daquela maneira, sem nem se tocar. Quando Ed olhou de relance para o corpo imóvel de Ann, soube de imediato que ela estava à espreita de passos no assoalho de madeira do apartamento de cima. Foi apenas quando ouviram os sons de Ed e Ann fazendo amor lá em cima que se sentiram obrigados a fazer o mesmo, terminando quase ao mesmo tempo.

Devagar, subiram a escada até o pavimento superior, rumo ao jantar com Ed e Ann.

Por volta das onze e meia, voltaram para casa; um ficou vendo o outro beber um copo d'água — parte de sua nova dieta para uma vida saudável — e, em seguida, foram para a cama. No apartamento de cima, Ed e Ann estavam na cama também.

Acabou sendo uma tragédia para Ed e Ann o fato de agora conhecerem a distribuição dos cômodos no apartamento de cima. Era a mesma do deles. Só que o Ed e a Ann de cima também haviam posicionado cadeiras, estantes, mesa, cama e todo o restante da mobília nos mesmíssimos lugares que ocupavam no apartamento de baixo. Pelo bater de portas, ou mesmo pelo barulho da descarga, pelo uso do chuveiro, pelo som de cadeiras sendo arrastadas no assoalho de madeira, pela escolha da música, pela direção das vozes e pelo silêncio de quando iam para a cama, Ed e Ann sabiam exatamente onde estavam Ed e Ann e o que faziam.

De volta do trabalho no dia seguinte, Ed e Ann foram até o pub, para comer alguma coisa e conversar. Lá em cima, Ed e Ann já haviam chegado. A TV estava ligada e eles tinham vestido roupas mais confortáveis do que as do trabalho. Ed e Ann imaginaram que os vizinhos de cima preparavam o jantar.

Mas, quando saíram do pub na direção de casa, dobraram uma esquina e deram de cara com Ed e Ann, que disse: "Estamos indo para aquele lugar onde vocês disseram que a comida é boa".

"Obrigado pelo jantar de ontem à noite", agradeceram. "Gostamos muito."

"Também gostamos de receber vocês", Ed e Ann responderam. "Precisamos combinar alguma outra coisa."

"Claro", disse Ann, olhando para Ann. "Sem dúvida! É só vocês marcarem um dia, e a gente aparece."

"Vamos fazer isso, então", concordou a outra Ann.

E Ed e Ann viram o outro casal rumar para o pub.

Quando chegaram em casa, sabendo que o Ed e a Ann de cima não estavam, puderam enfim conversar em seu tom de voz normal.

"Vamos precisar retribuir o convite deles."

"É", concordou Ann. "Seria melhor mesmo. Senão vai parecer que somos grossos."

"Talvez a gente devesse convidar mais alguém", Ed sugeriu. "Mais um casal."

"Diminuiria a tensão."

"E, aliás, por que toda essa tensão, afinal?", ele perguntou. "Não sei."

Mas nenhum dos dois achou boa idéia convidar outro casal. Por alguma razão, não queriam que ninguém os visse com o Ed e a Ann do apartamento de cima. Aquilo talvez os forçasse a discutir o assunto.

Num dia daquela semana, Ed falou de seus vizinhos num almoço com um colega simpático. Não tinha dito a Ann que pretendia tocar no assunto com outra pessoa, mas precisava fazê-lo: a situação parecia provocar nele cansaço e paranóia sobrenaturais. Sentado no metrô, vendo o outro Ed ler o mesmo livro no extremo oposto do vagão, o que mais podia fazer senão imaginar se alguma outra pessoa no mundo possuía sombra semelhante?

"Imagine", disse ele ao amigo, "que um casal muito parecido se mudou para o apartamento em cima do seu."

Sentindo-se aliviado por ter falado, Ed esperou pela resposta do amigo, que, claro, não entendeu como aquilo podia ser um problema. Ed tentou ser mais claro.

"Suponha que esse casal seja não só muito parecido com você e sua mulher, mas seja, digamos, absolutamente idêntico. Como se eles fossem os originais, e vocês estivessem apenas imitando a vida deles. E não só isso: você acaba achando que eles são mesquinhos, um pouco burros, que a vida deles é uma chatice, que não são generosos o bastante um com o outro, que não vêem como se beneficiariam se, de modo geral, se dessem mais e, além disso tudo, que não têm muito a dizer... Você sabe, esse tipo de coisa."

"É claro que, se é assim, eles iriam pensar o mesmo de vocês", respondeu o amigo.

"Acho que sim", concordou Ed, nervoso. "Dizendo a coisa de outra maneira: e se você encontrasse você mesmo e ficasse horrorizado?"

"Não ficaria horrorizado: acharia tão engraçado que morreria de rir", disse o amigo. "Será que eu sou tão ruim assim? É sobre isso esta nossa conversa tão importante?"

Decerto, o que Ed estava descrevendo não era algo que aquele seu amigo tivesse experimentado algum dia. Como poderia ele, então, avaliar como era terrível e opressiva aquela situação? As únicas pessoas que Ed e Ann sabiam ter passado por aquilo eram o Ed e a Ann do apartamento de cima.

Os dois tentaram esquecer seus vizinhos. Queriam tocar suas vidas dentro da maior normalidade possível. Mas, na noite que se seguiu à conversa de Ed com o amigo, bateram à porta do seu apartamento. Ed foi abrir e viu que era Ed. As duas Anns tinham ido a suas aulas noturnas e logo voltariam. Ed queria emprestado um CD que Ed mencionara no jantar. Tinha perdido o seu e queria gravar o de Ed.

"Entre", disse Ed. "Fique à vontade. Eu não estava fazendo nada de importante."

Ed ofereceu-lhe uma bebida. Então, Ann ligou para avisar que tinha ido beber alguma coisa com um amigo. A outra Ann fez o mesmo. Ed ficou até terminar a garrafa. Servia-se ele próprio e chegou a perguntar se Ed se importaria de desligar a TV, que o estava "distraindo". Falou sobre si mesmo e não foi embora até a chegada das duas Anns, mais ou menos ao mesmo tempo.

Quando Ed e Ann já estavam debaixo das cobertas, Ed perguntou: "Como ele pôde fazer isso? Simplesmente aparecer e se impor daquela maneira? Eu podia estar...".

"O quê?", perguntou Ann.

"Escrevendo sobre aquela viagem que fiz ao Nepal, dois anos atrás."

"O que aposto que você não estava fazendo", disse Ann. "Estava?"

"Podia estar me preparando para fazer uma limpeza nas minhas canetas-tinteiro. Você sabe, Ann, que venho querendo fazer isso."

"Estou começando a achar que o que você nunca vai fazer é aquela outra viagem, a mais profunda que existe, para dentro de você mesmo!"

"Não quero saber deste assunto! Você faz eu me sentir terrível!"

"O que a gente faz à noite, além de assistir TV e discutir?", Ann perguntou. "O que disse o Ed? Me conte."

"Fiquei sabendo de um bocado de coisas. Ele está no emprego errado. Não consegue se dar bem com os colegas. É ambicioso, mas não tem uma meta precisa. A gente sai de casa e a primeira coisa que perguntam é sempre: o que você faz? Julgam você pelo seu desempenho, pela sua importância. Mas Ed acha que todo mundo é mais inteligente do que ele e tem uma idéia mais clara do que está acontecendo. Percebeu que, quer ele se sinta ou não um adulto, é o que ele é agora, aos olhos dos outros."

"Ele sabe que não vai ficar rico!"

"Rico? As coisas para ele não andam. Sua fantasia é se tornar escritor de livros de viagem. Imagine só! Não faz idéia se algum dia vai conseguir viver disso. Não sabe nem se algum dia vai começar. Os amigos estão se estabelecendo. Ele, ao contrário, se levanta de manhã, olha para a própria vida e não sabe nem por onde começar a consertar o estrago."

"Eles falam sobre isso? Conversam?"

"Conversar? Ele reclama que ela não sabe nem se fica com ele. Diz que ela não sabe se o que tem é o melhor para a vida dela. Quer muito ser professora, mas ele não dá nenhum estímulo. Acha que ela é avoada, que só se interessa pelo próprio corpo, que torra dinheiro em terapias de araque e é incapaz de dizer qualquer coisa que tenha alguma substância. Tem um sujeito na parada, mais velho, que é o guia dela e que, diz o Ed, vai guiar ela para longe dele. Imagino que já tenha comido ela."

"Mas ela só está buscando inspiração!"

"É assim que se chama, é?"

"Espere aí", Ann pediu. "Dá para parar um pouquinho? Preciso de um copo d'água."

"Beba água, então!", ele disse. "A vida sexual dos dois não anda muito ativa, mas eles não sabem se não é uma flutuação natural. Se tiverem filhos, vão acabar presos um ao outro para sempre, de um jeito ou de outro. Nenhum dos dois consegue tomar uma decisão! Por um lado, é banal; por outro, é a coisa mais importante da vida deles. Em resumo, estão ficando loucos."

"Mas que vida!", exclamou Ann.

Pelas duas semanas seguintes, Ann e Ed passaram a sair depois do trabalho, algumas vezes juntos, mas, em geral, sozinhos, e só voltavam tarde. Ed começou inclusive a andar pelas ruas ou a fazer hora em bares, para não ter de voltar para casa. Continuou pensando que precisava fazer alguma coisa, que uma mudança significativa era necessária, mas não sabia que mudança era essa. Uma vez, num pub cheio de espelhos, pensou ter visto o Ed do apartamento de cima sentado atrás dele. Julgando ter visto o demônio, levantou-se e saiu correndo, arfando e gesticulando para ninguém. Deu, então, para esparramar seu jornal e se sentar nele à beira de um lago num pequeno parque das redondezas, pensando nos padecimentos que o silêncio era capaz de curar. Mas, num fim de tarde, sob a superfície tranqüila do lago, viu pedaços de seu próprio rosto nadando no escuro, como peças de um quebra-cabeça sendo montado por Deus, e precisou fechar os olhos.

Por mais veemente que fosse o silêncio do lago, isso não significou que os dois tivessem deixado de ouvir Ed e Ann lá em cima, de manhã; nem resolveu o problema dos fins de semana; ou o fato de que tinham prometido convidar Ed e Ann para jantar, algo que precisavam fazer, para que não se tornasse uma obrigação incômoda, jamais saldada.

Enquanto isso, Ed e Ann compravam novas roupas e novos sapatos; Ann cortara o cabelo. Ed começou a fazer exercícios, a fim de mudar a forma do corpo. Uma noite, Ann decidiu que queria um gato, mas que uma tatuagem daria menos trabalho. Um texugo, por exemplo, desenhado na coxa seria uma coisa única, uma marca distintiva.

Ed disse: "Você está indo longe demais, Ann!".

"Você é que não quer me deixar ser diferente!", ela gritou.

"Eles estão deixando você louca! Está pirando."

"E você não?"

"Pronto!", ele disse, olhando para o teto: "Agora ouviram tudo!".

"Estou pouco me lixando", reagiu ela. "Vou convidar os dois para virem aqui, e aí ficamos sabendo!"

Ela tirou uma folha de papel da gaveta, escreveu nela e a levou para o andar de cima, enfiando-a embaixo da porta. Poucos minutos depois, o papel estava de volta, com um agradecimento.

"Mal podem esperar para nos ver", Ann informou, segurando a folha de papel.

No fim de semana seguinte, Ed e Ann deslocaram a mesa para a sala e arrumaram os copos e os talheres; fizeram compras, cozinharam e discutiram tudo juntos. Ambos concordaram em que aquele acontecimento era a provação mais difícil pela qual haviam passado.

Às quinze para as oito, abriram o champanhe e beberam uma taça cada um. Às oito em ponto, bateram na porta.

As duas Anns e os dois Eds se beijaram e se abraçaram. Ed estava com uma aparência saudável — andara nadando bastante. Ann trajava um longo vestido branco colado ao corpo. Estava sem nada por baixo. O vestido era tão apertado que, para se sentar, ela precisava levantá-lo até os joelhos. Mostrou a todos sua nova tatuagem.

Já era tarde, quase manhã, quando o jantar terminou. Ed e Ann haviam ido embora, e Ed e Ann apagavam as velas e tiravam a mesa, quando caíram um em cima do outro e fizeram sexo sobre o tapete, que puxaram para debaixo da mesa.

"Conseguimos. Foi uma noite agradável", disse Ann, ainda deitada ao lado dele.

"É, não foi ruim", Ed concordou.

"Do que você gostou mais?"

"Estou pensando...", ele disse.

"Então, deixa eu passar a mão no seu rosto enquanto você pensa", ela disse.

As duas Anns tinham conversado sobre suas carreiras. O Ed do andar de cima, sentado junto à janela e recostado na cadeira, contemplava a rua escura, desfrutando do pequeno charuto que Ed lhe dera. Ed fizera uma pergunta à qual o outro Ed optara por responder em detalhes, mas apenas na própria mente, embora seus lábios estalassem de vez em quando. Ed ficara observando o vizinho de cima fumar, sua impaciência aquietando-se, tentando descobrir do que gostava e do que não gostava naquele estranho conhecido. Tinha pensado: "Sei que não dá para compreender tudo desse sujeito agora. O que tenho a fazer é olhar para ele, bem de frente, sem desviar os olhos. Se desviar o olhar agora, as coisas vão piorar e provavelmente estarei frito".

Continuou a olhar, com piedade, afeto, curiosidade, era como se os dois estivessem sozinhos agora. E Ed flagrou-se pensando: "Ele não é tão mau. Perdeu a esperança, é só isso. Ainda tem todo o resto, está vivo e não há nada de errado com ele, com ela, com nenhum de nós aqui. Basta perceber isso para ter nas mãos algo valioso".

"E você gostou dela esta noite?", Ann perguntou.

"Gostei", respondeu ele. "Gostei muito."

"Do que você gostou?"

"Da delicadeza, da inteligência, da energia, da alma dela. Do fato de ela ouvir os outros. Ela procura as coisas boas nas pessoas."

"Ótimo", disse Ann. "E o que mais?"

Ed lhe disse mais; e ela disse a ele o que pensava.

Duas semanas depois, numa manhã de sábado, Ann foi até a janela.

"Ed, o furgão está aqui", disse.

"Que bom", ele comentou, juntando-se a ela. "Lá está o violão, o tapete, tudo."

O furgão estava estacionado lá embaixo. Os objetos conhecidos eram agora transportados na direção oposta, pelos mesmos dois homens de antes. O Ed e a Ann do andar de cima tinham desistido do apartamento; iriam passar seis meses no Rio e deixariam suas coisas com os pais. Enquanto estivessem fora, pensariam no que fazer na volta.

Carregado o furgão, Ed e Ann desceram para desejar boa sorte aos vizinhos. Na calçada, os dois casais se despediram, desejando-se tudo de bom, trocando telefones e esperando sinceramente que jamais precisassem se reencontrar.

O apartamento de cima estava vazio de novo. Ed e Ann voltaram para o seu. O silêncio parecia sublime.

"O que a gente faz agora?", perguntou Ann.

"Não sei direito", respondeu ele. "Ah, já sei", completou em seguida.

"O quê?"

Ed estendeu-lhe a mão. No banheiro, ela se despiu e, com um pé na borda da banheira, deixou que ele a contemplasse, antes de se sentar. Ele encheu o jarro nas torneiras da pia, foi até ela e derramou a água pelos cabelos, pelo corpo e pelas pernas dela. Com o rosto levantado, os olhos ávidos e brilhantes, Ann olhava para ele e para a água, que caía como numa cascata.

TCHAU, MÃE

Se você acha difícil lidar com os vivos, os mortos podem ser piores.

Aquilo era o que Gerald, o amigo de Harry, havia dito. A observação não lhe saía da cabeça, em especial naquela manhã, em que se levantara da cama tão cansado e relutante. Era o aniversário da morte de seu pai. Fossem sete ou oito anos, Harry não queria se preocupar. Levaria a Mãe para visitar o túmulo do Pai.

Imaginava se seus próprios filhos, acompanhados talvez da esposa, Alexandra, visitariam seu túmulo. No que as mentes deles o transformariam? O que se tornaria para eles? Jamais os deixaria em paz, isso ele tinha aprendido. Ao contrário do que se podia fazer com os vivos, não havia como se livrar dos mortos.

A mãe de Harry não estava morta, mas o assombrava de duas maneiras: com o passado e no presente. Ele falava com ela diversas vezes ao dia, em sua mente. Naquela manhã, era com a criatura viva que tinha de tratar.

Tinha ficado uma semana sozinho em casa. Alexandra, sua mulher, estava na Tailândia, participando de "oficinas". Quando não fugiam, as duas crianças — um menino e uma menina — estavam no internato.

A noite anterior fora estranha.

Agora, a Mãe esperava por ele, de sobretudo, na porta da casa em que fora criado.

"Está atrasado", ela quase gritou, num tom de voz engraçado.

Ele sabia que ela iria dizer isso.

Deu um tapinha no relógio e disse: "Cheguei na hora".

"Chegou atrasado! Atrasado!"

Ele enfiou o relógio na cara dela: "Não, senhora, olhe aqui".

Para a Mãe, ele estava sempre atrasado. Nunca chegava na hora certa e nunca lhe trazia o que ela precisava, razão pela qual ele nem lhe levara nada.

Ele não gostava de tocá-la, mas forçou-se a se curvar para lhe dar um beijo. Como ela era pequena. Durante anos, fora maior do que ele, é claro; maior do que tudo mais. Na cabeça dele, ela permanecera grande, desalojando uma série de outras coisas.

Se tinha um cheiro bolorento, um pouquinho fedido e azedo, não era apenas o de uma velha senhora, mas, antes, um comunicado geral, talvez, de desleixo interior.

"Vamos indo?", ele disse.

"Espere."

Ela sussurrou alguma coisa. Queria ir ao banheiro.

Arrastou os pés pelo vestíbulo, falando, resmungando e fungando. Uma de suas pernas estava enfaixada. Os ruídos, ele notou, não eram muito diferentes dos que ele produzia ao se deitar.

A casa pequena parecia arrumada, mas ele se lembrava da

Mãe como uma mulher porca. Os armários, copos e talheres tinham manchas e crostas de comida velha.

Ela não dava banho nos filhos com muita freqüência. Ele trocava de cueca e de roupa apenas uma vez por semana. Acabou achando que era normal se sentir sujo. Imaginava se essa teria sido a razão pela qual as outras crianças não gostavam dele e o maltratavam.

Na sala de estar, a televisão estava ligada, como sempre. Ela assistia a uma novela enquanto gravava outra, pondo os capítulos em dia tarde da noite ou de manhã cedo. A Mãe sempre via televisão desde o final da tarde até ir para a cama. Não queria que Harry, o irmão dele ou o próprio marido falassem. Se abriam a boca, ela mandava que se calassem. Nem os queria por perto, na sala. Preferia os rostos na televisão aos da família.

Era viciada.

Ele tinha prazer em desligar a televisão.

Entre aquelas que ele considerava suas outras excentricidades, Alexandra começara fazia pouco tempo a escrever um "diário da minha vida". Antes de Harry sair para o trabalho, ela ficava sentada na cozinha, contemplando os campos e piscando sem parar. Rabiscava em fúria uma página inteira com sua letra inclinada e torta, selecionando coloridas canetas infantis de um estojo de plástico e jogando outras no chão, bem onde podiam derrubá-lo num piscar de olhos.

"Por que você está escrevendo?"

Ele dava a volta na mesa, chutando para longe as canetas letais.

Era o mesmo que perguntar: por que não faz alguma coisa de útil?

"Eu resolvi que quero falar", ela disse. "Contar minha história."

"Que história?"

"A história da minha vida. Sirva ou não para alguma coisa, quero contar essa história, nem que seja só para mim mesma."

"Posso ler?"

"Acho que não." Ela fez uma pausa. "Não."

"O que significa querer falar?", ele perguntou.

"As pessoas querem dizer o que é felicidade para elas. E tem outra coisa: querem se conhecer e que os outros conheçam elas também."

"Sei, sei... Entendi."

"Harry, você tem mais é que entender", ela disse. "Afinal, é jornalista."

"Nós nos atemos aos fatos", retrucou ele, rumando para a porta.

"É isso mesmo?", perguntou ela. "A verdade sobre a vida e a morte?"

Talvez a Mãe estivesse pronta para falar. Podia ser esse o motivo pelo qual o convidara para aquela jornada.

Se pouco absorvera ou expressara durante a vida toda, talvez fosse portentoso o que tinha a dizer.

Ele estava com medo.

Aquele era o seu pior dia desde muito tempo.

Não subiu a escada até os dois quartos pequenos; em vez disso, ficou esperando por ela na porta da frente.

Conhecia cada centímetro da casa, mas tinha esquecido que ela existia como um lugar real, mais do que na condição de um navio naufragado de sua memória.

Era a única casa da rua que não havia sido demolida ou ampliada. A Mãe não quisera barulho ou "preocupação". No final do jardim, continuava lá o abrigo antiaéreo que fora seu "acampamento" quando criança. O banheiro externo, já sem uso, tampouco fora demolido. A cozinha era minúscula. Ele se perguntava como cabiam todos lá dentro. Ficavam demasiado juntos um do outro. Talvez aquela tivesse sido a razão pela qual ele insistira em comprar uma casa grande no campo, para ele e para Alexandra, ainda que a boa distância de Londres.

Supunha que herdaria a casa da Mãe, junto com o irmão. Teriam de fazer uma limpeza, vendendo algumas coisas, pondo fogo em outras, antes de se desvencilhar da propriedade. Precisariam ainda uma última vez remexer nos pertences dos pais e nas próprias lembranças.

Em algum lugar num armário estavam guardadas fotografias dele quando menino, de calça curta e galocha, o rosto contorcido de aflição e medo.

Harry estava contente de ir visitar o túmulo do Pai. Via aquela visita como uma reparação do comentário "estúpido" que fizera não muito tempo antes de ele morrer, um comentário em que ainda pensava.

Ele conduziu a Mãe até o carro.

"Tem estado gelado estes dias, não é?", ela comentou. "E chove sem parar. Por sorte, o tempo hoje clareou para nós. Olhei pela janela de manhã e pensei: Deus vai nos dar um belo dia para um passeio. Tem chovido muito por aqui, você não notou? É bom para o jardim! Mas não faz a gente crescer. Continuamos do mesmo tamanho. Que pena!"

"É verdade."

"Não está chovendo lá onde você mora?" Ela apontou para o gramado maltratado da frente da casa e prosseguiu: "Preciso mandar aparar o jardim. Não consigo ninguém que faça isso. Roubaram todo o dinheiro da velha ali de cima. Uns garotos bateram na porta, dizendo que estavam coletando dinheiro para os cegos. Você não tem de se preocupar com coisas assim...".

"Tenho outras preocupações", disse Harry.

"Sempre tem alguma coisa. Não acaba nunca! A não ser lá, aonde estamos indo!"

Ele ajudou a Mãe a entrar no carro e se curvou sobre ela, para prender o cinto de segurança.

"Eu me sinto presa numa armadilha", ela reclamou. "com esta corda em volta de mim."

"A senhora precisa usar."

Ele abriu a janela.

"Uuu, vou pegar uma corrente de vento", ela disse. "Vai me cortar em duas."

"Vai atravessar a senhora, é?"

"É, vai me atravessar como uma faca."

Ele fechou a janela e tocou no painel.

"Que vento é este?", ela perguntou.

"É o aquecedor."

"Parece um secador de cabelo soprando em cima de mim."

"Vou desligar, então, mas talvez você sinta frio."

"Estou sempre com frio. Meus ossos velhos estão congelados. Não fique velho!"

Ele deu a partida.

Num impulso rápido e assustador, ela jogou a cabeça para trás e se segurou. Seus dedos se cravaram nas laterais do banco. As pernas curtas e os pés inchados enrijeceram-se.

Quando ele era moço, ela só saía de casa de carro em certos períodos do dia, com medo de que acabassem todos mortos por lunáticos bêbados. Ele se lembrou da família sentada na sala, todos já de casaco, olhando para o relógio e para a Mãe, à espera do momento em que ela diria que estava tudo bem para saírem, o momento em que a probabilidade de serem punidos por querer sair era a menor de todas.

Para ele, agora, o motor soava monstruoso. Tinha começado a pegar os medos dela.

"Não vá muito depressa", ela disse.

"Só ando na velocidade permitida."

"Uu, uuu, uuu", ela gemia à medida que o carro avançava.

Insone durante boa parte da noite anterior, Harry pensara que ela estava louca de fato, ou perturbada. Aquela percepção o aliviou.

"Está fora de si", repetia consigo mesmo, andando pela casa.

Então, caiu de joelhos, juntou as palmas das mãos e pronunciou aquele pensamento em voz alta, a todos os deuses e humanos, interessados ou não.

Se ela estava "doente", não era culpa dele. Não tinha de se ajustar a ela nem tentar ver algum sentido no que ela fazia.

Se somente agora chegara àquela conclusão, era porque as pessoas eram como fotografias que levavam anos para serem reveladas.

O elegante Gerald, grande amigo de Harry, tornara-se sir Gerald fazia pouco tempo. Quinze anos antes, tinham trabalhado juntos por um breve período. Por muito tempo, costumavam jogar críquete nos fins de semana.

Gerald se tornara um homem ilustre, um executivo de televisão sempre presente a reuniões de diretoria e que sabia se fazer indispensável por toda parte. Gostava do poder e da política. Podia-se dizer que negociava segredos, ouvindo-os, acumulando-os e passando-os adiante, como moedas de ouro.

Harry considerava-se desimportante demais para Gerald, que, no entanto, ligava a cada seis meses, dizendo que estava na hora de se encontrarem.

Gerald levava Harry para o restaurante que freqüentava, onde havia outras pessoas como ele. Sempre se sentava num nicho a um canto, onde podia ser visto, mas não ouvido. Gostava de dizer tudo que lhe vinha à mente, por mais desconexo que fosse. Harry não imaginava que Gerald fizesse o mesmo na companhia de outras pessoas.

No encontro anterior, Gerald havia dito: "Harry, sou mais velho do que você. Faz sessenta anos que estou vivo. Se você me pedisse uma palavra de sabedoria, eu não teria porra nenhuma a dizer, a não ser que não podemos culpar os outros por nossas desgraças. Mais champanhe? Então, amigão, o que é que anda preocupando você?".

Harry havia contado a Gerald que Alexandra se aproximara de uma hipnotizadora: uma hipnoterapeuta.

"Ela fez o quê?", perguntara Gerald.

"Exatamente o que eu disse."

Gerald não pudera conter o riso.

Harry notou que a Mãe tremia.

A caminho da casa dela, preocupara-o se ela iria gostar do Mercedes novo, que ele chamava de "carruagem de Deus".

O carro, e o que ele significava, não era de nenhum interesse para ela. Seus olhos estavam fechados.

Ele tentava se controlar.

Um ano antes, um amigo dera a ele e a Alexandra ingressos para um show de "hipnose" num teatro londrino. Tinham ido, mas munidos apenas de ceticismo. Ela preferia dramas mais sérios; ele, drama nenhum. Já perdera a conta de quantas vezes dormira em peças de Ibsen. Ainda assim, lembrava-se sempre de uma peça de Ibsen que prendera sua atenção: aquela em que o protagonista conta a verdade às pessoas mais próximas dele, e destrói suas vidas.

O hipnotizador era jovem; sua lengalenga, divertida, reconfortante e confiante. Pessoas da platéia acorriam ao palco, para que ele as hipnotizasse. Encantados pelo animador, dançavam como Elvis, servindo-se de um cabo de vassoura como microfone. Outros punham óculos enormes e ridículos, através dos quais "viam" todo mundo nu.

Terminado o show, ele e Alexandra foram jantar num restaurante italiano em Covent Garden. Ela gostava de ser convidada para sair.

"O que você achou do show?", perguntou ela.

"Foi mais divertido do que uma peça. Por sorte, não me pegaram."

"Pegaram?", ela disse. "Você achou que foi uma farsa? Que todo mundo foi pago para fingir?"

"É claro."

"Ah, eu não achei, não, de jeito nenhum."

Ela não parava de falar sobre o assunto, sobre as "profundezas" da mente, sobre o que havia "por baixo" e podia ser "libertado".

No dia seguinte, Alexandra foi até a cidade e comprou livros sobre hipnose.

Ela o hipnotizava de noite, fazendo-o dormir. Não era difícil. Ele gostava da voz dela.

Harry tinha treze anos quando o Pai bateu o carro. Estavam indo para a praia, onde ficariam num trailer. Ele passara o verão inteiro esperando por aquela viagem. Mas a Mãe não apenas começou a berrar desde o momento em que saíram de casa, como também — ela não dirigia — agarrava o braço do Pai sem parar, chegando mesmo a puxar o volante.

Teve êxito, afinal. Bateram de frente com um furgão que vinha em sentido contrário, passaram duas noites no hospital e precisaram voltar para casa sem ter visto o mar. O rosto de Harry parecia ter sido escavado com uma pá de pedreiro.

Ele olhou de lado para o peito formidável da Mãe, coberto por um suéter branco de gola olímpica. Mais abaixo, entre os seios, pendia um objeto recoberto por uma jóia, parecido com uma metade de um saleiro.

Por fim, ela abriu os olhos e começou a ler as placas de propaganda em voz alta; lia os sinais de trânsito também, as instruções escritas no asfalto e os nomes das lojas. Seu corpo produzia ruídos terríveis, gemendo, pensou ele, como Glenn Gould tocando Bach.

A visita ao túmulo do Pai havia sido idéia dela. "Está na hora de fazermos outra visita", dissera. "Para que ele saiba que não foi esquecido. Vai ouvir chamarem o nome dele."

Mas era como se ela estivesse sendo arrastada para a própria morte.

Se ele não dissesse nada, talvez ela se acalmasse. A criança que ele fora teria ficado alarmada com os pavores dela, mas por que ela não haveria de produzir seus ruídos? O fato, porém, era que sua tagarelice impedia outras manifestações. Ela se assegurava de que não haveria espaço naquele carro para outras palavras.

Harry percebeu o que se passava. Se não podia levar a televisão no carro, ela própria se transformava numa televisão.

* * *

Alexandra se interessava pela história dos alimentos, pelo jardim, pelas crianças, por romances. Cantava no coro local. Recentemente, começara a tirar fotografias e a aprender violoncelo. Atuava ainda como tutora numa escola das proximidades, ajudando as crianças na leitura e na escrita. Contava que não havia explicação para o modo como sofriam de baixa auto-estima. Em parte, o motivo eram as diferenças de "classe", mas ela desconfiava de que havia outras razões, "interiores", para aquilo.

Sua curiosidade pela hipnose não diminuiu.

Uma amiga a apresentou a uma mulher do bairro, uma hipnoterapeuta. "A incrível Olga", Harry a chamava.

"O que ela faz?", ele perguntou, imaginando Alexandra a caminhar de olhos fechados e com os braços estendidos à frente.

"Ela me hipnotiza. De repente, tenho cinco anos e estou nos braços do meu pai. Harry, conversamos sobre as coisas mais estranhas. Ela ouve meus sonhos."

"E para que serve isso?"

Para Harry, contar os próprios sonhos a alguém era o mesmo que ir para a cama com essa pessoa.

"Para que eu me conheça", respondeu ela.

A incrível Olga devia ter contado a Alexandra que Harry acreditava estarem as duas conspirando contra ele.

Ela tocou seu braço e disse: "Seus pensamentos e críticas mais terríveis a respeito de você mesmo: deve ser isso que você pensa que nós dizemos a seu respeito naquela sala".

"É mais ou menos isso", ele admitiu.

"Mas não é verdade", rebateu ela.

"Obrigado. Vocês nem falam sobre mim?"

"Não foi isso que eu disse."

"As pessoas não gostam que falem delas", observou ele.

"Como se não fosse inevitável..."

No trem para o trabalho e de noite, enquanto alimentava os animais, ele pensava naquele assunto. Comentaria com Gerald, na próxima vez que o encontrasse.

Curandeiros, astrólogos, gente que lia folhas de chá, quiromantes, fotógrafos de aura — havia todo tipo de malucos excêntricos desejosos de meter a mão no bolso de pessoas fracas, que queriam saber o que estava acontecendo, atrás de certezas. A incerteza era algo que não podia ser vendido sob a forma de um credo, embora provavelmente fosse a única coisa de algum valor.

O que diria a esse respeito?

Acreditava, de fato, num modo racional de ver o mundo. Esse modo baseava-se na lógica e na ciência. No presente, porém, os "valores iluministas" pareciam em grande descrédito. Isso não significava que não valiam nada. Eram tudo que tínhamos.

"Se você ou uma das crianças ficasse doente, Alexandra...", ele começou a dizer a ela certa noite.

Estava escuro, mas ele acendera as luzes do jardim. Sentados lá fora, tomavam seu sorvete preferido e bebiam champanhe. As árvores dele ensombreciam a casa; os dois filhotes de labrador, um preto e outro branco, estavam sentados a seus pés. Ele podia ver seu bosque na distância, recoberto por um tapete de jacintos azuis na primavera, e a casa na árvore, que restauraria para os netos. O lago, sufocado por lentilhas-d'água, precisava de uma limpeza. Harry estava economizando para construir uma quadra de tênis.

Aquilo tudo era a razão de sua vida, o que construíra com seu trabalho. Não era nem velho nem moço, mas estava na idade em que queria e podia ver o conjunto de sua vida, começo e fim.

"... iria a um médico, não é? E não a um curandeiro."

"Isso mesmo", ela disse. "Iria primeiro a um médico."

"E depois?"

"Depois, a um terapeuta, talvez."
"Um terapeuta? Para quê?"
"Para entender a lógica da coisa..."
"Que lógica?"
"A lógica interior... da doença."
"Por quê?"
"Porque eu sou uma pessoa", explicou ela. "Um todo."
"E tem o controle de tudo?"
"É, alguma coisa em mim é que faz minha vida, quer dizer, meus relacionamentos, serem o que são."

Ele não concordava com aquilo, mas não sabia o que dizer.

Ela prosseguiu: "Existem fontes arcaicas e desconhecidas que quero identificar". E a seguir citou seu terapeuta, ciente de que na faculdade Harry estudara a história das idéias: "Se Whitehead disse que toda a filosofia nada mais é do que notas de pé de página a Platão, Freud, por outro lado, nos ensinou que a maturidade não passa de uma nota de pé de página da infância".

"Se tudo já foi decidido há muito tempo", argumentou ele, "se não existe livre-arbítrio, mas apenas o determinismo da infância, então não adianta pensar que a gente pode fazer alguma coisa."

"A liberdade é possível."
"Como?"
"A liberdade que brota do entendimento."
Harry pensava no assunto.

Seu carro deixara as ruas estreitas dos subúrbios em direção a vias mais largas. De repente, estava num labirinto de ruas novas, funcionando em sistema de mão única e delimitadas por cintilantes prédios de escritórios. Harry passou diversas vezes pela mesma via expressa, ao som da mesma ladainha da Mãe.

Ao sair de casa naquela manhã, estava convencido de que sabia chegar ao cemitério, mas agora, embora reconhecesse uma coisa ou outra, era apenas uma familiaridade passageira e desnorteada. Não circulava por aquela área havia mais de vinte e cinco anos.

A Mãe parecia ter certeza de que ele sabia onde estava. Talvez isso se devesse apenas à confiança que depositava nele. Ela adorava motoristas "cautelosos". Gostava de viajar de ônibus; por alguma razão, motoristas de ônibus, assim como certos médicos, eram confiáveis. Segurança importava mais do que qualquer outra coisa, porque, num mundo inóspito, estava-se sempre em perigo.

Harry não queria parar para perguntar o caminho, e não podia perguntar à Mãe, temeroso de que sua incerteza a tornasse ainda mais febril.

Carros dirigidos por semicriminosos do sul de Londres, tatuados e com as cabeças raspadas, pareciam persegui-los; furgões surgiam voando, provindos de ângulos inesperados. Harry tinha os pés gelados, mas suas mãos suavam.

Se não se controlasse, acabaria se transformando na Mãe.

Não falava com ela fazia quase três meses. Tivera uma discussão com o irmão — haviam quase trocado socos na pequena casa —, e a Mãe, em vez da intervenção autoritária que ele desejara, caíra no choro.

"Eu quero morrer", ela gemera. "Estou pronta!"

Aquela dor forçada o fizera vomitar na sarjeta, em frente à casa.

Quando tornou a erguer a cabeça, viu os rostos dos vizinhos nas janelas: os mesmos, trinta anos mais velhos, que conhecera quando criança.

Decerto, teriam ouvido da Mãe que ele ganhava bem.

Às vezes, Harry sentia orgulho de seu sucesso. Tinha conseguido coisas que os outros queriam.

Trabalhava num telejornal. Ajudava a decidir o que era notícia. Milhões de espectadores assistiam ao jornal. Muitas pessoas acreditavam que as notícias continham o que havia acontecido de mais importante no mundo naquele dia. Para estarem conectados, precisavam delas como de pão e água.

Lembrava-se de como havia sido presunçoso e até hipócrita quando jovem, nos tempos de faculdade. Alguns mergulharam em radicalidade política ou foram para o México; outros saíram em busca de uma atividade criativa. As mulheres se tornaram intensas, de uma inteligência aguda, obcecadas consigo mesmas. De classe média baixa, ele trabalhava duro, preparando seu caminho. Sabia que, no caso dele, a alternativa era a pobreza relativa e o tédio. Aprendera a fazer bem o seu trabalho; durante anos ganhara um bom salário. Calara a boca e agradara aos chefes. Tornara-se ele próprio um chefe; as pessoas tinham medo dele e procuravam adivinhar o que estava pensando.

Preocupava-o o fato de talvez não ser nada, de, por baixo dos cabelos já rareando, ser um "homem oco", nas palavras do poeta que estudara na escola. "Ser descoberto" era como Gerald chamava aquilo, rindo, flagrado como alguém que fizera uma trapaça.

Heather, a filha de Harry, falava em falta de confiança. Ele entendia. Mas de onde podia vir essa confiança, senão de um pai ou mãe que acreditava no filho?

Lá estava ela, ao lado dele, vertiginosa, tagarelando, arranhando o próprio assento de tanto medo, acenando, segurando com a outra mão a fivela solta do cinto de segurança.

Não demorou muito para que Alexandra começasse a chamar aquilo de "trabalho".

O "trabalho" que estava fazendo nela mesma.

O "trabalho" com as canetas de diversas cores.

O "trabalho" de jogá-las no chão, de ser o tipo de pessoa que jogava coisas para os lados, se sentisse vontade de fazê-lo.

"Trabalho", ele disse, algo zombeteiro. "O 'trabalho' de imaginar uma maçã e falar com ela."

"É o trabalho mais importante que já fiz."

"Não vai pagar nem pela limpeza e reconstrução do celeiro."

"E por que isso incomoda tanto?"

O dinheiro era um modo de medir as coisas boas. O valor de um homem tinha de estar relacionado àquilo que ele era capaz de ganhar. Ela jamais se convenceria disso.

O "trabalho" dela era equivalente ao trabalho dele. Não, era mais importante. Ela já começara a dizer que o trabalho dele era antiquado, como os presídios, as escolas, os bancos e a política.

Ela disse: "Imagine o custo e o desperdício de transportar milhares de pessoas de uma região do país a outra por umas poucas horas. Essas coisas continuam porque sempre foram assim, como um mau hábito. São instituições do século XIX, e nós estamos a poucos meses do fim do século XX. As pessoas ainda não encontraram formas mais criativas de fazer as coisas".

Harry pensou nos trens atravessando as pontes sobre o Tâmisa, transportando vagões e vagões de escravos rumo à futilidade.

Nos subúrbios, onde a Mãe ainda morava, a idéia era não pensar em nada; a perplexidade ante a própria experiência era uma forma gratuita de inquietude. O importante não era como as pessoas se sentiam, mas o que faziam e como eram vistas pelos outros.

No entanto, ele sabia que, quando não estava olhando diretamente para si próprio, olhava para ele no mundo. O mundo tinha a cara dele! Se não estávamos presentes para nós mesmos, então estávamos em outro lugar!

Quase todos os homens da rua tinham um barracão iluminado no fundo do jardim ou num terreninho qualquer, onde se recolhiam ao anoitecer. Eram homens cautelosos demais para ir a um pub. Os barracões eram onde se refugiavam das mulheres. Daquelas que não tinham um emprego e, portanto, dispunham de tempo para se incomodar. Era uma espécie de divisão do trabalho: elas carregavam a loucura para os maridos.

"Está tudo bem, Mãe?", Harry perguntou enfim. "Agora melhorou um pouco, não é?"

Tinham escapado da via expressa e retornado às vielas estreitas e travadas do subúrbio.

"Não está tão ruim, meu querido", ela suspirou, passando as costas da mão pela testa. "Ei, cuidado! Dá para olhar aonde você está indo? Tem tráfego por toda parte!"

"O que significa que estamos indo mais devagar."

"Mas passam tão perto!"

"Mãe, ninguém está interessado em morrer."

"É o que você pensa!"

Se a Mãe insistisse em ficar repetindo a mesma coisa, guinchando a todo volume, ele teria perdido a paciência, dado meia-volta, a levado de volta para casa e a largado lá. O que teria sido uma boa idéia. Alexandra estaria de volta no dia seguinte, e ele tinha muito que fazer.

Mas, passados alguns minutos, ela se acalmou e até o ajudou a encontrar o caminho.

Rumavam para o cemitério.

* * *

Era fácil ser esnobe e nada caridoso com os subúrbios, mas o que Harry via agora à sua volta era feio, tedioso e deprimente. Ao menos, ele escapara.

Como a Mãe, porém, que seguia vivendo ali sem nenhuma razão para isso, ele tolerara muita coisa sem necessidade. Nunca se rebelara, menos ainda contra si próprio. Tinha batalhado, até certo ponto — antes de o universo, como a Mãe, se fechar como uma porta na sua cara.

Tinha medo de que Alexandra se apaixonasse por alguma idéia exótica ou pela Tailândia e nunca mais quisesse voltar. A irritabilidade e a indiferença da Mãe o haviam ensinado que as mulheres queriam escapar. Se não conseguiam fugir, odiavam quem as tinha feito ficar.

Havia um casal que Harry e Alexandra conheciam fazia bastante tempo. A mulher lutara durante anos para tornar perfeita a casa deles. Uma tarde, como fazia com freqüência, Harry foi até lá para um chá no jardim. A mulher cultivava flores silvestres; eles tinham um pequeno pavilhão de verão no jardim.

Suspirando, Harry disse ao homem: "Aqui, você tem tudo que poderia querer. Se eu fosse você, nem sairia de casa".

"Não saio", o homem respondeu. "Claro, se as coisas fossem como eu quero", completou de passagem, "não estaríamos morando aqui, e sim na França. O padrão de vida é bem melhor lá."

O homem não notou, mas, ao ouvir aquilo, a mulher se encolhera, como se tivesse levado um tiro. Entrou na casa, fechou as janelas e ficou doente. Era incapaz de satisfazer o marido, aplacar seus anseios. Era impossível, e, sem que ele houvesse pedido a ela que o fizesse, ela se desgastara em tentativas.

Se Alexandra procurava curas era porque não tinha tudo que queria; ele falhara com ela.

Contudo, os conflitos entre os dois, que aconteciam à razão de um por semana e às vezes duravam dias, não eram de todo terríveis. Seus desacordos revelavam mal-entendidos. Às vezes, queriam coisas diferentes, mas apenas no contexto dos dois. Ela estava próxima dos desejos dele, daquilo que era seu âmago. Sempre retornavam um ao outro. Nunca tinha havido um afastamento permanente, como acontecera entre a Mãe e ele.

Às vezes, era um pequeno paraíso.

Nos jornais, ele lia sobre os casos de atores e esportistas. As mulheres os queriam. Parecia fácil.

Havia mulheres atraentes no escritório, mas essas eram requisitadas de imediato. Não o queriam. Não era apenas porque ele parecia mais velho do que era, como lhe informara a esposa. Tinha um aspecto doentio.

O sexo plástico, anônimo e idealizado estava em toda parte; os participantes eram só gente jovem e bonita, como se o desejo fosse território exclusivo dos magros.

Ele não achava que era sexo o que queria. Gostava de acreditar que podia passar sem prazer excessivo, assim como não precisava de drogas. Seguia pensando que os usos do sexo no mundo moderno eram uma espécie de distração. Não parecia ser a coisa importante.

O que era importante? Sabia o que era — a impermanência, o declínio, a morte e o modo como ela influenciava o presente —, só não conseguia encará-lo de fato.

* * *

"Onde está a Alexandra hoje?", a Mãe perguntou. "Achei que ela talvez viesse conosco. Ela nunca quer me ver."

A "loucura" da Mãe não possuía nenhum atrativo para Alexandra; as queixas a entediavam; Alexandra nunca precisara dela.

"Foi para a Tailândia", Harry respondeu. "Mas me manda cartas lindas por fax, todo dia."

Ele explicou que a mulher fora até um centro na Tailândia, por duas semanas, para fazer vários cursos. Haveria oficinas de sonhos, de cura e de "visualização".

"E o que ela está fazendo lá?", a Mãe quis saber.

"Ela me disse no telefone que está na companhia de outras mulheres de meia-idade que usam sandálias, saias brilhantes e têm um queda pela Joni Mitchell. A última notícia que tive foi que ela estava abraçando essas mulheres e participando de rituais na praia."

"Rituais?"

Ele havia dito a Alexandra, quando ela ligou: "Mas você não sabe dançar. Você detesta dançar".

"Eu só danço mal", ela respondera. "E é isso que estou fazendo toda noite."

Dançando mal.

Harry disse à Mãe: "Ela me contou que olhou para cima, e a lua estava sorrindo".

"Sorrindo só para ela?", a Mãe indagou.

"Não me deu detalhes", respondeu Harry.

"E é você quem está pagando?"

Algo protetora, Alexandra sentira necessidade de explicar que não se tratava de infidelidade.

"Não tem nenhum outro homem envolvido nisso", dissera antes de partir, ainda arrumando suas coisas na mochila do filho. "Espero até que não tenha homem nenhum por lá."

Harry olhara para as roupas dela.
"Isto é tudo que você vai levar?"
"Vou confiar na bondade dos outros", ela respondera.
"Vai usar as roupas deles?"
"E por que não?"
Se, como declarara, ela estava "voltando a viver", então era uma infidelidade. Não podia haver traição mais perturbadora do que "mais vida" no momento mesmo em que ele se sentia murchando!

Harry era um homem convencional e vivia uma vida convencional; ele o fazia para que, um dia, ela e, supostamente, as crianças pudessem viver uma vida não convencional. Era um peso morto para ela? Ele tinha medo de perdê-la de vista, enquanto ela acelerava, dançando, para longe.

"Bom, de todo modo", disse a Mãe, "obrigado, Harry, meu querido."

"Por quê?"

"Por me levar até o... até o... do Papai."

Ele sabia que ela era incapaz de dizer "túmulo".

"Não tem problema."

"Outros filhos são bons para as mães."

"Melhores do que eu?"

"Alguns visitam as mães toda semana. Sentam-se com elas durante horas, jogando jogos de tabuleiro. Teve um que pagou um cruzeiro para a mãe."

"No *Titanic*?"

"Que peste que você é! Mas, se não fosse você, eu precisaria tomar três ônibus para ver o Pai."

"Uma pena a senhora não ter aprendido a dirigir."

"Que bom seria se eu tivesse."

Ele ficou surpreso: "É mesmo?".

"Eu poderia ir a toda parte."

"E por que não aprendeu?"

"Ah, não sei dizer agora. Muita coisa para fazer, lavar a roupa, limpar a casa."

"Tem alguma outra coisa que a senhora gostaria que eu fizesse?", ele perguntou.

"Obrigado por perguntar", disse ela. "Tem, sim."

"O que é?"

"Harry, eu quero fazer uma viagem."

Certa manhã, enquanto Alexandra escrevia, ele pensou: "Vou me despedir dela".

Ela foi até a porta, acenar para ele, como sempre fazia quando não o levava de carro até a estação. Disse que achava uma pena que ele tivesse de ir ao escritório — "um lugar daqueles" — todo dia.

"O que tem de errado com o escritório?", ele quis saber.

O edifício era uma garatuja de canos e fios, habitada por ternos escuros contendo seres humanos. O brilho intenso de monitores e televisores não refletia coisa alguma. Nenhum reflexo a caminho da eternidade.

Alguma coisa mudou depois de ela dizer aquilo.

Ele estava no trem, junto com as demais pessoas a caminho do trabalho. A idéia que compartilhavam era razoável, ainda que sufocante: viver sem — ou banir — desordens internas ou externas.

Tentava ler um livro sobre Harold Wilson, o primeiro-ministro da sua juventude. Havia um bocado nele sobre "balanço de pagamentos". Harry procurava se lembrar da roupa que vestia a caminho da escola no dia em que Wilson fizera um determinado discurso. Desejou que ainda tivesse seus cadernos de exercícios e os romances que lera à época. Seria um modo singular de fazer história.

Harry teve de pôr o rosto junto à janela do trem, mas tentou não expirar, temeroso de que sua alma pudesse sair voando do corpo e de que, assim, acabasse por perder tudo que tinha significado para ele.

No trabalho, iria se sentir melhor.

Acreditava no trabalho. Era importante manter um esforço incessante. Fazer, construir — era isso o que integrava o mundo. Era o que se chamava civilização. Do contrário, a mente divagava, como uma criança fujona. Só iria querer saber de prazer, e ninguém faria coisa alguma.

A notícia era informação essencial. Sem ela, o que havia era desinformação e até mesmo falta de instrução. Não se podia ver para onde o mundo estava indo. A notícia chamava a nossa atenção para as vidas das outras pessoas, para as possibilidades e a destrutividade humanas. Era parte do trabalho diário de Harry dar uma olhada nos jornais franceses, alemães, americanos e italianos.

Contudo, uma imagem o assombrava. Ele estava fazendo os exames finais na faculdade, e um garoto da sua classe — um hippie ou punk, de aparência estranha e cabelos desgrenhados — virou a folha da prova, deu uma olhada na pergunta, disse "Bom, acho que não tenho muito o que fazer por aqui hoje" e saiu da sala, cantando "School's out".

Uma bela provocação.

Harry não poderia entrar no escritório e dizer "Não tenho muito o que fazer por aqui hoje" ou "Não aconteceu nada de interessante no mundo"?

Ele se lembrou de seus últimos anos na escola e, depois, na universidade. As outras mães ajudavam os filhos estudantes a se instalar em seus novos quartos, desfazendo malas e fazendo a cama. A Mãe desaparecia dentro dela mesma, não falava nem fazia perguntas. À medida que o tamanho do corpo dela aumentava, seu eu encolhia, um defendendo o outro. Ele duvidava que ela soubesse ao menos os cursos que ele estava fazendo, se tinha se formado ou não, ou mesmo o que era "graduação".

Ela não falava, não escrevia para ele, mal telefonava. Ficava olhando para o brilho da luz, minutos, horas, dias, semanas, anos a fio. A televisão era droga e anestésico, era seu sexo sua conversa seus amigos sua família seu paraíso seu...

A televisão sonhava por ela.

A TV não podia ouvi-la.

Encerrado o "expediente" televisivo, enquanto o Pai ouvia música na cama, ela andava pela casa de camisola e chinelos. Ele não fazia idéia de em que ela estava pensando, a não ser que pensasse sempre a mesma coisa.

Era difícil ligar-se a alguém que só era capaz de se ligar a outra coisa. Uma princesa adormecida que se recusava a acordar.

Harry imaginava se tinha entrado para a televisão apenas para poder ficar diante do rosto dela ao menos parte do tempo.

Riu do próprio pensamento.

"Pare de sacudir assim", ela disse. "Olhe por onde anda."

"Que viagem?", perguntou ele.

"Ah, pois é", ela prosseguiu. "Eu ainda não disse."

A caminho do trabalho, ele começara a sentir que, se falasse com alguém, esse alguém entraria nele; partes da conversa o atormentariam; palavras, pensamentos, pedaços das roupas do interlocutor retornariam como comida não digerida, e ele seria habitado por vermes, moscas e mosquitos. Quando ia a uma reunião ou saía para o almoço, sua pele pinicava e coçava à aproximação de seres humanos. Se pensava "Ora, é só uma irritação de nada", sua mente não lhe dava trégua, como se uma paisagem de pequenas chamas houvesse se acendido não apenas na superfície da pele, mas dentro da própria cabeça.

O cheiro, o funcionamento interno de cada ser humano, a merda, o sangue e o muco boiando num saco de carne, tudo isso o deixava louco. Sentia-se como se estivesse usando os óculos que o hipnotizador dera às pessoas em seu show, mas, em vez de vê-las nuas, via sua fisiologia interna, sua turbulência, sua morte.

Nas reuniões, andava de um lado para outro, deixando a sala e o prédio com freqüência, para poder respirar um pouco. Atrás dos pilares do saguão, estranhos começavam a sussurrar a seu respeito aquele comentário "estúpido", o mesmo que ele fizera em relação ao Pai.

O patrão disse a ele: "Harry, você mal se agüenta em pé. Vá ao médico".

O médico o informou de que havia drogas capazes de remover num piscar de olhos aquele tipo de sofrimento humano radical.

Harry mostrou a receita a Alexandra. Ela era contra o remédio. Nem sequer bebia leite, em razão de toda a "química" que havia nele.

"Estou sofrendo", ele disse a ela.

"Esse sofrimento... é o seu sofrimento. É você. É sua vida se desdobrando", ela respondeu.

Foram a uma festa ao ar livre. A abençoada hipnoterapeuta estaria lá. Seria como conhecer a melhor amiga de alguém. Ele poderia ver o que Alexandra queria ser, com quem ela achava que se parecia.

Harry viu a incrível Olga no gramado do jardim. Ela usava óculos. Se lembrava um pouco uma hippie, era porque seus cabelos escorriam pelas costas como os de uma menina, mas com listras grisalhas.

Alexandra copiara aquele penteado, Harry notou. Tinha cabelos compridos agora, o que lhe dava um aspecto um pouco selvagem — diferente, por certo, das esposas bem-arrumadinhas dos colegas dele.

A hipnoterapeuta era impressionante, muito segura de si. Harry queria enfrentá-la, perguntar o que ela estava fazendo com sua esposa, mas temia que respondesse algo humilhante ou que o olhasse nos olhos e o visse como ele era. Seria como o olhar de um policial. Revelaria todos os crimes da vergonha e do desejo.

Harry não gostava que Alexandra saísse porque sabia não existir como objeto permanente na mente de uma mulher. No momento em que deixava a sala, as mulheres o esqueciam. Pensariam em outras coisas e em outros homens, melhores do que ele em tudo. Ele era um vazio. Aquilo não era o que as revistas femininas que sua filha Heather lia chamavam de baixa auto-estima. Era ser apagado, aniquilado, transformado em nada por uma mulher para quem ele era um aborrecimento.

Às vezes, ele e Alexandra tinham de ir a jantares enfadonhos com colegas de trabalho.

"Eu sempre tenho de me sentar ao lado das esposas", reclamou ele, sentando-se na cama para calçar os pesados sapatos pretos. "Elas nunca dizem nada que eu não tenha ouvido antes."

"Se você se dignar a falar e a ouvir", rebateu ela, "as esposas é que são interessantes. Elas sempre têm mais a oferecer do que os maridos."

"Esse tipo de atitude me dá raiva", disse ele. "Parece inteligente, mas é preconceito."

"As mulheres têm vida mais rica."

"Mais rica em quê?"

"Em emoção, em variedade, em sentimento. Elas estão mais próximas do coração das coisas: mais perto das crianças, delas próprias, de seus maridos e do modo como o mundo funciona de fato."

"O dinheiro e a política movem o mundo."

"São só a matéria de capa", ela contestou. "O que está por cima, a superfície."

Ele era chato. Chateava até a si próprio.

Alexandra o fazia pensar em por que estava com ele, no que ele tinha a oferecer.

Quando ele voltava da escola, transbordante de notícias, a Mãe nunca queria saber. "Quieto. Silêncio!", ela dizia. "Estou vendo televisão."

Gerald lhe dissera: "Mesmo aos cinqüenta anos, ainda esperamos que mamãe e papai sejam perfeitos, mas sempre vão ser só o que são".

Era criancice culpar a Mãe por aquilo que ele era agora. Mas, se não entendesse o que tinha acontecido, nunca se livraria do ressentimento e não poderia ir adiante.

Entender? Não conseguia nem ver o passado! Vivia dentro desse passado, mas como os homens primitivos: quase totalmente ignorante do que tinha à sua volta e tentando influenciá-lo por intermédio da magia — não conseguia distinguir coisa alguma no escuro!

Gerald dissera: "As crianças têm uma expectativa muito alta!".

Muito alta! Afeto, atenção, amor — ser querido! Como aquilo podia ser uma expectativa muito alta?

No dia do casamento, Harry não previra que sua vida com Alexandra se tornaria mais complicada e mais interessante com o passar do tempo. Ainda não tinha se tornado tediosa nem se exaurido; nem sequer se transformara numa rotina. Ele vivia a vida que seus amigos da faculdade teriam desprezado, porque não era nada aventurosa. E, no entanto, a cada dia ela era estranha, incomum, assustadora.

Sempre quisera uma mulher dedicada a ele, e durante os anos todos em que Alexandra fora exatamente isso, ele se recusara a notar. Agora, não era mais; as coisas tinham se tornado mais animadas, era maior o "agito", como seu filho gostava de dizer.

Alexandra ardia em seu rosto, dia após dia.

A Mãe, porém, não mudara. Preocupava-se demais para exibir alguma criatividade. Assim sendo, ele não estava acostumado a mudanças numa mulher.

Na noite anterior...

Ele se vira revirando as roupas de Alexandra, as cartas, os livros, a maquiagem. Não lera nada e mal tocara nos pertences dela.

Lera num jornal que uma personalidade pública tinha feito viagens de trem com uma câmera escondida no fundo da mala, a fim de espiar entre as saias das mulheres, suas pernas e roupas de baixo. O homem dissera: "Queria me sentir próximo delas".

Quando se trata de amor, somos todos espreitadores.

Na noite anterior, Harry verificara a casa, o jardim e a propriedade. Alimentara os cães, o cavalo de Heather, o porco e as galinhas.

Alexandra mantinha um gravador num dos celeiros em ruínas. Ele a tinha visto dançar na ponta dos pés, a saia esvoaçante, cantando. Lembrava-se de um dos versos: *I saw you dancing in the gym, you both kicked off your shoes...**

---

* "Eu vi vocês dançando no ginásio, os dois tirando os sapatos..." Versos de "American pie", de Don McLean. (N. T.)

Numa velha mesa ficavam as páginas de escritos; esparramadas ao lado delas, as fotografias que ela andara tirando para ilustrar as histórias.

"Se uma história fala em telefone", explicara ela, "tiro uma foto de um telefone e ponho ao lado do parágrafo correspondente."

No celeiro em ruínas, Harry pôs uma fita cassete e dançou, se se podia chamar de dança aquele seu sacolejar artrítico, de pijama e galochas.

Era por isso que se sentia travado naquela manhã.

"Existe um mundo real", afirmou Richard Dawkins, o cientista.

Harry repetia aquilo consigo mesmo; depois, dissera-o a Alexandra, como um antídoto para os sonhos vaporosos da mulher.

Ela rira e dissera: "Talvez exista mesmo um mundo real. Mas não tem ninguém vivendo nele".

Era inevitável: estavam se aproximando do cemitério, um adro, e um sentimento de pavor tomou conta de Harry.

"Nunca vi você tão agitado", disse a Mãe, voltando-se para ele.

"Eu? Agitado?"

"É, está tremendo feito vara verde. De quem mais você pensa que estou falando?"

"Não, não é isso", respondeu Harry. "É que tenho um monte de coisas para pensar."

"Está com algum problema?"

Alexandra pedira muito que ele não tomasse remédio. Prometera ajudá-lo. Tinha ido embora. Ele nunca estivera tão perto do "estranho" em sua vida.

Mas era tarde demais para fazer confidências à Mãe. Tinha decidido o que pensava dela anos antes.

A Mãe detestava cozinhar, manter a casa arrumada e cuidar do jardim. Detestava ter filhos. Exigiam demasiado dela. Não percebeu como crianças precisavam de pouca coisa.
Harry lembrou-se dela indo às compras no sábado, carregando os pacotes pesados para casa e cozinhando o assado no domingo. A comida medonha não o incomodava; a total ausência de alegria que acompanhava aquele ritual fútil, sim. Não era um almoço que começava esperançoso: já começava errado. A pena que ela o fazia sentir dela própria era, naquela idade, demais para ele.
Ela não se permitia ter prazer em nada, e não podia fugir.

Se ele construíra uma família decente, aquilo se devia ao fato de Alexandra sempre ter acreditado numa família; toda a felicidade que ele experimentara havia sido com ela e com os filhos. Ela tocara a vida deles, a casa e o jardim, com planejamento, energia e precisão. Vida e sentido se haviam criado porque ela jamais duvidara do valor do que estavam fazendo. Era amor.
Se havia alguma angústia em relação à "família", era porque as pessoas sabiam ser ali que estavam as coisas boas. Ele entendia que a felicidade não acontecia por si só; fazer uma família funcionar era tão difícil quanto administrar uma empresa bem-sucedida ou ser um artista. Para ele, aquilo tudo possuía valor dobrado, porque ele tivera de descobrir sozinho quanto valia. E, sabe-se lá como, fora sensato e quisera o mesmo que Alexandra queria.
Ela os mantivera juntos e os empurrara para a frente.

Ele a amava por isso.

E agora, isso já não era o bastante para ela.

"Não seria bom comprar algumas flores?", ele perguntou.

"Seria adorável", disse a Mãe. "Vamos fazer isso."

Pararam num posto de gasolina e escolheram algumas.

"Ele teria adorado estas cores", disse ela.

"Era um bom homem", Harry murmurou.

"Ah, sim, com certeza! Você tem saudade dele?"

"Eu gostaria de poder falar com ele."

"Falo com ele o tempo todo", ela disse.

Harry estacionou o carro. Os dois atravessaram os portões.

O cemitério estava cheio como uma via pública, mais parecia um parque do que um campo-santo. Mulheres empurravam carrinhos de bebê, crianças de escola fumavam nos bancos, cachorros faziam xixi nas lápides.

O Pai tinha um cantinho de primeira onde apodrecer, lá no fundo, junto da cerca.

A Mãe depositou suas flores no túmulo.

"Quer se ajoelhar, Mãe?", Harry perguntou. "Pode usar meu casaco."

"Obrigado, querido, mas nunca mais conseguiria me levantar."

Ela baixou a cabeça, rezou e chorou, as lágrimas caindo sobre o túmulo.

Harry caminhava por perto, chorando e murmurando sua própria prece: "Pelo menos me faça estar vivo quando eu morrer!".

O Pai teria ficado contente com a visita dos dois.

"Morrer não é coisa que se pode deixar para o último minuto", pensou Harry.

Ele também era como o velho. Tinha de se lembrar disso. O fato de ter sido empurrado para duas direções diferentes o salvara.

Harry se afastou da Mãe e fumou um cigarro.

Sem sombra de dúvida, o patrão lhe dissera para "descansar". Havia dito: "Para ser franco, você está criando um clima ruim no escritório".

Heather, a filha de catorze anos de Harry, tinha fugido do internato. De volta das lojas, dois dias após a partida de Alexandra para a Tailândia, ele a encontrou sentada na cozinha.

"Oi, pai", ela disse.

"Heather, que surpresa!"

"Não tem problema?", perguntou ela, parecendo apreensiva.

"Está tudo bem", disse ele.

Passaram o dia juntos. Ele não perguntou o que ela estava fazendo ali.

Harry se dava bem com o menino, que, no momento, parecia venerá-lo. Gerald disse que ele iria entendê-lo por mais uns dois anos, até o garoto fazer catorze, e depois, nunca mais.

Em relação a Heather, sentia pena e culpa por uma série de coisas. Se refletia um pouco sobre o assunto, podia ver que os maus humores, os medos e as infelicidades dela — o que se chamava "adolescência" — eram o luto prolongado pela infância perdida.

Depois do almoço, como Heather permanecesse sentada ali, olhando para ele, Harry enfim disse: "Você está querendo me perguntar alguma coisa?".

"Estou", ela disse. "O que é um homem?"

"Como?"

"O que é um homem?"

"É essa a pergunta?"
Ela fez que sim.
O que é um homem?
Ela não havia perguntado "O que é sexo?". Nem "Quem sou eu?". Ou nem mesmo "O que estou fazendo aqui, nesta cozinha, neste mundo?". E sim "O que é um homem?".
Heather cozinhou para ele. Sentaram-se lado a lado na sala de estar e ouviram uma sinfonia.
Ele queria conhecê-la.
Levara algum tempo até ele perceber — a gritaria das feministas o tornara resistente a esta percepção — que os pais haviam sido separados dos filhos pelo trabalho, embora tivessem sido contemplados com o consolo do poder. Também as mulheres haviam sido apartadas de coisas importantes. Era uma divisão que ele tinha na cabeça, em algum lugar, como ponto pacífico, tinha sido assim a vida inteira.

Sua família era de classe média baixa; o pai fora proprietário de uma loja de móveis. A vida toda, trabalhara o dia inteiro e progredira. No fim, tinha duas lojas de móveis. Trabalhavam com carpetes também.
Harry e o irmão ajudavam nas lojas.

Havia sido nas férias da faculdade que Harry acompanhara o Pai no trem até Harley Street, a rua das clínicas particulares. O Pai estava aposentado. Procurava ajuda para sua depressão.
"Ando me sentindo muito deprimido o tempo todo", ele disse. "Não estou bem."
Sentados na sala de espera, o Pai comentou sobre o médico: "Ele é o melhor".

"Como é que o senhor sabe?"

"Olha lá o diploma. Não consigo ler a letra enfeitada daqui, mas espero que esteja assinado."

"Está."

"Sua vista está boa, então", disse o Pai. "Esse sujeito vai me transformar num Fred Astaire."

O Pai sorria, cheio de esperança pela primeira vez em muitas semanas.

"Qual o problema, meu senhor?", perguntou o médico, um homem habilitado a melhorar os outros.

Ouviu então do Pai um relato conciso e premente sobre escuridão interior e colapso espiritual, depois murmurou: "A vida não tem sentido, hein?".

"Tem o sentido errado", respondeu o Pai, cuidadoso.

"Tem o sentido errado", repetiu o médico.

E, em seguida, rabiscou uma receita de tranqüilizantes. A consulta mal durara meia hora.

Ao saírem, Harry não quis observar que a última coisa que se podia esperar de tranqüilizantes era que fizessem alguém feliz.

Estava perplexo e achava engraçado o Pai sair em busca de felicidade. Parecia um pouco tarde para tanto. O que ele esperava? Por que não podia se contentar com uma velhice benevolente e tranqüila? Não era o que ele próprio, Harry, teria feito?

Aquilo era tomar o partido da Mãe. A visão profunda e sábia das coisas. A felicidade era impossível, indesejável até, uma distração desnecessária em relação à mais dura, longa e séria infelicidade. A Mãe jamais se deixaria afastar do sofrimento que a recobria como uma mortalha.

Em sua vida, Harry escolhia as coisas mais insípidas — de propósito, a princípio, como se quisesse ver como era ser a Mãe. Depois, tornou-se um hábito. Por que escolhera aquele caminho, e não o do Pai?

* * *

Sua filha, Heather, sempre fora enjoada com comida. Aos treze anos de idade, se sentava à mesa com a cabeça baixa, os talheres pendendo frouxos dos dedos, observada pela mãe, pelo irmão e pelo pai. Ia conseguir comer ou não?

Harry era incapaz de suportar aquele "domínio sobre a mesa" que ela exercia, remexendo sua comida, empurrando-a em volta do prato e fazendo caretas, antes de anunciar que não conseguiria comer. Aquilo o repugnava. Se a pressionava a comer, Heather chorava.

Ele viu que as pessoas que mais odiamos não são as mais terríveis, mas aquelas que nos confundem mais. Seu poder se fora; acabou-se sua compaixão. Ele zombava dela e a humilhava. Era capaz de ter matado aquela garotinha que se recusava a pôr um pedaço de pão na boca.

Para sua própria vergonha, Harry a impedira de comer com o restante da família. Ordenou que ela fizesse as refeições antes ou depois de todos, mas não na presença dele, da mãe e do irmão.

Alexandra dissera que, se Heather não podia comer com eles, tampouco ela se sentaria à mesa.

Harry começou a fazer suas refeições sozinho, em outra sala, com um jornal na frente do rosto.

Alexandra fora incansável com Heather, cozinhando inúmeros pratos, até que ela enfim comesse alguma coisa. Harry ficou com ciúme. Como a Mãe nunca tivera paciência com ele, agora queria que Alexandra lhe dissesse se estava bem agasalhado, a que hora devia ir se deitar, o que ler no trem.

Talvez aquele fosse o motivo pelo qual Heather quisera ir para um internato.

Seu ressentimento em relação a ela tinha sido profundo. Passara a tratá-la com cautela. Era mais fácil afastar-se, não se meter. Se ela precisasse dele, podia procurá-lo.

Estabelecera-se uma distância. Ele compreendeu que toda uma vida podia se passar daquele jeito.

O Pai, sempre um homem ativo e prático, tomara os tranqüilizantes por uns poucos dias. Sentado no sofá ao lado da Mãe, esperando se sentir melhor, era como se tivesse levado uma marretada na cabeça. Por fim, jogou fora os comprimidos e retomou a peregrinação por Harley Street. Se estamos doentes, procuramos um médico. Num mundo laico, onde mais procurar o conhecimento libertador?

Foi então que Harry fez seu comentário estúpido.

Estavam deixando mais uma clínica solene, mórbida, com suas madeiras escuras, seus couros rangentes e diplomas com letras góticas. Depois de tanto contar sua história de desespero e do sentido errado da vida, o Pai a aprimorara. Harry voltou-se para o médico e disse: "Não existe cura para a vida!".

"É isso mesmo", respondeu o doutor, sacudindo sua caneta.

Então, sob os olhos do pai, o médico piscou.

Não existe cura para a vida!

Enquanto o Pai fazia o cheque, Harry pôde ver que ele tremia de raiva.

"De agora em diante, mantenha essa sua boca fechada!", disse ele, já na rua. "Quem pediu essa sua opinião idiota? Não existe cura! Você está dizendo que não tenho cura?"

"Não, não..."

"E o que você sabe? Não sabe nada!"

"Só quis dizer..."

O Pai o segurava pelas lapelas do paletó. "Você sabe por que nunca saímos daquela casa pequena?"

"Por que o senhor não saiu? Do que está falando?"

"O dinheiro se foi todo na sua boa escola! Eu queria que

você se educasse, mas se tornou um idiota sarcástico e espertinho!"

Na visita seguinte ao médico, o irmão de Harry foi designado para acompanhar o Pai.

Harry tinha um colega que passava seu horário de almoço no pub, e era com ele que discutia o "problema" de como se entender com as mulheres. Um dia, o colega anunciou que tinha descoberto a "solução".

Submissão, essa era a resposta. O que se tinha de fazer era concordar com o que a mulher queria. Desse modo, não tinha como haver conflito.

Para Harry, aquilo soou como uma receita para a fúria e o assassinato, mas ele não a descartou. Em certo sentido, não tinha ele próprio — como toda criança — se submetido à visão que sua mãe tinha das coisas? Aquilo não lhe consumira boa parte do espírito, deixando-o frustrado? Ele não agia de acordo com seu espírito, e sim como um escravo; em seu íntimo, o espírito, ainda vivo, odiava.

"Harry! Harry!", chamou a Mãe. "Pronto, vamos embora."
Ele caminhou pela grama até ela. A Mãe guardou o lenço na bolsa.
"Está certo, Mãe", respondeu. "Nem vale a pena ir para casa agora", acrescentou.
"É, meu querido. Um lugar adorável. Talvez você seja bonzinho e me ponha aqui também. Não que eu vá me importar."
"É...", disse ele.

No dia em que foi ver o médico, o Pai se lembrou de como já havia amado na vida. Queria de volta aquela capacidade de amar. Sem ela, a vida era um exílio gélido.

A Mãe não podia se permitir lembrar-se do que amava. Ela não queria esquecer apenas as coisas desagradáveis, mas qualquer coisa que pudesse lembrá-la de que estava viva. Uma coisa boa podia estar vinculada a outras. Poderia haver uma inundação da mais perturbadora felicidade.

Antes que o Pai o proibisse de acompanhá-lo ao médico, Harry percebeu pela primeira vez que o Pai pensava por si mesmo. Pensava sobre homens e mulheres, sobre política e o sistema de transporte público de Londres, sobre corridas de cavalos e críquete, e sobre como as pessoas deveriam viver.

Contudo, o Pai nunca lia coisa alguma além de jornais. Harry se lembrou do pai ignorante e desprezado de *Filhos e amantes*.

Ele, por sua vez, acreditara demais nas pessoas mais bem-educadas. Acreditara que a verdade estava em certos livros ou com os pensadores em voga. Nunca lhe ocorrera que as pessoas podiam — deviam — pensar as coisas por si mesmas.

Quem era ele para fazer aquilo? O Pai pagara por sua educação, e, no entanto, ela não lhe dera nenhuma base consistente; nada lhe restara que pudesse auxiliá-lo a compreender o que estava acontecendo.

Era um jornalista, seguia os outros — com juízo crítico, por certo. Mas servia os outros, punha-os em primeiro lugar.

A televisão e os jornais aborreciam Alexandra, que se referia a ambos como "ruído". Certa vez, ela lhe dissera: "Você prefere ler um jornal do que ter seus próprios pensamentos".

Ele e a Mãe caminhavam de volta para o carro.

Ela nunca o tocara, segurara ou se curvara para beijá-lo; o corpo dela era tão inacessível a ele quanto, provavelmente, a ela própria. Agora, tomara seu braço. Ele julgou que ela pretendia se apoiar nele, mas a Mãe caminhava com firmeza. Talvez fosse afeto.

Uma tarde, Alexandra voltara da hipnoterapeuta e desempacotava as compras na mesa da cozinha quando Harry lhe perguntou: "O que disse hoje a incrível Olga?".

"Ela me falou sobre o que leva a gente a fazer as coisas, sobre motivação", respondeu ela.

"E o que é, segundo a incrível Olga? Interesse pessoal?"

"A paixão", disse ela. "O que impele a gente a agir é o amor."

"Merda", disse Harry.

No dia em que Heather fugiu, depois de os dois terem comido e ouvido música, ela quis assistir a um filme que alguém na escola lhe emprestara. Sentou-se no chão de pijama, chupando o dedão e calçando seus chinelos do Pernalonga. Queria que seu pai se sentasse com ela, como nos tempos de criança, quando ela agarrava o queixo dele e o girava para onde quisesse.

O filme era *O piano* e, para Harry, seu desenrolar não parecia torná-lo mais claro. Quando fizeram uma pausa para ir buscar alguma coisa para beber e beliscar, ela disse que entender o filme não era importante, e acrescentou: "Principalmente se a gente não anda se sentindo muito bem nos últimos tempos".

"Quem não anda se sentindo bem?", ele perguntou. "Você está falando de mim?"

"Talvez", disse ela. "Qualquer pessoa, mas talvez você."

Heather estava preocupada com ele; viera até ali para cuidar dele.

Ele sabia que, mais tarde, ela havia se levantado algumas vezes para assistir ao filme. Perguntava-se se ela tinha passado a noite em claro.

De manhã, ao ver como a filha estava nervosa, ele disse: "Eu não me importo se você não quiser voltar para a escola".

"Mas você sempre enfatizou a 'importância da educação'."

Heather imitou-o, e muito bem, ao dizê-lo. Os três o imitavam, mostrando-lhe como ele era tolo.

Harry foi em frente — um tanto desanimado, pensou —, mas, ainda assim, em frente.

"Há tanta deseducação por aí."

"O quê?", ela pareceu se espantar.

"Não é a informação em si, em geral inofensiva", prosseguiu ele. "São as idéias por trás da informação, que têm tanta força — a força do que chamam de 'bom senso'."

Ela estava ouvindo, e nunca ouvia.

Podia entender o que quisesse. Importante era a incerteza dele. Por que fingir que tinha opiniões bem ponderadas, definitivas acerca de tudo? Conhecia os políticos: o que não podiam revelar era sua ignorância, sua perplexidade, o processo de hesitação intelectual. A dúvida dele era, portanto, uma espécie de dádiva.

"Idéias sobre cultura, sobre o casamento, sobre educação, morte... A gente herda todo tipo de idéias preconcebidas e leva anos para corrigir tudo isso. Quanto menos, melhor, é o que eu digo. Levei anos para corrigir algumas das coisas em que me fizeram acreditar desde muito cedo."

Ele estava impressionado com a impressão que causara nela.

"Vou voltar para a escola", ela disse. "Acho que devo, pela Mãe."

Antes de Harry levá-la à estação, Heather se sentou onde a mãe se sentava, à mesa, escrevendo num caderno.

* * *

Ele tinha de admitir que, nos últimos tempos, andara frustrado e agressivo com Alexandra, com raiva por não poder controlá-la ou compreendê-la. As mudanças da mulher o deprimiam; ela o estava deixando.

Alexandra quase nunca mencionava a mãe dele, nem Harry falava a sério sobre ela, por medo, talvez, da raiva, ou da memória dessa raiva, que isso evocaria nele próprio. Mas, depois de uma briga por causa da Olga, Alexandra disse: "Lembre-se disto. As outras pessoas não são a sua mãe. Você não precisa gritar com elas para ter certeza de que estão prestando atenção. Elas não estão semimortas nem são surdas. Você está se desgastando, Harry, tentando nos forçar a fazer o que já estamos fazendo".

Alexandra tinha as qualidades que a Mãe nunca tivera. Ao menos, ele não tinha cometido o erro de escolher alguém como sua mãe, de viver para sempre com a mesma pessoa sem nem o saber.

O estranho, porém, era que o incomodasse sobretudo o que Alexandra não tinha em comum com a Mãe.

Ele achava que um homem era alguém que devia saber, de quem se esperava que soubesse. Alguém que sabia o que estava acontecendo, que tinha claro para onde estavam indo, individualmente e também como uma família. A sanidade era uma responsabilidade e tanto.

"Por que você fugiu do internato?", ele enfim perguntou a Heather.

Tapando os ouvidos com as mãos, ela respondeu que não

conseguia tirar certas canções da cabeça. Letras e melodias circulavam por ela num moto-contínuo. Aquilo a levara para casa e para o Pai.

"E esses ruídos são menos dolorosos aqui?", ele perguntou.

"São."

Harry teria descartado aquilo como uma loucura sem importância, não tivesse ele, naquela mesma tarde...

Ele havia sido instruído a descansar, e era o que iria fazer, depois de anos de trabalho. Fora até o jardim para se deitar na grama sob as árvores. Lá, no fundo fresco do pomar, com um copo de vinho a seu lado, a mente de Harry fora tomada por imagens brutais de crimes violentos, pessoas lutando e devorando os corpos umas das outras, imagens de destruição e da polícia; de empalações, queimaduras e cortes.

A infância havia sido assim, por vezes: o ódio e o desejo de morder, matar, chutar.

Conseguira permanecer deitado ali por vinte minutos apenas. Depois disso, pusera-se a caminhar, sacudindo a cabeça para expulsar dela aquela insanidade.

Um modo melhor de apresentar as notícias poderia ser o seguinte: uma mulher gritando, pingando sangue e tripas, segurando o cadáver esfolado de um animal. Uma criança rasgada; braçadas de infantes eviscerados; pedaços mastigados de um corpo.

Aquela seria uma imagem que, se mantida na tela por cerca de uma hora, não apenas chocaria, como também compeliria a uma reflexão sobre a natureza da humanidade.

Ele correra para dentro de casa e ligara a televisão.

Se parecia saber tanto sobre sua própria mente quanto sabia acerca da governabilidade em Zâmbia, como poderia a mente da filha não parecer estranha a ela própria?

Não havia um juízo final, um dia em que a vida das pessoas seria avaliada, o bom e o ruim em pilhas separadas. Aquele dia era todo dia.

Alexandra o estava educando; uma pedagogia do ajuste e da força. Aqueles eram os desafios da vida de um homem. Ele estava em frangalhos. A alternativa era não apenas morrer fraco, mas a autodestruição furiosa, porque as perguntas que estavam sendo feitas eram difíceis demais.

Se ele e Alexandra fossem ficar juntos, ele precisaria mudar. Se não conseguisse acompanhá-la, teria de mudar mais ainda.

Uma vida melhor só era possível se ele abandonasse as experiências conhecidas em favor da sedução do desconhecido. A certeza seria uma catástrofe.

Na noite anterior, Alexandra ligara para ele do celular. Ele achou que o ruído crepitante ao fundo era do telefone, mas era o mar. Ela saíra da taverna e estava caminhando pela praia, atrás de um grupo de mulheres.

"Tomei uma decisão", ela disse de imediato, como se em êxtase.

"Que decisão, Alexandra?"

"Ficou claro para mim, Harry! Minha razão, por assim dizer. Vou trabalhar com o inconsciente."

"Na Tailândia?"

"Não, em casa, em Kent."

"Bom, acho que o inconsciente pode ser encontrado em toda parte."

"O modo como conhecemos os outros. O que conseguimos entender de suas mentes. É isso que me interessa. Quando eu terminar meu treinamento, as pessoas vão aparecer..."

"Onde? Onde?", ele não conseguia ouvi-la.

"Em casa. Vamos precisar construir uma sala, acho. Tudo bem para você?"

"Como você quiser."

"Eu recupero o dinheiro."

"Que tipo de trabalho vai ser?", ele perguntou.

"Trabalho com pessoas, individualmente e em grupos, durante a tarde e à noite, ajudando-as a entender o que vai pela cabeça. Ou seja, uma espécie de treinamento para a descoberta de possibilidades."

"Ótimo."

"Mesmo? É um trabalho estranho para você, eu sei. Hoje, ainda hoje — imagine você, um punhado de adultos —, nós ficamos conversando com maçãs imaginárias!"

"Bom, acho que não seria o mesmo se fossem bananas!", ele disse. "Mas vou estar com você, do seu lado, sempre... onde quer que você esteja!"

Harry tivera indicações daquilo. Havia ocorrido uma discussão.

Perguntara a ela: "Por que você quer ajudar os outros?".

"Não tem nada que ache tão interessante."

"Vai ficar ouvindo gente falando sem parar, todo dia."

"Depois de um tempo, o autoconhecimento vai fazer com que essa gente mude."

"Nunca vi uma mudança dessas, em ninguém."

"Nunca viu?"

"Não acredito que tenha visto", dissera ele.

"Nunca viu?"

Agitado, ele perguntara: "Por que você fica repetindo isso como um papagaio?". Ela o encarara, firme. Ele fora em frente: "Me diga quando e onde você já viu isso acontecer!".

"Você está muito interessado."

"Seria uma coisa notável", dissera ele. "É por isso que estou interessado."

"As pessoas são notáveis. Encontram tantos recursos dentro de si próprias que nunca foram usados, que poderiam se perder."

"É daquela mulher 'incrível' que você tira essas idéias?"

"Claro que ela e eu conversamos. Mas você está dizendo que não penso por mim mesma?"

"Você está falando de uma mudança radical?", ele perguntara.

"Estou."

"Bom, não sei, não", dissera ele. "Mas não estou dizendo que é impossível."

"Já é alguma coisa", ela sorrira. "É um bocado."

Ele quisera dizer a Heather que a clareza não iluminava: mantinha o mundo distante. Uma pessoa precisava de confusão e de desordem — uns bons nós, difíceis de desatar, e frustrações úteis. Aí, então, podia arregaçar as mangas e trabalhar.

Harry pôs a Mãe no carro e deu a partida.

Ela disse: "Normalmente, eu me deito e tampo os olhos a esta hora. Você não vai me manter acordada, vai?".

"Só se a senhora quiser comer alguma coisa. Quer?"

"É uma boa idéia. Estou morrendo de fome. Minha barriga está roncando. Roncando!"

"Vamos lá."

No carro, ele murmurou: "Você foi horrível comigo".

"Ah, foi tão terrível assim?", ela gritou. "Eu só pus você no mundo, alimentei, vesti e criei você direitinho, não foi? Nunca chegou atrasado na escola!"

"O quê? Você não via a hora de a gente sair de casa!"

"E você não se saiu melhor do que os outros garotos? Hoje, eles são encanadores. As pessoas dariam as duas pernas para ter a vida que você tem!"

"Não foi o bastante."

"Nunca é, não é mesmo? Nunca foi! Nunca é!"

Ele continuou: "Se eu fosse você e parasse um pouco para pensar na minha vida, teria vergonha".

"Teria, é?", retrucou ela. "E você sempre foi tão maravilhoso, não é, seu cretininho miserável?"

"Vá se foder", ele disse à Mãe. "Não me enche o saco."

"Você é terrível", ela disse. "Espezinhando uma velha viúva no dia em que ela vai visitar o túmulo do marido. Sempre amei você", afirmou.

"Pois não me serviu para nada. Você nunca me ouviu, nunca conversou comigo."

"Não, não", ela rebateu. "Eu falava com você, mas não podia dizer nada. Me importava, mas não conseguia demonstrar. Esqueci por quê. Você não pode simplesmente esquecer tudo isso?"

"Não, são coisas que não me deixam em paz."

"Esquece", repetiu ela, o rosto enrugando de aflição. "Esquece tudo!"

"Ah, Mãe, não adianta. Ninguém esquece coisa nenhuma, até você sabe disso."

"Seu pai me levou a Veneza, e agora eu quero ir de novo. Antes que seja tarde demais; antes que tenham de carregar minha cadeira de rodas pela Sei-la-o-quê dos Suspiros."

"Você vai sozinha?"

"Você não vai querer me levar..."

"Eu não atravessaria a rua com você", disse ele, "se pudesse evitar. Não suporto nem olhar para você."

Ela fechou os olhos. "Bom... Vou com as meninas da minha idade, então."

"E quer que eu pague a viagem?"

"Imaginei que você não iria se importar", disse ela. "Quem sabe não encontro algum sujeito bacana? Um garoto jovem! Eu poderia cair fora! Sou uma velhota sacudida nesta minha idade!"

Ela começou a cacarejar.

"Me dê um exemplo", Heather pediu. "Que tipo de educação não funciona?"

"Acho que eu acreditava que, se me sentasse quietinho à mesa, sem me mexer nem dar um pio, sendo bonzinho, o prato da vida me seria servido."

Ele deveria ter acrescentado: as pessoas querem acreditar em amor incondicional, acreditar que, tendo uma pessoa se apaixonado por alguém, sua devoção não acaba, pouco importando se esse alguém resolve passar o resto da vida deitado no sofá, bebendo cerveja. E por que haveria de amar para sempre? Se, por um lado, não se podia incentivar o amor por alguém, por outro, aquele era um sentimento que precisava ser renovado.

A Mãe disse: "Crianças são criaturas egoístas. Só se interessam por elas mesmas. A gente se cansa delas. Odeia a maldita gritaria, a choradeira, a ingratidão. E é isso!".

"Eu sei", ele disse. "É verdade. Mas não é a história toda!"

O restaurante estava quase vazio, com sua ampla janela dando para a rua.

A Mãe bebeu vinho e comeu costeletas de porco com as mãos. O vinho avermelhou seu rosto; lábios, queixo e dedos ficaram engordurados.

"É tão gostoso, nós dois", ela disse. "Você era um menininho tão afetuoso, me seguia por toda parte. Depois, ficou bruto, jogando futebol no jardim e esmagando plantas e arbustos."

"Toda criança é afetuosa", ele retrucou. "Estou cheio, Mãe."

"Está cheio do quê, agora?", perguntou ela, como se ele jamais fosse parar de se queixar.

"Do meu trabalho. Me sinto como se fosse membro de uma seita."

"Uma seita? Do que você está falando?"

"Os chefes se transformaram em pequenos deuses. Eu sou um deles, para algumas pessoas. Dá para acreditar? Eu chego, as pessoas tremem. Poderia arruinar a vida deles num segundo..."

"Uma seita?", ela repetiu, limpando a boca e enfiando os dedos numa tigelinha com água. "Aquelas coisas que eles têm nos Estados Unidos?"

"Mais ou menos, mas não é bem igual. É uma cultura de torcida uniformizada. Existem alguns cínicos no meio, mas são todos alcoólatras. O que os chefes querem é exibir estatuazinhas ridículas em suas estantes. Querem que outros jornalistas escrevam sobre eles, o louvor barato de um joão-ninguém. Mãe, vou dizer uma coisa: é uma ideologia nazista, escravocrata."

Ele tremia; entusiasmara-se demais.

Depois, mais calmo, disse: "Ainda assim, trabalho... é a mesma coisa para todo mundo. Até o primeiro-ministro deve pensar assim às vezes, logo de manhã...".

"Ah, não faça isso", ela disse. "Não faça."

"Sabia que você não ia entender. Alexandra e as crianças não iriam gostar se eu, de repente, resolvesse me mandar para a Tailândia. Tenho quatro pessoas para sustentar."

"Você não me sustenta", ela disse.

"Claro que não."

"Essa é sua vingança?"

"É."

"Me desculpe a sinceridade, meu querido. Estamos ficando velhos. Você pode morrer a qualquer momento. Suou o dia inteiro. Seu rosto está úmido. Tudo bem com o coração?"

Ela tocou a testa dele com o guardanapo.

"Meu amigo Gerald teve um ataque do coração o mês passado", ele disse.

"Não... Seu pai, que Deus o tenha, se aposentou e, logo depois, morreu. O que sua mulher e seus filhos fariam?"

"Obrigado, Mãe... O meu medo é de um dia simplesmente ir embora do escritório, insultar alguém ou enlouquecer, como aqueles sujeitos que saem por aí atirando, metralhando estranhos."

"Você viraria notícia, em vez de ser o sujeito por trás dela", ela se divertia. "Estaria melhor sozinho, como eu. Não tenho ninguém para me incomodar. Paz! Posso fazer o que bem entendo."

"Eu quero ser incomodado pelos outros. É o que se chama viver", prosseguiu ele. "Talvez esteja me sentindo assim porque estou fora há uma semana. Vou trabalhar na segunda, e pode ser que nem esteja mais preocupado com essas coisas."

"Vai estar", ela disse. "Quando a gente começa a ter uma preocupação assim..."

"É justo você vem me dizer isso? Mas o que eu posso fazer?"

"Converse com a Alexandra a esse respeito. Se ela está se libertando, ganhando confiança nela própria, por que você também não pode?"

"É, quem sabe ela talvez possa me sustentar agora?"

Estavam prestes a pedir o pudim, quando um motociclista passou zunindo pela rua logo em frente, dobrou à esquerda, bateu num carro e voou pelo ar.

Os garçons correram até a janela. Juntou-se uma multidão; um médico abriu caminho por ela. Uma ambulância apareceu. O motociclista ficou deitado no chão um bom tempo. Por fim, foi preso a uma maca e carregado para a ambulância, que avançou apenas uns poucos metros antes de desligar a sirene e a luz vermelha.

"Foi-se", disse a Mãe. "Tchauzinho."

A motocicleta arrebentada foi levada para a calçada. Varreram-se cacos e pedaços ainda na rua. O tráfego voltou a fluir.

Harry e a Mãe depuseram garfos e facas.

"Nem eu consigo continuar comendo", ela disse.

"Eu também não."

Ele pediu a conta.

Harry estacionou em frente à casa e a acompanhou até a porta.

Ela fez seu chá com leite. Com uma bandeja de bolachas de chocolate a seu lado, sentou-se diante da televisão.

A TV falava com ela, que permaneceria sentada ali até a hora de ir para a cama.

Ele a beijou.

"Tchau, meu querido", despediu-se ela, mergulhando uma bolacha no chá. "Obrigada pelo dia maravilhoso."

"O que você vai fazer agora? Nada?"

"Descansar um pouquinho. Não é uma vida fantástica, é?"

Ele notou um folheto de agência de viagens sobre a mesa.

"Vou mandar um cheque para a viagem a Veneza, está bem?", ele disse.

"Isso seria adorável."

"Quando você pretende viajar?"

"Assim que for possível. Não há nada que me prenda aqui."

Ainda quando Heather estava em casa, Alexandra ligou, mas Harry não disse a ela que a filha estava lá. Era parte daquilo que um homem às vezes fazia, servindo de anteparo entre os filhos e a mãe.

Naquela manhã, antes de ir embora, Heather pediu ao pai que ouvisse um poema que ela tinha escrito.

Ele ouviu, tentando não chorar. Podia ouvir o amor que continha.

Heather viera para animá-lo, fazê-lo sentir que o amor dele surtia efeito, que era capaz de fazê-la sentir-se melhor.

Depois do telefonema que Alexandra dera da praia, Harry ligou para Gerald e contou a ele aquela história de "visualização", de "cura", a história toda, enfim. Gerald, ainda convalescente, atendera o telefone.

"Eu conheci um psicanalista", disse, alegre. "Sempre gostei da idéia de falar sobre mim mesmo por um bom tempo para alguém. Não é o que os caras fazem. Mas é bom negócio, as pessoas comprando bocados do próprio passado; quer dizer, se Alexandra puder encarar a coisa dessa forma. Antes, as mulheres queriam ser enfermeiras. Agora, querem ser terapeutas."

"Você está dizendo que é coisa inofensiva."

"É útil, às vezes", completou ele. "Transformar sonhos em dinheiro para todos vocês, quase que literalmente", riu.

Gerald imaginou que aquela era praticamente a única maneira de Harry compreender o que Alexandra estava fazendo.

Mas não era verdade.

* * *

Harry passeou por velhas paisagens depois de ter deixado a Mãe em casa. Queria comprar um caderno e ir embora, para anotar os pensamentos que suas lembranças inspiravam. Talvez o fizesse naquela noite, a última que passaria sozinho, usando diversas canetas coloridas.

Começou a chover. Na rua e na chuva, pensou em si mesmo como um adolescente dando um tempo em frente a uma lanchonete ou a um pub. Não entediado — o que seria subestimar seus sentimentos —, mas incapaz tanto de botar para fora quanto de digerir tudo que estava experimentando.

Tinha sido um bom dia.

Caminhando ao longo de uma fileira de lojas de que se lembrava de quarenta anos antes, veio-lhe à mente uma observação de algum filósofo da qual nunca se esquecera. Em essência, dizia: a felicidade é querer uma coisa só. Essa coisa era o amor, se a palavra não é demasiado inexpressiva. A paixão, ou querer alguém, talvez fosse melhor. No fim, tudo que restava de anos de vida era a qualidade da ligação que se tinha com os outros, até onde se chegara no relacionamento com eles.

Harry fez uma curva e rumou para longe de sua infância. Precisava ir ao supermercado. Compraria flores, bolos, champanhe e o que mais lhe chamasse a atenção. Tentaria arrumar a casa; trabalharia no jardim, varrendo as folhas. Faria aquilo de que tinha pavor: iria se sentar sozinho e pensar.

Na manhã seguinte, pegaria Alexandra no aeroporto e, se o tempo estivesse bom, eles comeriam e conversariam no jardim. Ela estaria saudável, bronzeada e cheia de idéias.

Tinha de ligar para Heather, para ver se ela estava bem. Pensou em escrever para ela. Se ele pouco sabia da vida cotidiana da filha, também ela não sabia quase nada dele, de seu passado e do que fazia na maior parte do tempo. Os pais queriam saber tudo sobre os filhos, mas nada revelavam sobre si próprios.

Harry pensou no Pai, embaixo da terra, e na Mãe, vendo televisão; pensou em Alexandra e nos filhos. Estava feliz.

CARETA

Durante dias temera aquela noite, mas queria acreditar que estava pronto.

Ao chegar à festa, porém, carregando uma garrafa de champanhe, começou a sentir medo de que as pessoas fossem notar, de que pudessem perceber de imediato o que acontecera com ele e como ele havia mudado. Perguntou-se se os amigos o recriminariam. Ponderou quem seria hostil, quem teria inveja e quem se mostraria solidário.

Os amigos reformavam a casa. O piso ainda estava por fazer e havia paredes sem pintura. Fios pendiam das tomadas, adornados com ouropel. A anfitriã passou correndo, usando chifres na cabeça. O anfitrião, carregando uma bandeja de tortas natalinas de frutas secas, não reconheceu Brett, ou julgou natural demais sua presença ali.

Brett foi avançando timidamente, chocado com o fato de que sua paranóia não diminuíra com a idade, embora seu lado sensato lhe garantisse ser improvável que alguém ali pudesse estar em condições de nutrir maior interesse por ele.

"Brett! Brett!", alguém gritou.

"Oi!", respondeu ele, "seja lá quem for!"

Tinha chegado tarde de propósito; a sala estava lotada. Ele conhecia a maioria dos festeiros, quase todos da sua idade. Pensando bem, agora que podia pensar no assunto, conhecia algumas daquelas pessoas havia mais de vinte anos.

Beijou e cumprimentou os que estavam mais próximos e se dirigiu à cozinha. Era gente bem de vida; seria uma bela festa. A mesa sobre cavaletes arqueava-se sob o peso de garrafas, latas e comida. Ele adicionou o champanhe ao estoque e olhou em torno.

Não era uma soda que iria beber. Alguém pôs uma taça de vinho em sua mão. Era uma boa idéia, o disfarce perfeito.

Em tempos recentes, andava indo ao teatro e ao cinema e ficando até o fim da sessão; tinha lido pelo menos três livros de cabo a rabo. Aquela era sua primeira festa desde o incidente à beira do rio, como ele o chamava. Decidira ficar por ali um tempo. Havia coisas que lhe faria bem encarar de frente, com sobriedade.

Voltou à sala de estar. Para seu alívio, um amigo sombrio juntou-se a ele e começou a conversar. Do ponto em que estava sentado, fazendo uma pergunta ou outra, podia observar as outras pessoas.

Ficou observando um homem que tentava fechar seu agasalho. O zíper emperrou; não saía do lugar. O sujeito abriu o agasalho na marra e tentou de novo. Não conseguia juntar os dentes dos dois lados, e quando finalmente conseguiu, o zíper não subia. Aquilo se estendeu por algum tempo. Por fim, o homem despiu o agasalho e o pôs no colo para juntar os lados; depois, tentou vesti-lo pela cabeça, mas ele entalou. Pessoas vieram em seu socorro, puxando homem e agasalho em direções opostas.

Brett distraiu-se daquela cena em virtude de um conhecido

que, de olhos rasos, já babava, a cabeça tombada. Caminhando como um velho, parecia que ele ia despencar. Outro amigo deu um puxão em Brett, postou-se a seu lado e pôs-se a gritar, primeiro numa orelha, depois na outra. Quando ficou claro que Brett não estava entendendo nada, o amigo chamou um companheiro, e agora os dois juntos gritavam na direção de Brett ou, ao que parecia, para dentro dele, rindo um do outro.

Brett fazia que sim com a cabeça: "É, entendi, agora entendi".

"É isso", disse o primeiro. "Brett está com a gente! E aí, Brett?"

Brett não entendia por que precisavam ficar tão perto dele nem por que não paravam de puxá-lo. A única coisa a fazer era beber algo. Essa era a chave para tudo aquilo; bebendo, entenderia. Mas não podia beber.

Por sorte, Francine chegou pelo outro lado e despencou no sofá.

"Aí está você, Brett, querido. Graças a Deus que está aqui. Tem uns babacas aí que são um pé no saco de tão chatos!"

"Tem?"

"Você sabe que tem!"

Ela fizera um esforço: os lábios brilhavam, as roupas pretas eram caras; corte e tintura do cabelo, o que havia de melhor na praça. Calçava botas de camurça, de salto alto. Ao falar com ela, porém, ele notou que os olhos de Francine se fechavam a todo momento, mesmo enquanto ela contava que ficara presa no elevador com o chefe. E durante seu monólogo narcoléptico, derrubou bebida nele.

Brett se levantou.

"Ah, meu Deus! Ah, meu Deus, me desculpe!", ela disse. "Molhei você todo." Ela o puxava pelo pulso, "Sente aqui!", e limpou a perna dele com a mão, que enxugou no sofá. "Não fique aí com essa cara de rabugento. Você já fez a mesma coisa comigo. Só que nos meus peitos."

Brett olhou para os peitos dela.

"Não fiz, não."

"Nem vai se lembrar. Não lembra de coisa nenhuma, lembra?"

"Não", disse ele. "Acho que não."

Se tinha esquecido, não era apenas porque a devassidão apagara sua memória: era porque, nesse caso, não tinha mesmo sido ele.

"Você pirou", disse Francine, chegando mais perto e acariciando-lhe os cabelos. "Seu rosto está macio. Fez a barba, para variar um pouco. Mas, desta vez, está mesmo na maior viagem."

"Talvez esteja", respondeu ele, e riu. "Do que você está falando, afinal?"

"Primeiro, me dê aí um pouquinho. Brett, você está me devendo..."

As mãos dela estavam no meio das pernas dele, à procura dos bolsos.

"Sua cara está branca, meu querido!", disse ela. "Nunca vi você tão tenso, de olhos tão esbugalhados. É aquela purinha de que todo mundo anda falando? Com essa sua pressão, não devia fazer isso. Me dê aqui e vá se internar numa clínica de reabilitação!"

"Tem mesmo alguma coisa errada comigo, Francine? Se tiver, por favor, me diz."

"De certo é que não tem. Você não riu de nada do que eu disse."

"Você não disse nada de engraçado."

"Não seja bobo, Brett."

"Pare de mexer aí", disse ele. "Não tem nada para você no meu bolso."

Ela não desanimou.

"Deve ter batido a cabeça quando caiu no rio. Foi isso que ferrou com você. Não foi?" Ela ria de boca aberta. "O que estava fazendo lá no rio?"

As pessoas adoravam aquela história; telefonavam para perguntar, e ela era repetida por toda a cidade. Não podia dizer não a Francine.

"Fiz a Carol parar o táxi depois daquela festa", contou ele, "porque precisava mijar e não queria que me vissem."

"Foi por isso que se meteu a descer pelo muro e escorregou?"

"Com o pinto pra fora, aliás, escorregando pela rampa até lá embaixo. Achei que ia mergulhar no rio gelado, mas, por sorte, afundei foi naquele gelo de lama."

"A Rowena e a Carol não tiraram você de lá?"

"Me tirar?", perguntou ele. "As duas cambaleavam histéricas de um lado para outro, lá em cima. Eu podia ouvir o berreiro, como num zoológico. Me contaram que a Rowena ligou para o agente dela, que estava jantando no Gaga, para perguntar o que fazer."

"E o que o agente falou? Já disse a ela para se livrar daquele sujeito. Posso conseguir o Morton para ela. Ele fez aquele contrato para o Ronnie. Talvez eu devesse arranjar…"

"Se você quer saber", Brett continuou, "quem me puxou foi o motorista do táxi. Senão eu tinha afundado ali para sempre e, como dizem por aí, já era. Ele tinha uns cobertores no porta-malas e me embrulhou neles. Depois, me levou para casa. Devo ter feito a maior sujeira no carro. Você acha que é tarde demais para eu ligar e pedir desculpa?"

"E para onde foram a Rowena e a Carol depois?"

"Sei lá."

O motorista do táxi era alto, tinha a pele escura, norte-africano ou algo assim, e usava sapatos velhos. Ao chegar em casa, Brett o convidara a entrar e fizera um chá. Sentado lá, com a lama de Brett pelo corpo, contou que era estudante de direito e tinha dois filhos. Metade do tempo, estudava; na outra metade, dirigia; às vezes dormia, de quando em quando brincava com os filhos.

Brett ofereceu-lhe roupas secas. Quando o homem as recusou, tentou dar a ele dinheiro para a conta da lavanderia. Mas ele ergueu as mãos em protesto.

"Qual o problema?", Brett perguntara.

"Você não entende!"

"Me diz, por favor."

"Qualquer um teria feito o que eu fiz!"

"Claro, claro", disse Brett, e o homem pareceu aliviado. "Eu entendo. Entendo, sim."

Brett apertou-lhe a mão.

Depois, bebendo apenas chá, passara o resto da noite pensando naquilo, e tornou a pensar no assunto no dia seguinte.

Era provável que o homem fosse religioso. Mas não era necessário ser religioso para salvar a vida de alguém. Não tinha sido um gesto sentimental, só o que as pessoas faziam quando alguém caía.

Agora, Brett observava as pessoas gritando umas com as outras. Riam sem nenhum motivo, suas bocas quase se tocando. Ninguém ouvia coisa alguma, mas o que havia para ouvir? As palavras não obedeciam a nenhuma seqüência reconhecível e os gestos nada tinham a ver com o que diziam. Um casal dançava, mas era como se estivesse praticando luta livre.

Brett beijou Francine no rosto. "Está na hora de eu cair fora."

"Já? Foi a melhor sugestão que eu ouvi nos últimos minutos."

Foram para o hall, onde ela começou a conversar com alguém. Depois, ela e a outra pessoa foram para o banheiro, e Brett saiu em direção à rua.

Lá fora, acendeu um cigarro e começou a procurar a chave do carro. Estava frio e silencioso. Ele pôde ouvir vozes cantando e um piano na casa em frente.

Tinha chegado ao portão quando ela o alcançou, um único braço enfiado no casaco.

"Tentando escapar sem mim. Eu deixaria você aqui sozinho? Alguma vez eu fiz isso? Aqui estão as chaves que eu tirei do seu bolso."

Ele a ajudou a vestir o casaco e disse: "Você mora do outro lado da cidade".

"Nós vamos para o Gaga! Por favor, só um pouquinho. Depois, pode me levar para casa."

"Eu não quero ir ao Gaga, mas deixo você lá."

"E como é que eu vou para casa?"

"Como você tem ido para casa toda noite nos últimos quinze anos?"

"Você fala cada besteira, Brett. Precisa ficar sóbrio para poder dirigir."

No carro, ela fumava. A saia subira um bocado.

"Você pisa muito na bola. Mas eu sempre acabo perdoando."

"Obrigado", ele disse. "Meu Deus... Você viu o que está rolando hoje à noite?"

Ele dirigia devagar. A rua estava mais do que movimentada. Havia multidões do lado de fora dos bares e casas noturnas. Pessoas corriam para o meio da rua, gritavam e um sujeito acertara um soco em alguém; ambulâncias e carros de polícia também estavam por ali. Brett foi diminuindo a velocidade até parar, sinalizando com a mão para os carros atrás dele. Tinha alguém estendido na rua com a cara para o chão. Pessoas tentavam puxar a criatura para a calçada, mas não conseguiam decidir que lado da rua era melhor.

"Isso que você acabou de me dizer soou estranho", comentou Brett, "mas me intrigou. Do que você andou me perdoando?"

"Brett, onde fica a luz desta porcaria de carro?"

Ela tinha conseguido derrubar o conteúdo da bolsa no chão e estava dobrada para a frente, tentando recuperar cartões de crédito, cocaína, comprimidos vários e chaves.

Ele achou que estava sangrando. Ergueu a mão e percebeu que nevava em sua cabeça. Neve derretida escorria-lhe pela nuca. Procurando a luz, ela abrira o teto solar. Ele o deixou aberto.

Ela dizia: "Esquece isso tudo. Brett, a questão é que eu acho que nós dois precisamos sair daqui. Chegou a época do ano. Que tal o Rio?".

"Agora?"

"Amanhã cedo."

"É muito longe."

"E Paris? Hoje em dia, é um pulinho."

"E o que a gente iria fazer lá?"

"Comer, beber, sair."

"Eu não quero mais essas coisas."

"E o que sobra?"

"Onde eu vou estacionar?", ele perguntou.

Ela já tinha aberto a porta do carro e caminhava rumo ao clube fechado, afofando os cabelos e borrifando perfume no pescoço.

"Encontro você lá dentro!", gritou.

Brett era conhecido no Gaga. No fim da noite, sempre chamavam um táxi para ele e emprestavam dinheiro para a corrida.

Quando empurrou a conhecida porta de vidro e pisou no carpete — que bem se lembrava de ter sentido no rosto uma vez ou outra —, viu um antigo sócio com um ramo de visco pregado na testa por pedaços de fita adesiva.

O ex-sócio puxou Brett para si e começou a beijá-lo: "É você! É você, seu filho-da-puta! O sujeito que me ferrou! Agora, estamos os dois quebrados!".

"É, é, sim", disse Brett. "Isso mesmo!"

"Andou nadando no rio, ouvi dizer! E como vai, agora?" Levou algum tempo para o amigo encontrar as palavras. Ficou tão contente que as repetiu: "Deve estar... nadando...", prosseguiu, rindo consigo mesmo. "Não vai nem se sentar! Está ocupadíssimo!"

Brett foi comprar uma bebida para Francine e outra para ele. Como era caro! Quanto dinheiro não tinha gastado naquilo durante anos, para não falar na energia!

No banheiro, jogou a bebida fora e encheu seu copo com água. Que bebida mais fantástica era a água.

Sentou-se no bar e ficou vendo o homem com o ramo de visco serpentear para um lado e para outro, até cair num sofá. Ali, teve algum trabalho para reposicionar o ramo, agora na braguilha aberta. Então, recostou-se com as pernas abertas e deu início à missão — rindo sem parar — de atrair a atenção da garçonete.

Ao longo dos anos, Brett devia ter se sentado em todos os bancos do bar e em cada cadeira daquele lugar. Podia ver um grupo de amigos se acomodando para jogar baralho. Johnny, Chris, Carol e Mike. Ficariam ali por um bom tempo; mais tarde, partiriam para outro canto. Numa outra noite qualquer, teria se juntado a eles.

O nível de agressividade parecia alto no Gaga. Os freqüentadores queriam ajuda e atenção, mas pediam às pessoas erradas, a outros exatamente como eles. Alguns estavam ligadíssimos, com os olhos esbugalhados. Outros estavam exaustos, a cabeça falhando. Era estranho — tomar substâncias que faziam com que a gente se sentisse pior, que, no fim, pioravam tudo. A dissipação era obra extenuante, trabalho em tempo integral. E, no entanto, as coisas caminhavam, eram feitas; aqueles homens e mulheres tinham profissões, trabalhavam. Brett tinha de agradecer: pelo menos, não perdera o apartamento e o emprego. Só perdera a mulher.

Se não se sentasse com os amigos — e não iria: estava gelado, ao passo que eles ferviam de entusiasmo —, aonde mais poderia ir? Como se chegava aos outros? Afinal, ele e seu círculo não eram os únicos que eram daquele jeito. O pai da ex-mulher, sua própria irmã e o namorado dela eram os que costumavam se sentar rodeados de latas e garrafas, brigando e chorando. Ou então estavam curados, mas haviam se viciado na cura, tão aborrecidos a seco quanto haviam sido em pleno vício.

Francine pegara sua bebida e fora se juntar a um grupo. Brett notou que ela continuava a observá-lo, sabendo que ele poderia largá-la ali e ir embora. Não entendia que importância aquilo tinha para ela.

Agora, voltava a pensar no norte-africano, perguntando-se se aquele homem o influenciara de alguma maneira. Como o motorista de táxi, Brett parecia estar num mundo em que todos se assemelhavam a ele, mas falavam uma língua estrangeira. Se o taxista ficasse na Inglaterra, lutaria sem cessar para compreendê-la, sem jamais estabelecer uma comunicação de fato.

O sujeito tinha ajudado Brett; por que Brett não haveria de ajudá-lo? Imaginava-se aparecendo na casa dele e se oferecendo para fazer o que fosse. Mas o que poderia fazer? Lavar a louça, ler para as crianças? Levar todo mundo ao cinema? Por que não, agora que se sentia melhor? O taxista podia ser tímido ou desconfiado demais para uma coisa daquelas, mas na certa tinha de fazer uma pausa no trabalho para almoçar ou jantar. Brett podia ouvi-lo. Seria uma forma de recomeçar, ou de retornar àquele estágio da curiosidade adolescente em que se tomava o primeiro caminho que aparecia pela frente, só para ver onde ia dar.

Brett se pôs de pé, abandonando o banco do bar.

"Não, senhor", advertiu Francine, enfiando a língua na boca dele. "Vai me levar para casa. Ficou dando em cima de mim a noite toda."

Ele não se importava em levá-la para casa. Tinha começado a não gostar da própria rua e andava pensando em mudar de bairro. À parte o fato de que a mudança lhe faria bem, tinha uma mulher na vizinhança com a qual ele cruzava com freqüência na rua. Uma ex-garçonete. Se ela o reconhecia, o que ele duvidava, nunca dava sinal disso. A mulher tinha quatro filhos, cada um de um pai diferente, e a caçula era dele, ele sabia. Passara uma única noite com ela, quatro anos antes, depois de uma festa. Quando fez as contas, viu que os números batiam. E um companheiro de copo certa vez observara: "Olhe só aquela garotinha. Se eu não soubesse das coisas, diria que você é o pai".

Ele havia ido até o playground para observá-la. Era verdade: olhos e cabelos eram iguais aos da mãe dele. Vira a mulher gritar com a menina. Não gostava de cruzar com sua própria e única filha na rua.

No carro, Francine bebia uma garrafa de vinho no gargalo.

"Você já não bebeu demais?", ele perguntou. "Não dá para parar?"

"Esta noite, vou até o fim."

"Por quê?"

"Que pergunta mais boba."

"Mas eu gostaria de saber, de verdade."

Ela começou a chorar e falar ao mesmo tempo. Nem pensou em poupá-lo de sua infelicidade; talvez não tenha ocorrido a ela que ele fosse se importar.

O norte-africano transportava estranhos noite após noite, desprezado ou ignorado por aquela gente tola e detestável; tinham tanto de tudo que podiam se dar ao luxo do puro e simples desperdício.

No prédio de apartamentos de Francine, ele a ajudou a subir a escada. Acendeu a luz e levou-a para a cama. Ela se debatia, como se o colchão fosse um cavalo desembestado que tivesse de dominar.

Então, Brett deu-lhe as costas, mas ela não conseguia tirar a roupa. Ele pôs o pijama nela e deu-lhe um beijo na cabeça.

"Boa noite, Francine."

"Não me deixe aqui sozinha! Você vai ficar, não vai? Eu..."

Ela se agarrava ao peito dele. Estava com uma cor terrível. Ele foi correndo buscar uma bacia e a segurou junto do rosto dela.

"É isso? É o fim?", ela repetia sem parar. "Vai ser agora? Esta noite?"

"É isso o quê, Francine?"

"A morte! Ela chegou? William Burroughs veio me buscar?"

"Hoje à noite, não, meu docinho. Deite aí."

O vômito dela lavou a parede, passando pelo casaco, pelos sapatos, pela calça, pela camisa e pelos cabelos dele.

No fim, ela se deitou, exausta. Brett tirou-lhe o pijama ensopado e vestiu nela uma camisola.

Ficou sentado ali. Ela estendeu os braços para ele. "Vem, Brett."

"Você está vomitando, Francine."

"Já acabei. Não tem mais nada. Pode fazer o que quiser comigo." Ela tremia, mas abriu a camisola. "Isto aqui ninguém recusa!"

"Que diferença iria fazer?"

"Quem se importa? Vai buscar uma bebida e sossega. Sempre gostei de você."

"Sempre gostou?"

"Não sabia? Apesar dos seus problemas, você é inteligente e sabe ser doce. Não vai me contar qual a sua viagem esta noite, Brett?"

Ele fez que não com a cabeça e aproximou um copo d'água dos lábios dela. "Nada, viagem nenhuma."

"Não, você deve estar indo ver alguém. É uma coisa horrível para se fazer a uma mulher."

Ele pensou um pouco.

"Não tem mulher nenhuma. É um motorista de táxi."

"Meu Deus!"

"É."

"O tal que tirou você da lama? Nem sabe onde ele está."

"Vou até o escritório da empresa de táxi e espero. Eles me conhecem. Porra, entenda o que estou querendo."

"E o que é?"

"Um bom papo."

"Você gostou de dormir comigo da última vez", ela disse.

"Que última vez? Não teve última vez nenhuma."

"Não se faça de bobo, porque você não é. Vem cá."

Ela dava tapinhas no colchão.

Brett caminhou até a porta, saiu e fechou-a. Ela seguia falando com ele, com qualquer um, com ninguém.

"Tem uma pessoa que eu preciso encontrar", ele disse.

LEMBRE-SE DE NÓS

É quase Natal e Rick está enchendo a cara numa festa, na loja de roupas de um amigo.

É uma loja bastante ampla, situada numa área elegante do oeste de Londres, e esta noite as meninas que trabalham nela puseram vestidos pretos brilhantes, orelhas de coelho brancas de veludo e sapatos de salto alto. Quando Rick e Daniel chegaram, as meninas seguravam bandejas com champanhe, vinho quente temperado e tortas natalinas de frutas secas. Podia haver coisa mais convidativa?

As meninas ajudaram a tirar Daniel, o filho de Rick, do carrinho, despiram-lhe o casaquinho vermelho e o levaram até a sala das crianças, onde brinquedos elétricos de controle remoto zumbiam pelo chão. Havia também uma pequena gangorra; outras crianças da vizinhança já brincavam por ali. Rick sentou-se no chão, e Daniel, embora fosse tarde para ele, saiu à caça dos brinquedos elétricos, jogou uma bolinha de pingue-pongue pela janela aberta e demoliu uma casa de bonecas, sem entender que todos aqueles objetos sedutores estavam à venda.

Rick começara a beber uma hora antes. A caminho da festa, tinham parado num bar da região que ele costumava freqüentar quando solteiro. Lá, Daniel, que tem dois anos e meio, logo trepara num banquinho peludo ao lado do pai, alinhando-se aos bebedores do final de tarde.

"Estou treinando o menino", Rick disse à garota atrás do balcão. "Daniel, por favor, peça uma cerveja à moça."

"Sopla-sopla", Daniel disse.

"Como?", perguntou Rick.

Daniel ergueu uma cartelinha com fósforos: "Sopla-sopla".

Rick abriu a cartela e acendeu um fósforo. "Mais um", Daniel pediu, assim que apagou o primeiro, e acabou soprando duas cartelas inteiras, enchendo o cinzeiro. Tão logo o fósforo iluminava o rosto do menino, as maçãs do rosto se enchiam e os lábios se arredondavam. Apagado o fogo, a risada do garoto ecoava pelo bar elegantemente sombrio.

"Preparar, apontar... sopla-sopla!"

"Sopla-sopla o cacete...", resmungou um taciturno freguês.

"Algum problema?", Rick perguntou, escorregando de seu banco para o chão.

O homem grunhiu.

Rick convenceu o garoto a pôr a capa de chuva e o boné com pala e orelheiras, prendendo-o sob o queixo. Jogou sobre o ombro a sacola cheia de fraldas, suco, petiscos numerosos, lenços umedecidos e brinquedos e saíram os dois pela abundante chuva noturna.

Está chovendo há dois dias. O noticiário informa que há inundações por todo o país.

A pé, a festa era a dez minutos dali. Rick chegou ensopado.

Martin, o bem-sucedido amigo, com a equipe alegre da enorme loja iluminada e cheia de roupas que Rick jamais poderia comprar, veio abraçá-lo na porta. Martin não tem filhos e era a primeira vez que via Daniel. Ele e Rick tinham ficado amigos desde que Martin desenhara e confeccionara o figurino de uma peça em que Rick havia atuado no Festival de Edimburgo, vinte anos antes. Rick o cumprimentou pela medalha de Membro da Ordem do Império Britânico e pediu para ver a condecoração. Contudo, com gente já pendurada nos ombros, Martin não tinha tempo para conversar. O vinho quente em copinhos brancos animou Rick.

Ele não consegue um papel há quatro meses, mas prometeram-lhe algo razoável para o novo ano. Tem saído muito com Daniel. Pelo menos uma vez por semana, quando Rick tem algum dinheiro, ele e Daniel tomam o metrô para o West End e vão passear pelas lojas, com paradas em cafés e galerias. Rick mostra a ele os teatros em que já trabalhou; se conhece os atores, leva Daniel até os camarins.

Rick tem outros três filhos, que moram com a primeira mulher e estão já no final da adolescência. Adoraria ter sempre uma criança pela casa. Quando pode, leva Daniel às festas. Daniel tem olhos grandes, seus cabelos nunca foram cortados e volta e meia acham que ele é menina. Quando está com Daniel, as pessoas falam com Rick, mas ele não precisa esticar muito a conversa.

À medida que a festa fica mais cheia e se torna mais barulhenta, Rick segue bebendo com constância e papeia com as pessoas às quais vai sendo apresentado. Daniel ganha suco, que as meninas da loja dão a ele, agachando-se com os joelhos colados.

Não demora muito, e Daniel pede: "Casa, papai".

Rick o agasalha e manobra o carrinho até a rua. Os dois começam a andar na chuva. Há pouca gente, nenhum ônibus e o metrô é longe. Um táxi passa por eles com a luz acesa sobre a capota. Pouco antes que suma, Rick salta para a rua e grita, agitando os braços, até que o carro pára.

Enquanto cruzam Londres, Rick aponta para as luzes de Natal através da janela listrada de chuva. Lembra-se de viagens de táxi semelhantes, com seu pai, e lhe vem à mente uma fotografia dele próprio, aos seis ou sete anos, sentado no colo do pai numa festa, usando uma gravata-borboleta prateada e um chapéu de Natal parecido com um fez.

Em casa, Rick fuma um baseado e bebe mais dois copos de vinho. Está ficando tarde, quase dez e meia da noite, e, embora Daniel costume ir para a cama às oito, Rick não se importa de ele ainda estar de pé: gosta da companhia. Comem sardinhas com torradas e ketchup; depois, ouvem música alto, e Rick mostra ao filho como dançar um rockinho infantil.

Anna foi à aula de desenho do corpo humano, mas costuma já estar de volta a essa hora. Por que não voltou ainda? Nunca se atrasa. Rick teria saído à sua procura, mas não pode deixar Daniel sozinho, e está chovendo demais para sair com ele de novo.

Quando Rick se deita no chão com os joelhos para cima, o menino sobe nele, apoiando-se nos joelhos do pai. Daniel começa a pular na barriga do pai, como se fosse um trampolim. Em geral, Rick gosta da brincadeira tanto quanto Daniel. Mas hoje sente vontade de vomitar.

Ontem foi o quadragésimo quinto aniversário de Rick, uma idade ruim para se ter, ele acha, dando início à metade errada da vida. Não é apenas que se sinta mais cansado e melancólico do que o normal; fica também se perguntando se ainda é capaz de se recuperar desses ataques com a mesma facilidade de antes. No ano passado, dois de seus amigos tiveram um ataque do coração, e dois outros, derrame.

Imagina que tenha desmaiado no chão. Com certeza, sente Anna chacoalhá-lo. Ou será que ela chuta suas costelas também? Ele pode estar bêbado, mas pretende informá-la de imediato de que não é um alcoólatra.

Mas Rick se sente estranho, como se estivesse dormindo já há algum tempo. Quer contar a Anna o que aconteceu com ele enquanto dormia. Encontra um móvel onde se apoiar e se põe de pé.

Vê Daniel correndo à sua volta com um copo de vinho na mão.

"O que está acontecendo?", Anna pergunta.

"Nós saímos", diz Rick, perseguindo o menino e recuperando o copo. "Não foi, Dan?"

"Saiu com papai", Daniel responde. "Gostoso, comeu bolacha. Papai bebeu."

"Obrigado, Dan", diz Rick.

Rick nota que tirou a calça e a fralda de Daniel, mas esqueceu de vesti-lo de novo. Há uma poça no chão, e Daniel molhou as meias; a camisetinha, solta, está encharcada também.

"Você deve achar que eu estava dormindo", ele diz a ela, "mas eu não estava. Estava pensando, ou melhor, sonhando. É, um sonho construtivo..."

"E espera que eu pergunte que sonho foi esse?"

"Tive uma idéia", ele diz. "Ontem eu fiz quarenta e cinco anos, e a gente se divertiu. Sonhei que a gente estava escrevendo um cartão para o Dan, pelo seu quadragésimo quinto aniversário. Um cartão que ele não pudesse abrir até lá."

"Sei", ela diz, e se senta. Dan brinca a seus pés.

"Afinal", Rick continua, "eu penso cada vez mais no passado, como você. Penso nos meus pais, na minha infância, nos meus irmãos, na casa, em tudo. O que nós vamos fazer é desenhar um cartão para o Daniel, e você pode fazer a ilustração. A gente faz o cartão agora, guarda e esquece. Os anos vão passar e, um dia, quando Dan tiver quarenta e cinco, cabelos grisalhos e um joelho estropiado, ele vai se lembrar e abrir o cartão. E a gente vai ter mandado nosso amor para ele lá da outra vida. Claro, você ainda vai estar viva, mas é pouco provável que eu esteja. Por alguns momentos, então, enquanto ele estiver lendo o cartão, vou estar vivo na cabeça dele. O que você me diz, Anna? Eu adoraria ter recebido um cartão dos meus pais pelos meus quarenta e cinco anos. Fiquei o dia todo pensando que ia aparecer um por baixo da porta, você sabe como é."

Ele percebe que ela andou bebendo também, depois da aula. Agora, como sempre, ela começa a espalhar seus desenhos de cabeças, torsos e mãos pelo chão. Daniel caminha devagar pelas folhas grandes de desenho, enquanto Rick as examina, tentando encontrar palavras de elogio que não tenha usado antes. No futuro, ela pretende vender alguns de seus trabalhos, para complementar o orçamento dos dois.

"Um cartão é uma ótima", ela diz. "É uma boa idéia, e um gesto doce e generoso. Mas não é suficiente."

"Como assim?", ele pergunta. E prossegue: "É, talvez você tenha razão. Quando estava sonhando, não conseguia parar de pensar na última cena de *Morangos selvagens*".

"O que tem ela?"

"Na última viagem ao encontro das pessoas que significaram muito na vida dele, o velho não acena finalmente para os pais?"

"É o que a gente devia fazer", ela diz. "Um vídeo para o Daniel, que a gente coloca num envelope fechado."

"Isso!", ele diz, bebendo de um copo que encontra ao lado da cadeira. "É uma idéia brilhante."

"Mas a gente está meio bêbado", ela diz. "E ele vai se sentar em frente à televisão, aos quarenta e cinco anos, assistir à fita e..."

"Nem vai haver mais fita", interrompeu Rick. "Fitas vão ser coisa de museu até lá. Mas as pessoas vão poder converter as fitas para o sistema que estiverem usando então."

"O que eu quero dizer", continuou ela, "é que, daqui a muitos anos, ele vai ver duas pessoas bêbadas. O que o terapeuta dele vai dizer?"

"E nós não queremos que ele saiba que você e eu nos divertíamos de vez em quando?"

"Está bem", ela diz. "Mas, se vamos fazer isso, precisamos nos preparar."

"Legal", diz ele. "A gente podia..."

"O quê?"

"Vestir camisetas brancas. Meu cabelo está muito achatado?"

"Estamos bem", diz ela. "Eu, pelo menos, estou, e você não liga para isso. Mas precisamos pensar no que dizer. Essa fita pode ser uma coisa muito importante para o Dan. Imagine o seu pai falando com você agora."

"Tem razão", diz Rick. O pai dele se matou há quase dez anos. "Anna, o que você gostaria de dizer para o Dan?"

"Tanta coisa... Nem sei ainda."

"A gente também precisa tomar cuidado com o jeito como vai falar com ele", Rick lembra. "Ele já não vai ter dois anos. Vai ter a minha idade. Não podemos usar voz de criança nem chamar ele de Dan-Dan."

Os dois discutem sobre qual deveria ser a mensagem, o que um pai diria a um filho de quarenta e cinco anos que, por enquanto, só tem dois e meio e está sentado no chão, cantando "Atirei o pau no gato". É claro que uma tal discussão não pode ter fim: se devem dar a Daniel uma boa dose de conselhos, incentivos ou algumas lembranças, ou talvez uma mistura das três coisas. Decidem ao menos que, como estão ficando cansados e irritados, o melhor é montar a câmera.

Enquanto ela vai procurá-la no porão, ele prepara o leite para Daniel, veste nele o pijama azul com bordas brancas e caça o menino pela cozinha com um pano molhado. Ela traz câmera e tripé para a sala de estar.

Embora não tenham decidido o que dizer, irão em frente com a gravação, certos de que algo vai lhes ocorrer. A espontaneidade pode fazer com que essa mensagem ao futuro pareça menos pomposa.

Rick arrasta a árvore de Natal para perto do sofá, onde vão se sentar para o comunicado, e acende as luzes. Olha a mulher através da câmera. Ela soltou o cabelo.

"Como você está linda!"

"Melhor tirar os chinelos?", ela pergunta.

"Anna, não vou imortalizar as pantufas. Vou enquadrar a gente da cintura para cima."

Ela se levanta e olha para ele pelo visor, dizendo que ele está ótimo. Rick liga a câmera e nota que só restam cerca de quinze minutos de fita.

Com a fita rodando, ele corre para o sofá, tomando cuidado para não tropeçar. Não vão poder fazer aquilo uma segunda vez. Percebendo metade de uma sardinha no braço do sofá, ele a enfia no bolso.

Rick se senta, sabendo que a empreitada é sombria, pois, em certo sentido, está morto já há algum tempo. A idéia que Daniel faz dele terá se desenvolvido ao longo de muitos anos. Os dois terão se desentendido em numerosas ocasiões; pode ser que Daniel o ame, mas o terá detestado também, como é normal. Dificilmente vai ter mais do que uma idéia complicada do passado, mas as palavras vindas da eternidade servirão como um simples lembrete. Afinal, o desamor é o que aflige as pessoas mais perigosas do planeta.

A luz no alto da câmera está piscando. Quando Anna e Rick se viram para encarar a lente, nenhum dos dois diz coisa alguma pelo que parece um longo tempo. Por fim, Rick diz um "Oi!" muito acanhado, como se tivesse acabado de topar com um estranho. No palco, nunca fica ansioso assim. Anna, tão perdida quanto ele, o imita.

"Oi, Daniel, meu filho", ela diz. "Aqui é sua mãe."
"E seu pai", Rick completa.
"Isso", ela continua, "aqui estamos nós!"
"Seus pais", ele diz. "Lembra-se de nós? Lembra-se deste dia de hoje?"

Silêncio. Os dois ficam pensando no que fazer.

Então, Anna se vira para Rick e põe as mãos no rosto dele. Ela o acaricia, como se o estivesse desenhando para a câmera. Toma a mão dele e passa seus dedos pelos lábios e pelo rosto dela. Rick se inclina, pega a cabeça de Anna entre as mãos e a beija no rosto, na testa e na boca, enquanto ela acaricia os cabelos dele e o puxa para si.

Com as cabeças coladas, põem-se a dizer: "Oi, Dan, a gente espera que você esteja bem, só queríamos dar um oi".

"Isso mesmo", um interrompe o outro. "Oi!"

"Esperamos que você tenha tido um belo aniversário de quarenta e cinco anos, Dan, com muitos presentes!"

"É, e a gente espera que você esteja bem, e sua mulher também, ou quem quer que esteja com você."

"Ei, oi... mulher do Dan."

"E filhos do Dan", ela acrescenta.

"Isso, filhos do Dan", diz Rick, "sejam vocês quantos forem, meninos, meninas, o que for, tudo de bom para vocês! Uma bela vida para cada um de vocês!"

"Isso mesmo", ela diz. "Tudo isso e muito mais!"

"E mais e mais e mais!", ele completa.

Depois dos beijos, abraços, carícias e de dizer oi, tendo ainda algum tempo de sobra, eles ficam de novo sem saber o que fazer, mas, em cima da pinta, Daniel tem uma idéia. Com dificuldade, ele trepa no sofá e se ajeita no meio dos dois, que começam a beijá-lo, segurando-o ora um, ora outro, e o fazem acenar para si mesmo. Depois de fazê-lo, ele fecha os olhos, sua cabeça tomba no braço da mãe e ele estala os lábios; e enquanto a fita roda em direção a seu final, e a chuva cai lá fora, e o tempo passa, os dois querem que Daniel tenha certeza ao menos de uma coisa daqui a mais de quarenta anos, quando vir essa gente antiquada do passado, sentada no sofá ao lado de uma árvore de Natal: que, naquela noite, eles o amavam, e amavam um ao outro.

"Tchau, Daniel", diz Anna.

"Tchau", Rick diz.

"Tchau, tchau", os dois dizem em coro.

O PAI DE VERDADE

Era verdade: Mal não suportava o filho, Wallace, e sentia pavor de vê-lo agora. Que sentimento natural restava entre eles? Eram como estranhos perplexos, que não sabiam o que dizer ou fazer juntos.

Hoje, Mal iria viajar com o garoto de nove anos, que passaria a noite com ele.

"A gente pode gastar o tempo à vontade", Mal tornava a explicar. "Podemos conversar, o que você quiser fazer."

"Preferia ir para o inferno", Wallace disse. "Preferia estar morto do que ir com você a algum lugar!" Em alto e bom som, sussurrou ainda: "Idiota!".

Wallace havia chegado na noite anterior. Em geral, passava o fim de semana inteiro na casa do pai, mas Mal estava feliz em levá-lo de volta já no dia seguinte, depois da viagem, porque tinha uma festa à qual precisava comparecer. Não obstante, desde que Mal acordara, Wallace não parara de chorar e reclamar na escada. Estava quase na hora do almoço; o táxi esperava lá fora.

"Nós só vamos até a praia."

"Passar a noite!"

"Eu já disse", explicou Mal, "que vai ser melhor assim, em vez de a gente ter de voltar correndo no último trem."

"Melhor para você. Para mim, é tortura!"

"Para mim também, ao que parece."

Wallace não era apenas aquilo que em geral era descrito como um "acidente": não tinha por que ter nascido. Como podia não ter sentido uma coisa dessas?

A esposa de Mal veio até eles. Estava acompanhada do filho dos dois, de quatro anos, que tentou acariciar a cara inchada e lacrimejante do histérico meio-irmão.

"Não chora, Wally", disse.

Olhavam todos para Wallace. Sua camiseta da personagem preferida de história em quadrinhos ("Vejam, virei propaganda!") estava coberta de manchas de chocolate: Wallace a usava como guardanapo. Quando comia, ainda derrubava comida e sempre derramava a bebida também. Em parte, isso acontecia porque ele se recusava a se sentar à mesa, preferindo vagar pela casa, procurando coisas para quebrar ou ligando e desligando a TV. Sua calça tinha um buraco, resultado de um tombo, mas os tênis eram de primeiríssima, com luzes no calcanhar que piscavam quando ele chutava um adulto. O que incomodava Mal não era a semelhança do filho com a mãe — o menino virou a cabeça e, de repente, lembrou Mal de sua eterna vinculação com uma pessoa estranha, como se se tratasse de uma piada de humor negro —, e sim com o padrasto, a quem Wallace chamava de "pai" e Mal, de "a besta".

"Wallace", disse Mal, "nós temos mesmo de ir andando, ou vamos perder o trem." Wallace abriu a boca cheia de chocolate. Mal esticou o braço para apanhá-lo. "Entre na porra do táxi! Agora!"

O garoto deu um salto para trás, cuspindo chocolate na camiseta branca de Mal. "Se você me machucar, eu vou me matar." Levantando-se, ele esmurrou a própria barriga. "Agora, vou arrumar meu cabelo."

Mal ficou contente pela chance de beijar o filho caçula e a esposa, que tentaram limpar sua camisa. "Mal, não fique com raiva. Tente se divertir um pouco com ele. Tente conversar."

"Conversar!"

"Você já andou bebendo?"

"Só uma dose. Estou apavorado que ele vá fazer alguma loucura na reunião desta tarde. Queria que você pudesse cuidar dele hoje."

"Ainda não virei santa. Vou tomar um café com as meninas e vamos rir disso tudo."

O garoto surgiu do banheiro com sua massa de cabelos — Mal garantia que ela precisaria ser removida mediante anestesia e operação cirúrgica algum dia — alisada e assentada com água. Notou que o filho tinha passado gel perfumado, do qual havia pelotas na cabeça, decerto misturadas aos piolhos.

Então, levou a bagagem dos dois para o carro. Wallace não tinha escolha a não ser segui-lo, carregando uma sacola de plástico que continha bebidas, seu Gameboy, canetas e muitos ovos de Páscoa parcialmente deglutidos.

No banco de trás, Mal fez um carinho nele. "Vamos lá. Ninguém vai gostar de você, se continuar se comportando assim. A gente precisa de algum charme para sobreviver neste mundo."

O menino cobriu o rosto com as mãos enquanto o táxi partia. Estava usando as luvas de goleiro que se recusava a tirar.

"Não toque em mim, nunca. Nem aponte para mim. Não me faça nada de mal, seu cretino."

Mal notou os olhos grandes do motorista observando-os pelo retrovisor. Na certa, provinha de um país com regras mais rigorosas sobre como uma criança devia se comportar.

"Pssssiu, quieto, pelo amor de Deus..."

Estavam indo ver Andrea Knowles, uma jovem diretora que estava pensando em entregar a Mal a montagem de seu primeiro longa-metragem. Era um trabalho do qual ele precisava muito; seria um importante passo à frente. Como era inevitável que acontecesse, a mãe de Wallace se recusara a alterar o trato que tinham. Mal tentara deixar o menino com a esposa, mas Wallace começara a chamá-la de vaca e chutá-la.

Ele tivera um "caso rápido" com a mãe de Wallace dez anos antes, durara umas poucas semanas. Quando Wallace nasceu, já tinham voltado cada um para sua vida. Tudo que Mal queria era que aquela mulher desaparecesse em meio aos despojos do passado. Mas o fato é que ficara grávida e se recusara a interromper a gravidez.

"Como é que se pode matar um bebê?", dissera ela.

"Eu poderia sugerir diversos métodos..."

O que ele se lembrava do caso que haviam tido? De uma longa conversa — a única que tiveram — durante uma festa. Depois, da garota tocando sempre os mesmos discos de jazz, sem parar; eram tudo que ela podia se dar ao luxo de ter. E de fazerem amor enquanto uma tempestade caía lá fora, os galhos das árvores batendo nas janelas. Não demorava muito para que se esgotassem os bons momentos dos dois.

Agora, ela estava irreconhecível, vivendo com o marido, um decorador alcoólatra e desempregado. Durante anos, Mal poucas vezes tivera permissão para ver o menino ou mesmo falar com ele, embora contribuísse para seu sustento. Quando Wallace tinha seis anos, Mal podia vê-lo duas vezes por ano, mais ou menos. Ficavam andando o dia inteiro por shoppings abafados da região central do país. Às vezes, Mal telefonava para ele, mas Wallace jamais se prontificava a dizer alguma coisa. Depois de diversos silêncios, alegava que precisava desligar: o desenho animado na TV já tinha começado.

Um amigo de Mal certa vez fizera um comentário jocoso, dizendo que era muita sorte ele ter ao menos um filho vivendo em outro lugar. Mal ficara vermelho de raiva; durante uma semana, a piada não lhe saíra da cabeça. Ser pai implicava diversos deveres que ele queria cumprir, mas a mãe de Wallace o impedia de fazê-lo. A palavra "dever" soava esquisita para ele. Era um conceito estranho aos dias que corriam, como "moral" ou, para ele, "espiritual". Gostava de pensar que era um sujeito pragmático. Apesar disso, em seus sentimentos, Mal precisara abrir mão do filho — entregando-o a outro homem, admitindo que o menino tinha pouco dele próprio —, quase esquecendo-o. Ajudou-o nisso o nascimento do caçula.

Um ano antes, a mãe de Wallace e o parceiro dela tinham começado a trabalhar numa barraca do mercado nos fins de semana, vendendo camisetas feitas em casa. Ela não gostava que Wallace ficasse zanzando pelo mercado todo fim de semana. Mal supôs que aquela tinha sido a verdadeira razão pela qual Wallace precisara "conhecer" seu pai de verdade, passando a visitá-lo de três em três semanas.

Estava aliviado em ter o filho de volta antes que fosse tarde demais. Sua esposa, claro, teve medo do efeito que aquele estranho exerceria sobre a família dela. Questionou o período de tempo que Wallace podia passar na casa e recusou-se a permitir que ele dividisse o quarto com o meio-irmão. Mal levara uma semana para converter seu próprio escritório num espaço destinado a Wallace, com TV, vídeo, Playstation e aparelho de som. Wallace destestava o lugar, mas ficava ali durante o dia, embora não à noite. Tinha "insônia" e ouvia gemidos provindos da chaminé. Deitado, mas acordado, Mal ouvia os filmes a que Wallace assistia na sala de estar às quatro da madrugada.

Se, por um lado, Mal acreditava que sua vida estava começando a entrar nos eixos, por outro, Wallace era o destino do qual não podia escapar. Tinha recebido bem o garoto, mas Wallace era um gênio na arte de se fazer indesejado. Mal gostava de dizer que entraria com um processo para obter uma limitação de seus contatos com o filho. Às vezes, Wallace jogava futebol com ele ou se deixava levar ao cinema. Mas a paixão do menino era ir às compras em Londres. Mal comprava-lhe coisas para amenizar sua furiosa ganância: ao que parecia, ela demandava um presente grande por dia. Wallace sempre insistira para que Mal lhe comprasse os brinquedos que sua mãe se recusava a lhe dar ou não podia comprar: revólveres, espadas de luz, jogos para Playstation ou para seu Gameboy, vídeos de terror. Ainda assim, Mal sabia que, tão logo deixasse o garoto na casa da mãe, a duas horas de distância, seu celular tocaria e ele seria punido pelos presentes, que, por sua vez, seriam jogados no porão. A mesma coisa acontecia se Mal lhe dava autógrafos de artistas de cinema ou pôsteres de filmes ou vídeos.

"Eu compro alguma coisa para você na estação do trem", Mal lhe dizia agora.

Uma brecha se abriu no sofrimento de Wallace. "Compra o quê?"

"Qualquer coisa que faça você parar de me maltratar e me dê algum sossego."

"É só isso que você quer."

"E você não ia querer também?", perguntou Mal.

"Eu não quero ficar aqui."

"Mas nós vamos ver uma mulher chamada Andrea. É muito importante que você seja simpático com ela."

"Por quê?"

"Pode ser que ela me dê um trabalho, e vou poder ganhar mais para gastar com você."

"Vou dizer para ela que você é preguiçoso e mal-educado."

Mal começou rir.

"Qual é a graça?"

"Você."

"Posso fazer você parar de rir."

"E eu não sei?"

Em sua visita anterior, Wallace jogara alguns papéis de Mal no chão e limpara os pés neles; mais tarde, apertara uma almofada contra o rosto do meio-irmão e lhe dera um soco. Mal arrancara o cinto da calça e o levantara. Mas a esposa dera um grito, e ele saíra correndo de casa. Por trás da choradeira, dos gemidos e da falta de educação de Wallace, uma criança gritava por socorro. Ninguém sabia o que fazer, mas não tinham de fazer alguma coisa? Em tais circunstâncias, como se aprendia a ser pai?

Dadas as circunstâncias, porém, Mal bebia quando o menino estava com ele. Wallace o desestabilizava de uma maneira que não conseguia compreender, fazendo-o sentir-se incompetente e inútil ou um monstro, um sentimento que começara a afetar outros aspectos de sua vida. Em seu último trabalho, um seriado de televisão, chegara a perder a concentração e precisara passar várias noites em claro para terminá-lo. Receava que Andrea tivesse ouvido falar no assunto.

Na estação, Wallace levou o pai até os gibis, doces e refrigerantes. Depois, Mal comprou sanduíches para os dois, guardou uma mesa num dos cafés e foi comprar um café e uma cerveja. Quando voltou, Wallace tinha desaparecido.

Mal esperou, bebendo sua cerveja. Talvez Wallace tivesse ido ao banheiro. Passado algum tempo, quando o sumiço do menino pareceu congelar a realidade num eterno momento de pavor, Mal não teve outra opção senão juntar as sacolas dos dois e o café e arrastar-se por lojas, banheiros, bares e cafés o mais rápido possível, perguntando a desconhecidos se tinham visto um garoto gorducho de cara suja, vestindo uma camiseta de história em quadrinhos.

Wallace estava sozinho numa mesa, enfiando um hambúrguer na boca e estudando sua bússola.

Mal despencou na cadeira. "Meu Deus, não consigo nem respirar. Se você fizer isso de novo, vou contar para sua mãe."

"Ela já sabe que você não me quer por perto."

"É isso que ela diz?"

"Você nunca veio me visitar no meu aniversário."

"Não me deixavam."

"Não gostei dos sanduíches que você comprou para mim."

"É, eu entendo. Sou seu pai e não tenho idéia do que você gosta de comer."

Wallace arrotou. "Tudo bem. Obrigado. Agora já estou satisfeito."

No trem, Mal se sentou de frente para o menino e fechou os olhos.

"Vamos trombar?", Wallace perguntou alto, e o vagão inteiro olhou para eles. "Esses trens sempre trombam, não é?"

Mal pôs os óculos escuros. "Espero que sim."

"Escute..." Wallace tinha outras preocupações, mas Mal enfiava bolinhas de cera no ouvido, tão fundo quanto possível.

Sabia que tinham chegado, porque o ar estava mais frio e fresco. Com renovado otimismo, Mal carregou as sacolas até quase a beira do mar, contando a Wallace que sempre adorara aqueles balneários ingleses e seu clima quase carnavalesco. Uma tal decadência podia dar a um filme uma atmosfera fascinante. Se Andrea resolvesse empregá-lo, ficou imaginando se ela o deixaria ter sua sala de montagem ali. A família poderia vir. Wallace talvez quisesse visitá-los.

Estavam os dois cansados ao chegar ao pequeno hotel, que cheirava a bacon frito. Espiaram uma sala de estar cheia de móveis com enormes padrões de flores, na qual um casal de velhos jogava dominó de palavras.

"Você tem certeza de que é só por uma noite?", Wallace perguntou.

"Tenho."

"Já mentiu para mim antes."

"Como?"

"Você mentiu sobre essa história toda."

No quarto, Mal abriu as janelas. Depois, saiu para a sacada e fumou um baseado, enquanto observava as pessoas tranqüilas, passeando à beira-mar. Wallace se acomodou na cama com seu Gameboy. Mal retirou da bagagem uma muda de roupa para Wallace e dois ou três livros de psicologia para si próprio. Tomou um banho, abriu uma garrafa de uísque e deu um belo gole.

Quando podia, andava pelado na frente de Wallace, mostrando-lhe a barriga pendendo acima das pernas finas, os pêlos pubianos fracos e grisalhos, as nádegas absurdas de tão infantis. Wallace precisava absorvê-lo, ver seu pai, como, acreditava Mal, acontecia todos os dias nas famílias completas.

Nos últimos tempos, Mal não conseguia parar de pensar se não havia algo de errado com Wallace. Talvez algum tipo de remédio ou um psiquiatra pudessem ajudá-lo. Mas Wallace tinha amigos; na escola, estava indo melhor do que Mal jamais conseguira. Não se podia transformar numa patologia o fato de ele odiar o pai. Para Mal, o motivo de sua tensão era ter de desatar sozinho aquele nó. Fazia pouco tempo, andara pensando numa lembrança de seus dias de estudante, dois conhecidos discutindo R. D. Laing. Naquela época, envergonhado com a própria ignorância, taxara instintivamente de pretensioso, de pura ostentação, o que haviam dito. Mas ficara com aquilo na cabeça, sobre as contradições internas das famílias e a impossibilidade de viver com elas, o que tornava as crianças malucas. Talvez essa fosse a dificuldade de Wallace. Seria ele a personificação do erro dos pais, de sua burrice? De alguma forma, ele não carregava consigo toda a loucura deles? O que, então, Mal poderia fazer?

Estava deitado na cama, ao lado do menino. "Wallace, você me faz um carinho? Me abraça e me deixa dar um beijo em você?" Mas Wallace estava tentando olhar para outro lado. Mal disse: "Talvez você saiba que sua mãe não gostaria de ver você muito próximo de mim".

"Ela acha mesmo você um tremendo de um bobo."

Mal fechou os olhos, mas estava atento demais a Wallace para cair no sono. O baseado o fazia devanear. "Eu... quase fui um bobo", disse. "Faz muito tempo que não penso nisso... Quando eu tinha dezessete anos e meu pai tinha acabado de morrer, eu juntei umas poucas coisas e saí de casa, abandonando minha mãe, que nunca falava muito comigo nem com nenhuma outra pessoa..."

Wallace ergueu os olhos.

"Tinha alguma coisa de errado com ela?"

"Não fiquei lá para descobrir. Tinha pintado os cabelos de várias cores. Usava uma jaqueta de couro rasgada, uma calça suja, coberta de correias e zíperes, e botas pretas de motociclista. Fui morar nos fundos de uma loja de móveis usados que a gente tinha arrombado..."

"A polícia podia ter prendido você?"

"Se ela encontrasse a gente. Mas nós nos escondemos, arrebentando e queimando os móveis para não morrer de frio. Bebíamos sidra e..."

"Ficavam bêbados?"

"Boa parte do tempo."

"Você não caiu e se machucou?"

"É, várias vezes. Até que o irmão do meu pai, meu tio, que estava se recuperando de uma cirurgia no coração, escalou a janela um dia, enquanto a gente dormia."

"Ainda bêbados?"

"Ele disse que, se meu pai estivesse vivo, o jeito que eu vivia teria matado ele. Acho que eu era a ovelha desgarrada daquele sujeito. Ele não sossegou até me ver em segurança. Você conhece aquela história da ovelha na Bíblia?"

"Ovelha? Eu vi A *fuga das galinhas*."

"Tudo bem. No dia seguinte, meu tio me levou para a faculdade ali perto e implorou que me aceitassem. Eu não queria ir."

"Não queria estudar nada?"

"Detestava estudar."

"Na escola, sou um dos primeiros da classe."

"Ótimo, muito bem. Meu tio disse que eu podia morar na casa dele enquanto estivesse na faculdade. Então, eu não podia cair fora. Uma vez, na aula, o professor mostrou um filme chamado *Os incompreendidos*. Imaginei que assistir a um filme era melhor do que trabalhar. O filme era sobre um garoto jovem e infeliz, como eu, naquela época: um garoto que não se dava bem com a mãe e com o pai. Fiquei pensando que era como olhar para uma série de pinturas. Era a primeira vez que a beleza parecia ter alguma importância para mim. Percebi que, se pudesse me meter num trabalho daquele tipo, abriria uma portinha para a felicidade."

Mal se sentou na cama e se serviu de mais uma dose.

Wallace perguntou: "E aí, o que aconteceu?".

"Foi assim que estudei para ser montador de filmes. É por isso que a gente está aqui hoje."

O telefone rompeu o silêncio. Wallace atendeu.

"Mãe? É você?"

Era Andrea, lá embaixo. Mal começou a se vestir. "Garotão, melhor a gente ir."

"Por quê? Eu não quero ela!"

Mal quis implorar ao menino que fosse educado, mas sabia que aquilo pioraria as coisas.

Já fora do hotel, apresentou Wallace a Andrea.

"Ele é meu pai de verdade, mas não é bem assim", Wallace disse.

"Você só pode ter um pai de verdade."

Wallace a encarava. Ela se agachou e mostrou a ele a argolinha que tinha no nariz.

"Pode pôr a mão."

Ele a tocou.

"Dói?"

"Não. Bom, agora está doendo... Eu tenho outra aqui, mas esta é uma joiazinha." Ela pôs a língua para fora.

"Que nojo! E se você engolir?"

"Veja se você consegue pegar ela, Wallace."

Era um bom joguinho.

"Vamos para o píer?", Wallace pediu.

Mal deu a ele uma nota de cinco libras.

"Claro."

"Ele vai começar a dar uma de bonzinho, agora que você está aqui", Wallace disse a Andrea.

O garoto foi na frente, dando chutes de caratê e atirando em pessoas imaginárias. Fazia movimentos circulares com os braços e as mãos, o que Mal reconheceu como coisa dos rappers. Mal contou que, quando era criança, ele e seus amigos queriam ser "durões", como a barra-pesada do leste pobre de Londres de que ouviam falar. Agora, as crianças baseavam suas fantasias em "gângstas" jamaicanos dos Estados Unidos.

No píer, Wallace parou de repente e se ajoelhou para espiar o mar lá embaixo, pelas fendas nas tábuas.

"Vamos, gângsta", Mal chamou.

"E se a gente cair por estas fendas?", ele perguntou. "Pode até morrer lá embaixo."

Andrea tomou-lhe a mão. "Sou boa nadadora. Carregaria você nas costas para um lugar seguro, como um golfinho."

Wallace desapareceu em meio à galeria de lojas, quente e barulhenta, e começou a torrar seu dinheiro. Enquanto o seguiam, Andrea contou a Mal sobre o filme, para o qual já dispunha de boa parte do dinheiro; estava reescrevendo o roteiro. Tiveram tempo para discutir os filmes em que andavam pensando, até que, para surpresa de Mal, Wallace disse que queria brincar na cama elástica. O dinheiro tinha acabado, mas Andrea se ofereceu para pagar. Wallace tirou os sapatos e começou a pular, aos gritos.

"Um garoto e tanto", Andrea riu. "Onde você conseguiu?"

Mal suspirou e contou a ela como tinha sido o primeiro encontro com o filho indesejado. Contou também o que tinha acontecido desde então e como estavam as coisas entre os dois.

Encheram Wallace de sorvete e chocolate. Quando uma discussão sobre algodão-doce virou briga, e Wallace usou o celular de Mal para telefonar para a mãe e chorar, Mal teve de dizer a Andrea que Wallace estava com fome.

Despediram-se, e Mal levou o garoto para comer o tradicional peixe frito com batatinhas. No hotel, Wallace se recusou a tomar banho, mas pelo menos vestiu o pijama. Mal o colocou em frente à TV, que o absorveu de imediato. Agora podia enfiar a garrafa de uísque no bolso e abrir a porta.

"O que você está fazendo?" O menino olhava para ele em pânico.

"Vou descer para conversar um pouquinho com a Andrea."

"Não!"

"Não vou demorar. Pode ficar aí, não vai acontecer nada."

Mal fechou a porta sem esperar pela resposta. Pôs uma orelha no buraco da fechadura, mas só ouviu os comerciais, cujas palavras Wallace, sem dúvida, reproduzia junto com a TV.

Andrea estava esperando. Caminharam apressados pela parte da cidade que Mal conhecia, passando por *clubbers* e pessoas à procura de um restaurante, e rumando então para uma área mais decadente, chamada de Cidade Velha. Ele se surpreendeu ao ver pescadores preparando seus barcos para a noite. Mais adiante, as ruas estreitaram-se; as casas, muito próximas, pareciam inclinar-se sobre o pavimento, quase se tocando lá em cima. Algumas das janelas tinham luzes vermelhas. Andrea apontou para uma casa. "Se quiser uma trepada..."

Entraram num pub que parecia cheio de gente rude, tatuada, no final da adolescência, a maioria com cara de viciado. Ela deu uma volta pelo lugar, cumprimentando quem conhecia. Gostaram de vê-la, mas ela não era um deles.

De novo na rua, tornou a apontar, dizendo: "Podíamos pôr a câmera ali, e os atores correriam para aquela ruela. Seguimos eles, por ali!".

Ele se voltou, precisava ver e sentir o que ela estava fazendo. Percebeu uma espécie de silêncio ou pobreza — de inatividade ou vazio, ele teria dito — que não se encontrava em Londres.

"As pessoas aqui acham que Londres é um caldeirão cheio de estrangeiros. Quase nunca vão para lá", ela disse.

"É, está mais do que na hora de a gente declarar a independência."

As pernas de Mal doíam, mas ele foi em frente, atrás do entusiasmo dela, questionando-o às vezes. Por fim, estavam numa praça; o calçamento era de paralelepípedos e as ruas pareciam partir em todas as direções. Mal ouviu um grito, e Wallace surgiu correndo na direção deles, de pijama, luvas de futebol e tênis.

"Eu segui você!"

Mal quis pegá-lo no colo, mas o garoto, que tremia, era pesado demais.

"Me seguiu do hotel até aqui?"

"Você tentou me abandonar!"

"Não, você estava em segurança no hotel." Mal se agachou, abraçou Wallace e beijou-lhe os cabelos petrificados.

"Alguém podia me roubar!"

"Não!"

Andrea tirou seu suéter e o amarrou em torno do pescoço dele. De mãos dadas, fizeram correndo o caminho de volta. No saguão do hotel, Andrea pediu chocolate quente e batatinhas para Wallace.

"Vocês dois são a cara um do outro", ela riu.

"Somos?", Wallace perguntou.

"Só podiam ser pai e filho."

Mal e Wallace se entreolharam. "Eu jamais deixaria você aí por muito tempo. A gente só estava tentando ver como fazer o filme da Andrea."

"Sobre o que é? Vocês não vão fugir de mim de novo, vão?", Wallace perguntou.

"Estou muito cansado. Para falar a verdade, estou exausto e duro."

Mal foi buscar uma bebida para ele e para Andrea.

"A história é a seguinte", começou ela. "Eu já era quase adulta, mas não tanto, quando minha mãe e meu pai disseram que não podiam mais viver juntos. Dali em diante, eu ia ter de ficar mudando da casa de um para a do outro."

"Como um pacote, como eu", Wallace comentou. "Ninguém gosta de ser despachado para lá e para cá o tempo todo."

"Foi pior do que isso", ela disse. "O filme se chama *Dez dias* e se passa mais ou menos na época em que eu fui mandada para a casa do meu pai, bem perto daqui, para um feriado. Minha mãe queria ficar com outro homem, entende? E meu pai adivinhou. Quando cheguei, descobri que o pobre do meu pai nem se levantava da cama, de medo de cair. Só mexia o braço, para beber. Eu ficava sentada com ele, ouvindo suas histórias ou vendo filmes. Quando ele dormia, ou desmaiava, eu saía sozinha, fazendo amigos entre o pessoal da cidade. As crianças sempre reclamam que nunca têm o que fazer em lugares assim. Ah, mas nós encontramos um bocado de coisas para fazer."

Wallace cutucou o pai.

"Ela era bem ruim."

"Da pior espécie! Quando voltei para casa, me perguntaram o que meu pai e eu tínhamos feito no feriado, e concluíram que ele tinha pirado. Nunca mais me deixaram ver ele de novo."

"Por toda a vida?"

"Ele gostava de beber, e acharam que isso fazia dele um doente, um fodido!"

"Ela disse um palavrão!"

"Meu pai morreu um mês depois. Não me contaram direito. Fiquei sabendo da morte por um parente. Saí correndo de casa para vir ao enterro e passei mais alguns dias por aqui, conhecendo os amigos dele e dormindo numa barraca no mato. Me meti em mais encrenca em casa. Não gostava do meu novo padrasto e vim para cá, para viver."

"Foi muito feio fugir de casa. Você viu o corpo do seu pai?", Wallace perguntou.

"De jeito nenhum." Andrea tirou seu notebook da mochila e escreveu: "'Vai ver o corpo do pai no necrotério'. Mas, no filme, agora ela vai."

"Meu pai parece normal para você", Wallace disse. "Mas ele se meteu em encrenca uma vez. Fugiu também, e bebeu sidra. Era um ladrão, arrombador, e tinha o cabelo pintado de arco-íris. Não foi, pai?"

"Uau!", Andrea exclamou. "Agora ele não parece esse tipo de sujeito."

"Mesmo assim, você vai deixar ele trabalhar para você?", perguntou Wallace.

"O que você acha?"

"Acho que você devia. Mas só se me puser no filme."

"Posso ter um papelzinho para você. Já trabalhou como ator? Vamos fazer uma coisa: eu finjo que vou bater em você e você tem de reagir. Lembre-se, a ação está na reação. A câmera e a equipe toda estão olhando para você. Levante."

Ela fingiu bater nele algumas vezes. Com suficiente histrionismo, Wallace se esparramou no chão.

Depois, deixou Andrea lhe dar um beijo de boa-noite. Mal o acompanhou escada acima e se enfiou na cama ao lado dele. O caçula de Mal sempre dormia entre ele e sua esposa, mas Mal nunca dormira ao lado do primeiro filho. Wallace pegou no sono quase de imediato, mordendo uma ponta da coberta. Ainda estava sujo; seu corpo não vira uma gota d'água durante a viagem.

Mal o abraçou, mas não conseguia dormir. Ficou ouvindo o barulho do mar, que vinha da porta aberta da sacada. Levantou-se, vestiu-se e saiu, trancando a porta do quarto pelo lado de fora. Estava escuro na rua e ventava, mas havia bastante gente por ali. O mar estava mais distante do que ele pensara, mas ele chegou lá.

Percebeu, então, que respirava com mais facilidade com todo aquele espaço aberto à sua volta. Queria caminhar sem rumo ao longo da praia, seguindo as luzes e o falatório até um bar lotado de gente, para beber e conversar com estranhos, descobrir se a vida deles era pior ou melhor do que a sua. Mas ainda podia ver o hotel e o que imaginava ser seu quarto, o menino dormindo pouco além da porta aberta da sacada. Não tinha como perder aquela nesga de luz na distância.

Não muito longe, notou um grupo de garotos, mais velhos do que estudantes, ouvindo um som bem alto e passando garrafas plásticas de sidra de mão em mão. Mal foi até um deles e pediu: "Posso dançar aqui?".

"As pessoas têm mais é de ficar à vontade", respondeu o garoto, que parecia ter saído de uma briga. Mal hesitou. A última coisa que dançara na vida tinha sido "o pogo". "Fique à vontade", repetiu o garoto.

Mal ofereceu-lhe um gole do uísque que trouxera consigo. "É que faz muito tempo..."

O garoto se afastou. Mal aproximou-se da música e começou a arrastar os pés; sacudia o corpo e balançava a cabeça. Estava pulando. Dançou o seu pogo, sozinho, é claro, saltando em direção ao céu com os braços esticados, pelo máximo de tempo que conseguiu, até cair sobre os seixos molhados da praia, encharcando-se todo.

O sol brilhava através da janela do refeitório do hotel enquanto Mal, usando short e sapatos sem meias, se enchia de arenque na manteiga, cogumelos fritos e torradas, um guardanapo engomado enfiado na gola da camiseta. Tinha se tornado o tipo de homem do qual costumava rir quando garoto.

"Fico pensando se você vai se lembrar de muita coisa desta viagem", disse a Wallace. "Acho que vou pedir para o gerente do hotel tirar uma foto de nós dois, lá fora. Você pode pôr a foto do lado da cama."

"Pai... quer dizer, Mal..."

Jornais tinham um ótimo formato para impedir que rostos de meninos fossem vistos por seu pai.

Estavam no trem quando Andrea ligou, dizendo que tinha gostado da idéia de ajudar Mal a transferir sua sala de montagem e sua família para a cidade, por toda a duração do filme. Ficara receosa de sugerir aquilo ela mesma, com medo de que Mal não aceitasse o trabalho.

"Preciso falar com ela, urgente", Wallace dizia.

Mal passou o telefone para ele e o ouviu explicar que estava disposto a fazer o filme, mas apenas se não tivesse de cortar o cabelo ou beijar garotas.

"Andrea concordou", Wallace disse. "Mas será que a mãe vai me deixar trabalhar como ator?"

"Talvez até deixe, se você disser que está sendo pago."

A casa estava vazia quando eles chegaram. Mal imaginara que a esposa iria querer evitá-los. Abriu as portas que davam para o jardim e cozinhou para os dois.

Durante o almoço, Wallace falou pela primeira vez de suas aulas de piano. Mal foi buscar uma peça de Chopin interpretada por Arturo Michelangeli e pôs para tocar. Enquanto ouviam, ele tentou explicar por que amava aquela peça, mas começou a chorar. Continuou falando, mas não conseguia conter as lágrimas. Seu pavor era levar Wallace até a casa dele. Como era que um amor podia sobreviver a tantas interrupções?

No fim da tarde, já na estrada, antes de chegarem à entrada que deveriam tomar, Mal parou num posto de gasolina e bebeu uma Coca-Cola com o filho.

"Quando a gente chegar na sua casa", ele disse, "você não vai querer se despedir de mim direito. Mas eu quero que você saiba que vou estar pensando em você quando você estiver na escola, dormindo ou com seus amigos."

"Eu nunca tenho saudade de você. Não vou pensar em você."

"Não precisa. Deixa que eu penso, está bem?"

Logo estavam no portão da casa de Wallace. O garoto desceu atabalhoado do carro e correu para os fundos da casa. Mal carregou as sacolas até a porta da frente e voltou para o carro. Ficou vendo o padrasto e a mãe de Wallace aparecerem e recolherem a bagagem, de modo quase furtivo, como se a estivessem roubando. Mal queria olhar mais para o casal, na tentativa de juntar de alguma forma aquelas duas famílias ligadas, mas apenas acenou na direção dos dois e foi embora, desligando o celular.

Voltou para Londres sem nenhuma parada. Estacionou o carro perto de casa, mas passou por ela, em vez de entrar. Caminhou até um pub na vizinhança, freqüentado por gente do Norte que trabalhava em Londres durante a semana. "Proibido entrar com crianças ou botas sujas", dizia o aviso na porta.

Mal comprou cigarros, sentou-se no balcão, pediu uma cerveja e um traguinho para esquentar. Não tinha certeza se estava comemorando o novo trabalho ou se compadecendo do que tinha acabado de suportar, mas brindou a si mesmo.

"Ao Mal", disse. "E a todo mundo que conhece ele!"

O TOQUE

Ele gritava e pulava sem parar: "Até mais! Logo, logo, logo a gente se vê, espero!".

Continuou acenando até que eles dobrassem a esquina e desaparecessem, suas muitas tias, os tios e primos, empacotados em três táxis. Ali e seus pais estavam na calçada diante da casa. A parte da família que morava em Bombaim havia passado o verão em Dulwich, num apartamento alugado. Ali e os pais haviam estado com eles quase todos os dias; no dia seguinte, os parentes voltariam para a Índia.

"Vamos, venha para dentro", o pai de Ali o pegou pela mão. "Não gosto de ver você tão triste."

Ali envergonhava-se das lágrimas. Seu vizinho Mike estava do outro lado da rua, embaralhando as figurinhas de jogadores de futebol, se coçando, observando tudo, mas fingindo não estar vendo nada. Já aparecera antes. Depois de tios e tias começarem a se despedir, a campainha da porta tocara e Ali fora atender, achando que era o táxi. Os primos se amontoaram em torno dele.

"Você vem?", Mike perguntara, roendo as unhas e tentando examinar os rostos atrás de Ali. Mike tinha perdido um tufo dos cabelos, que o pai dele arrancara ao lhe dar uma surra. "O que está acontecendo? Dava para ouvir vocês lá da rua, fazendo uma barulheira o dia todo."

Era o sábado da quinta partida entre as seleções de críquete. A Índia estava jogando contra a Inglaterra no Oval. De manhã, os três tios desordeiros de Ali, bem como seu pai, haviam se acomodado na pequena sala da frente, fechando as cortinas e a porta. Fumaram, beberam cerveja e xingaram os jogadores indianos, enquanto os ingleses, Barrington e Gaveney, impassíveis, batiam um bolão. Os tios culparam o capitão da seleção indiana, o príncipe Pataudi, que tinha um olho só. As tias ensinavam a mãe inglesa de Ali a preparar uma série de pratos, que ela prometeu fazer para o marido e o filho. As mulheres traziam as lentilhas, a carne moída e o arroz, que tinham cozinhado em panelas enormes logo de manhã. Os homens comeram com os dedos, os pratos tremendo sobre as pernas, sem tirar os olhos da tela da TV. Xingavam em urdu.

Ali tivera permissão para entrar na sala dos tios quando quisesse. Tinham começado a falar com ele como se fosse mais um dos homens. Um dos tios chegou mesmo a chamá-lo de "o próximo chefe da família". O mais velho dos tios tinha uma fábrica na Índia; o segundo era um famoso jornalista político e o terceiro, um engenheiro que construía barragens. Em sua terra, os três eram "farristas" e festeiros notórios. Durante os intervalos da partida de críquete, entretinham Ali com apostas num cara-ou-coroa ou em que tia seria a próxima a entrar na sala; brincaram de "pedra, papel, tesoura". O pai abstêmio de Ali tinha um pequeno emprego no escritório de um advogado.

Ali era uma criança solitária. Anotava placares de partidas de críquete entre times imaginários num caderno que a mãe havia lhe dado. Passava horas sozinho no jardim, batendo com um pedaço de cabo de vassoura numa bola de críquete amarrada por uma corda a um galho de árvore. O jardim era seu reino, e ele ansiava por compartilhá-lo com sua família indiana, como fizera hoje, abrindo as janelas e a porta dos fundos da pequena casa subvencionada pelo governo. Aquilo era incomum: os pais dele não gostavam de correntes de ar, estivesse o tempo bom ou ruim. Hoje, três de seus primos tinham jogado críquete no jardim; as meninas, com idade entre sete e catorze anos, haviam brincado de pega-pega.

Depois de se lavarem, as tias se sentaram sobre mantas no jardim, acariciando e arrumando os cabelos umas das outras, como as figuras numa pintura francesa. Ali foi beijado e paparicado, desfrutando da visão das unhas pintadas das tias em suas sandálias delicadas e até das dobrinhas de gordura em torno da barriga, onde os sáris se afrouxavam.

Naquela tarde, Ali mostrara seu quarto à prima Zahida. Ela estava com catorze anos, era um ano mais velha do que ele. Haviam contemplado a vista da janela, os jardins de subúrbio (onde, uma vez, ele vira marido e mulher se beijando), e Ali pegara sua cópia de *007 contra o homem com a pistola de ouro*. Pularam pela cama e, então, ela pôs seus lábios nos dele. Zahida disse que queria ser "secreta" com ele; Ali pegou uma lanterna e a conduziu escada acima, até o sótão, cheio de brinquedos velhos e de baús empoeirados que haviam trazido de Bombaim os pertences do pai. As pulseiras dela batiam umas nas outras com estrépito. Os dois não conseguiam parar com as risadinhas. Zahida tinha certeza de que havia ratos e morcegos por ali. Quem ouviria os gritos abafados dela, lá em cima?

Beijaram-se outra vez, mas ela pôs a boca perto da orelha dele. O corpo de Ali foi invadido por uma doçura tão grande que ele achou que ia despencar no chão. Ela se curvou para a frente, apoiando as mãos no metal imundo da caixa-d'água, e, num delírio, ele continuou a acariciá-la, até que, abrindo caminho por intricados turbilhões de tecido, alcançou a carne e escorregou o dedo por entre o começo das nádegas. Aquilo foi tudo. Ela fez uns ruídos de quem estava sofrendo. Ele poderia ter ficado horas com ela ali, mas sua excitação foi subjugada pelo medo de ser descoberto e punido. Disse que era melhor descerem. Ele foi na frente, insistindo para que ela o acompanhasse.

"O que houve?", ela perguntou. Estavam de volta ao quarto dele.

"Você vai embora amanhã, e eu não quero que você vá."

"Quando eu crescer", ela disse, "vou ser piloto, como meu pai era." Ali nunca estivera num avião. "Vou voar para toda parte. Venho ver você."

"Isso vai demorar muito."

Ali tinha inveja dos primos, que podiam se ver quase todo dia. Moravam perto, e os motoristas da família podiam levá-los até a casa de um ou de outro quando quisessem. "Somos convidados para casamentos e festas o tempo todo."

Então, Zahida disse: "Meu pai me contou que você foi convidado para ficar lá em casa".

"É, mas isso não vai acontecer, não é? Meus pais não gostam de ir a lugar nenhum."

"Vá sozinho. Lugar é o que não falta. Lá em casa, aparece tudo quanto é tipo de desocupado ou parente! Vá nas férias, como a gente está fazendo agora. No Natal, seria legal."

Envergonhado, ele disse: "Eu bem que iria, mas meu pai não tem dinheiro para me mandar para lá".

"Por que não?"

"Ele não ganha tão bem", respondeu Ali, encolhendo os ombros.

"Junte dinheiro", ela sugeriu. "Você não ajudou no circo na Páscoa passada?"

"É."

"A gente morreu de rir. Você não era o palhaço, era?"

"Eu aparecia para limpar a sujeira do elefante", ele disse. "Isso fazia o público rir. Mas o que eu fazia mesmo era ficar carregando coisas de um lado para outro."

"Mas você é tão pequeno!"

"Vou ficar maior."

"Já tem tamanho suficiente para lavar carros", ela disse, "e cavucar jardins."

"É verdade", concordou ele. "Isso eu posso fazer."

"Pode."

Ele a beijou. "Diga para a Índia que estou indo!"

Ali ficou surpreso ao ver o pai no pé da escada, olhando para os dois.

Foi então que os táxis chegaram e tocaram suas buzinas.

Quando todo mundo já tinha ido embora, a mãe de Ali deu um suspiro de alívio. Estava saindo para o trabalho. Era enfermeira e trabalhava no turno da noite; dormia durante o dia, sempre que possível. Agora, ela e o pai brigavam por causa do que os tios mais velhos tinham dito ao pai. De mau humor, o pai de Ali foi para o quarto e se sentou à escrivaninha, de costas para ele. Estava estudando direito por correspondência, e o irmão mais abastado, o chefe da família, era quem pagava o curso. O irmão tinha ficado bravo com o pai de Ali porque ele não passara nos exames nem estava conseguindo grande coisa na Inglaterra. Durante o almoço, gritara: "São tantas as oportunidades aqui, *yaar*,* e a única que você aproveitou foi a de se casar com a Joan! Por que decepcionar a família toda desse jeito?".

Do modo como as coisas estavam, ela já andava aborrecida com os homens. Poucos dias antes, depois de ela exibir sua no-

---

* Palavra hindu que significa "amigo, chapa, camarada". (N. T.)

va máquina de lavar, a família de Bombaim tinha lhe dado toda a roupa suja para lavar. "Eu não sou a criada deles", ela dissera, jogando no chão as fronhas cheias de roupas imundas. O pai, com a ajuda de Ali, tivera de descobrir como funcionava a máquina: um lendo as instruções, o outro mexendo nos botões, enquanto uma poça d'água avançava pelo chão. Depois, passaram e dobraram as roupas, fingindo ter sido Joan quem fizera o trabalho.

Agora, era capaz de o pai ficar horas estudando, com aquele olhar furioso no rosto. Ali se sentou também. No quarto do pai, onde se esperava que Ali estivesse se preparando para o novo ano letivo — se pretendia acompanhar os outros colegas, em vez de ficar para trás como o pai —, não ouvia coisa alguma, a não ser o tiquetaque do relógio. A casa parecia ter parado de respirar. A mãe não voltaria até a manhã seguinte; faria o café-da-manhã para ele, trataria de lhe dar uma toalha limpa e, quando Mike batesse na porta, o despacharia para a piscina pública.

Ali saiu de fininho, sem que o pai aparentasse ter percebido; não queria ficar em casa, se ninguém ali estava conversando ou rindo. Surpreendeu-se ao encontrar Mike ainda na rua, chutando uma bola de tênis contra a parede.

"Vem cá, seu cretino. Estava esperando você", ele disse. "O que anda fazendo, chorando e tudo mais?"

Ali e Mike caminhavam pela planura do parque, já no crepúsculo; traves erguiam-se feito forcas na lama.

"Você demorou para aparecer", Mike disse. "Agora já quase escureceu."

"Tinha gente lá em casa."

"Odeio quando isso acontece. Mas agora você está com sua turma. O pessoal todo deve estar lá nos balanços."

Ali e Mike sempre iam direto para os balanços. Se estava chovendo, compartilhavam cigarros no úmido abrigo onde os futebolistas se trocavam para os jogos de fim de semana.

Mike gritou: "Lá estão eles. Os putos estão todos lá!".
Começaram a correr. Não era longe. Ali conhecia todos os garotos; não eram amigos dele, mas moravam nas redondezas; alguns eram mais novos, outros, mais velhos. Sua mãe dizia que eram "rudes".

"Onde você esteve?", um deles perguntou a Mike.

"Esperando pelo Ali. Ele estava com umas visitas idiotas. Dúzias de gente infestando a casa. Devia ser proibido ter toda essa gente escura numa casa subvencionada pelo governo!"

As meninas estavam nos balanços, os meninos fumavam, cuspiam e se dependuravam nas barras de metal. Os garotos tentavam puxar os suspensórios das meninas e estalá-los contra os seios delas, enquanto elas se balançavam, mas, de modo geral, discutiam o baile. Era em Petts Wood e haveria uma banda de reggae. No momento, todos curtiam Desmond Dekker e conversavam sobre se permitiriam a entrada deles no salão ou se precisariam entrar às escondidas, pelos fundos, e sumir na escuridão. As garotas conseguiriam passar pelos porteiros, mas os meninos eram claramente jovens demais. Ali sabia que não tinha chance.

"Não tem nada de errado com a minha família", ele disse a Mike.

"Vem aqui, vem. Já!", Mike disse.

Os dois se olharam sem muita compreensão. Ali cuspiu e foi-se embora, mas percebeu que não queria ir para casa. Iria zanzar pelas ruas até estar pronto para encarar o pai.

No alto da rua, notou a luz acesa na casa da sra. Blake, por entre a cortina de rendinha. Às vezes, ele ia vê-la na volta do clube de jovens atores ou da aula de violão. Ela sempre lhe dava doces e uma moedinha. Morava com o irmão, um carregador da Victoria Station que era bem conhecido pelas brigas nos pubs da vizinhança.

A sra. Blake era cega e sempre estava no portão quando as

crianças voltavam da escola e as pessoas vinham da estação, de volta do trabalho no fim do dia. Alguns dos garotos gritavam para ela — "Nossa, ela está vendo tudo hoje!" —, mas a sra. Blake se mantinha ali, com um sorriso puro e vazio nos lábios. Às vezes, Ali andava por seu quarto com os olhos fechados e as mãos para a frente, tentando imaginar como era para ela. Ele a visitara muitas vezes nos últimos tempos, necessitado de umas moedinhas. Em troca, ela pedia para ele contar o que havia feito na escola e o que pensava dos amigos. Ali tinha começado a gostar daqueles monólogos: era como manter um diário em voz alta. O que quer que dissesse, ela ouvia. Era estranho, mas falava mais com ela do que com qualquer outra pessoa.

Ele bateu na janela da frente: "Olá, senhora Blake".

"Entre, Alan, meu querido."

Ela pensava que o nome dele era Alan. E ele gostava de ser Alan por um tempo; era um alívio. Às vezes, passava um dia inteiro sendo Alan.

Acompanhou-a até a cozinha, que tinha pedaços encrespados de linóleo sobre a madeira nua do assoalho. As paredes decerto não recebiam uma mão de tinta fazia uns vinte anos, e o cômodo cheirava a gás. Para se aquecer, a sra. Blake sempre mantinha o fogão aceso. Só pelo toque, ela sabia onde estava cada coisa na casa. O rádio tocava música de big band, da época da guerra.

Ela lhe serviu um copo d'água, que ele procurou não beber jamais, porque o copo estava muito sujo; depositou-o ao lado da caixa de metal em que ela guardava suas moedas. A sra. Blake parecia ter um bocado delas. Da família, ela recebera quadros de herança, mas diziam que, incapaz de ver as pinturas, ela as tinha vendido.

Sentada ali, ela esperava que ele começasse a falar.

De início, Ali achou que contaria a ela sobre a visita da família e os restaurantes em que haviam estado; que tinham ido ao zoológico, ao museu de cera de Madame Tussaud e ao Hyde Park. Mas ele nunca mencionara sua ligação com a Índia. Ela não sabia que ele era metade indiano; era a única pessoa que ele conhecia que não tinha conhecimento disso.

Não fazia idéia da idade dela. Podia estar na casa dos quarenta, ou no início dos trinta. Para ele, era a mesma coisa.

"Alan, acenda um para mim", ela pediu.

Ele retirou um cigarro do maço, ela o pegou e levou à boca. Fumava bastante e gostava que ele acendesse os cigarros para ela, porque assim podia segurar a mão dele com as dela.

"Por onde você tem andado?", perguntou.

"Ocupado, muito ocupado", disse ele.

Ela se inclinou para a frente. "Estar ocupado é bom. Fazendo o quê?"

Ali contou sobre a visita do tio, da tia e dos primos. Contou tudo, mencionando de passagem que os parentes vinham da Índia. Ela ouviu com atenção, como sempre fazia, voltando-lhe não os olhos, e sim um dos ouvidos; ele se viu falando para um lado do rosto dela, para os cabelos longos e finos e o sorriso torto.

"Nosso pai morou vinte anos na Índia", ela disse. "Negociava com chá. Dizia que era uma beleza. Melhor do que neste frio daqui. Agora, seus parentes já se foram."

"É, foram embora."

"Você está com saudade deles." Ali não disse nada por um momento. "Como?", perguntou ela.

"Sinto saudade, sim, e vou continuar sentindo." E acrescentou: "Vou viajar para lá, quando tiver juntado o dinheiro".

"Não vai me levar?"

"A senhora?"

"Ah, diga que sim, por favor."

"Para a Índia?"

"Me leva, me leva com você", ela pediu. "Meu irmão Ernie não me leva a lugar nenhum. Só me xinga. Vivo pedindo para passar só um dia fora, por que não? Para ouvir o mar, sentir o cheiro, por que não? Eles têm uma escola para cegos lá."
"Onde?"
"Bombaim. Me disseram! Podem me aceitar, para cuidar das crianças famintas, sofrendo tanto!"

Que espetáculo extraordinário aquilo daria em Bombaim, o garoto anglo-hindu e a mulher cega.

Ela segurava um chocolate. "Agora venha aqui, meu pobre menino. Abra."

Ali foi se sentar ao lado dela, na cadeira da cozinha. O avental da sra. Blake estava manchado. Seus olhos pesavam, sempre semicerrados. Não havia razão, ele imaginou, para ela se dar ao trabalho de mantê-los abertos. As luas escuras daqueles olhos pareciam ter se fixado no alto de suas órbitas.

"Está quente hoje."
"Onde?"
"Em toda parte." Ele agitava a camisa. "Estou grudando."
"Não", disse ela, "é mesmo? Você precisa de um pouco de talco. Eu tenho aqui, em algum lugar. Primeiro, vamos fazer isto aqui, porque eu sei o que você veio fazer aqui."
"Sabe?"

Ali abriu a boca, à espera. Então, sem saber por quê, fechou os olhos, como se esperasse um beijo.

Foi a outra mão dela que se ergueu até o rosto dele; foi essa mão que lhe acariciou o rosto, a testa, o nariz, que seguiu o traçado de seus lábios.

"Só quero sentir de que tamanho você está", ela disse, soltando o chocolate dentro da boca dele. "Fez aniversário há pouco tempo? Parece maior. É isso o que estou tentando descobrir, Alan."

"Não", ele disse, balançando a cabeça e, com isso, afastando enfim a mão dela. "Não cresci nada esta semana."

"Um minutinho só." Agora ela segurava uma moedinha, que ele pegou e enfiou no bolso.

"Obrigado, Senhor, obrigado senhora Blake."

"Agora fique quieto."

Ela alcançou o pescoço dele. A mão dela tremia. Ela apalpava alguma coisa em torno do pescoço; depois, deixou a mão descer. Através da camisa, sentia o peito dele, como se jamais tivesse tocado outro corpo humano e quisesse saber como era. Suas pálpebras pareciam crispar-se. Ele nunca estivera tão perto dela. Deixou o chocolate se acomodar na língua, sem mordê-lo, até ele derreter e se desmanchar no calor da sua boca. Viu-se pensando em escrever para Zahida. Quando o pai fosse trabalhar na manhã seguinte, entraria no quarto dele e pegaria um pouco do fino papel azul que ele usava para escrever aos irmãos. Ali sempre guardava os selos, e escreveria uma carta de amor para Zahida, a primeira de muitas cartas de amor, cheia de poemas e desenhos, contando tudo a ela. As cartas, ele sabia, levavam mais de uma semana para chegar lá. Começaria a escrever no dia seguinte e esperaria pela resposta, que iria ler no ônibus escolar.

A sra. Blake afrouxou a camisa de Ali; agora estava toda aberta. Enfermeiras, como a mãe dele, tinham de tocar estranhos o tempo todo. A mãe tinha dito que era natural; tinha visto coisas ruins, mas nenhum corpo humano a enojara.

Ali contava em silêncio o dinheiro que ganharia; naquela toada, poderia se hospedar na casa de Zahida. Haveria tempo para fazerem "tudo", como ela dissera. Aonde ela fosse, ele a acompanharia — ao clube, à praia, às festas, no carro dirigido pelo motorista. A família o acolheria como um dos seus. À noite, ele se sentaria entre homens vociferantes, contando histórias, piadas e discutindo política. Talvez se casasse por lá, e seus pais então se juntariam a ele. Teria de resolver os detalhes.

A sra. Blake seguia tocando-o. Ela parecia ter muitas mãos, que vagavam pela porção superior do corpo dele, agitando-se como pássaros moribundos. Ali não tinha idéia de onde pousariam a seguir. Na barriga? Nas costas? Incapaz de se mover, ele mantinha os olhos fechados; tudo que podia ouvir era o rádio, que não tocava nada de que gostasse. Fez menção de se mexer, e a sra. Blake deixou escapar uma expressão de surpresa, erguendo o rosto na direção dele. Não havia nenhuma alteração no barro pastoso dos olhos dela, mas a boca entortara.

"Alan", ela gemeu.

Ele deu um tapa na mesa, e ela deslizou outra moedinha pelo tampo. Ali guardou-a no bolso e saltou rumo à porta.

"Alan. Alan!" Os dedos dela agarraram o ar.

"A senhora não pode me fazer perder *Os monstros*."

Ela conhecia a casa e podia se mover com rapidez por ela. Mas, antes que pudesse tocá-lo outra vez, ele já havia saído.

O pai ainda estava em sua escrivaninha, a cabeça pousada nos braços. Ali acariciou-lhe os cabelos e fez cócegas no nariz. O pai se ergueu de súbito e olhou em torno, surpreso.

"Isso são horas de voltar para casa?"

"Não sei."

"Não fique andando por aí com o Mike", o pai disse, tentando localizar sua caneta, que, Ali podia ver, tinha caído no chão. Ele apontou para onde ela estava. O pai se abaixou para apanhá-la e bateu a cabeça na beirada da gaveta aberta da escrivaninha. "Aqueles meninos são uns inúteis. Vão virar mecânicos de automóvel, todos eles!", acrescentou, massageando a cabeça.

"Quero encontrar amigos melhores. Do mesmo jeito que o senhor quer encontrar um emprego melhor."

"Já chega, Ali! Precisamos trabalhar!"

Ali se deitou no sofá do outro lado do cômodo. Tirou a camisa; seus dedos vagavam pelo corpo. Ele se tocou nos lugares em que a sra. Blake o havia acariciado. Cheirou os próprios dedos. Ela estava lá, nele, onde antes estivera Zahida. O dinheiro estava em seu bolso.

Ele se levantou. Fingindo que estava fazendo a lição de casa, começou a rascunhar a primeira carta para Zahida. Já estava em movimento, de partida dali.

Na manhã seguinte, quando ele e Mike passaram a caminho da piscina aberta, Mike cantando um hino de futebol e chutando o cordão de sua mochila de pano, a sra. Blake estava no portão de casa, chacoalhando o ferrolho.

"Mike, Mike!", ela gritou. "Cadê o Alan?"

"Está aqui", respondeu. "Não está vendo a cabeça mulata e estúpida dele? Não sente o cheiro?"

"Bom dia, senhora Blake", Ali cumprimentou.

"Alan, Alan!", ela se debruçava bem para fora do portão. "Você não quer... não quer alguma coisa para comer? Um chocolate ou coisa assim?"

"Quero, senhora Blake. A senhora sabe que eu quero." Mike ria. "A senhora me espere aí", disse Ali. "Só vou dar um mergulho e já volto."

"Mas Alan, Alan!", ela tornou a chamar, com urgência ainda maior. "Você não vem acender meu cigarro?"

Ali olhou para Mike e encolheu os ombros.

Então, foi até ela, tirou-lhe o maço de cigarros da mão, pôs um cigarro na boca da sra. Blake, apanhou o isqueiro e o acendeu. Ela agarrou a mão dele com firmeza, como ele sabia que ela iria fazer. Quando o vento apagou a chama, ele devolveu o isqueiro a ela. A sra. Blake enfiou a mão pelo portão e estendeu a Ali uma moedinha, que ele enfiou no bolso. Em seguida, correu rua acima, para alcançar o Mike.

"Mike, você vai indo", ele disse. "Eu encontro você lá, mais tarde um pouco."

A sra. Blake já tinha aberto o portão; Ali a seguiu em direção à casa.

ESTA OBRA FOI COMPOSTA PELO GRUPO DE CRIAÇÃO EM ELECTRA
E IMPRESSA PELA GEOGRÁFICA EM OFSETE SOBRE PAPEL PÓLEN SOFT
DA COMPANHIA SUZANO PARA A EDITORA SCHWARCZ EM JULHO DE 2004